LILITH

EISKALTER ENGEL

PSYCHOTHRILLER

ASTRID KORTEN

Auf vielfachen Wunsch meiner Leser:

LILITH – EISKALTER ENGEL

Die Fortsetzung von „Eiskalte Umarmung"

„Aus jedem Kätzchen wird mal eine Katze. Sie wirken immer so harmlos am Anfang: winzig und ruhig, schlabbern ihr Tellerchen Milch. Aber sind ihre Krallen lang und scharf geworden, dann fließt Blut.

Vincent Coccotti

Info

http://www.facebook.com/Astrid.Korten.Autorin
Website: www.astrid-korten.com
Twitter: https://twitter.com/charbrontee
Google: Astrid Korten
Copyright ©Dezember 2017 Astrid Korten
Lektorat: Susanne Zeyse
Korrektorat: Susanne Zeyse, Melanie Hinterreiter
Bildnachweis: ©Shutterstock /PicFine
Covergestaltung ©ZERO Werbeagentur München

Herstellung und Verlag: BoD - Books on Demand, Norderstedt
ISBN: 9783746059440

Über das Buch

„Die Toten schlafen mit offenen Augen.
Sie beobachten uns aus der Vergangenheit."

Das Leben von Anna und Max Gavaldo könnte so schön sein. Sie sind glücklich miteinander und freuen sich auf ihr zweites Kind. Doch dann geschieht ein grausames Verbrechen. Auch Anna wird bedroht. Ihre 16-jährige Tochter Katharina hat das zweite Gesicht und benimmt sich äußerst seltsam. Immer wieder führen ihre Visionen sie in die Vergangenheit und in das Reich der Toten – eine Faszination, der das junge Mädchen sich kaum entziehen kann.

Eines Tages taucht der mysteriöse Baan in Katharinas Leben auf. Sie ahnt nicht, dass damit das Böse seinen Einzug in ihr Leben und das ihrer Familie hält ...

Ein atemberaubender Thriller über Wut und Rache, Wahn und Machtlosigkeit.

ANGST

„Es gibt keine Grenzen. Weder für Gedanken, noch für Gefühle. Es ist die Angst, die immer Grenzen setzt."
Ingmar Bergman

Polizeipräsidium München

Es war ein langer Tag gewesen. Bemerkenswert, auf eine dunkle, beunruhigende Weise. Für den Leiter der Kripo München, Benedikt van Cleef, und seine Kollegin, Claire Schirow, die zusammen die Ermittlungen leiteten, war er noch lange nicht vorüber.

„Glaubst du das?", fragte Claire.

Benedikt van Cleef, müde, aber wohl wissend, dass seine Familie und das Bett noch ein paar Stunden warten mussten, zuckte mit den Schultern.

„Die Sache ist irre. Ich meine, ernsthaft krank", fuhr Claire fort.

Sie standen einander im Korridor gegenüber, jeder mit einem Plastikbecher lauwarmem Automatenkaffee in der Hand. Benedikt sah seine Kollegin aufmerksam an. Ihr messerscharfer Verstand hatte ihn schon einige Male vor schwerwiegenden Fehlern bewahrt.

Er war sich nur über eine Sache im Klaren: Wenn er mit der Beschuldigten fertig war, würde sie ihn nie wieder mit diesem strahlenden Lächeln anschauen. Keiner der Beteiligten in diesem Fall sollte je wieder von dem Grauen in der Nacht geweckt werden, darin waren Claire und er sich einig.

Er hatte seine Kollegin während seiner Ausbildung zum Polizisten kennengelernt und damals eine kurze Affäre mit ihr gehabt. Allerdings hatte die hormonell bedingte Besessenheit nur vier Monate angehalten. Claire war beim Drogendezernat gewesen und seit einigen Jahren bei der Kripo. Sie war wie er verheiratet und hatte zwei Söhne. Seit ihrer ersten Begegnung hatte sie dreißig Kilo mehr auf den Rippen, was ihren Faible für Schlabberhosen und weite, grauenvolle Pullis erklärte. Ihr braunes Haar war kurz geschnitten und ihr ovales Gesicht schmückte eine farbenfrohe Brille. Sie war eine exzellente Ermittlerin und eine loyale Kollegin. Ihren Schlabberlook mochte er nicht besonders, dafür aber ihren Humor umso mehr.

Claire zündete sich eine Zigarette an. „Was ist mit dir, Benedikt? Glaubst du es? Könnte unsere Beschuldigte auch *sie* getötet haben?"

„Keine voreiligen Schlüsse, Claire. Im Moment jedenfalls."

„Ich wette, die Medien sind anderer Meinung. Vorhin haben schon wieder zwei Presseheinis im Präsidium angerufen und wollten Informationen. Die werden aus dieser Sauerei einen verdammten Zirkus machen." Sie blies Rauch in die Luft. „Kann man ihnen nicht verdenken, oder? Es ist eine große Story und sie müssen ihren Job machen."

„Das müssen wir auch." Benedikt deutete auf die Tür am Ende des Korridors. „Lass uns wieder reingehen. Ich vernehme und du schaltest dich ein, wenn es nötig ist."

Claire drückte ihre Zigarette aus. „Good cop, bad cop?"

„Nein!", sagte er empört. „Sie wird niemals gestehen. Wir müssen es anders angehen."

Claire zuckte mit den Schultern. „Du meinst, weil wir diesen Brief gelesen haben, sollten wir unkonventioneller vorgehen und gegen die Regeln verstoßen?"

Van Cleef nickte. „Absolut!"

„Wie du meinst."

Sie betraten den Vernehmungsraum. Er war spartanisch: weiße Wände, eine grelle Deckenlampe und ein Tisch mit einem Tonbandgerät. Benedikt hatte es hier immer deprimierend gefunden. *Wie eine Zelle in der Klapsmühle, nur ohne Gummiwände.* Als er jetzt an die düstere Geschichte dachte, die sich hier offenbarte, fand er den Vergleich beängstigend angemessen.

Sie saß mit ihrem Anwalt am Tisch. Sie flüsterten, verstummten aber sofort, als sie den Raum betraten.

Vielleicht ein Zeichen der Schuld, dachte Benedikt. Er war lange genug in diesem Beruf, um zu wissen, dass schon die bloße Anwesenheit eines Polizisten selbst bei dem unschuldigsten Menschen das Gefühl erwecken konnte, dass er etwas zu verbergen hätte. Das gehörte zu den Widrigkeiten dieses Berufs. Aber es *war* sein Beruf. Und er würde ihn ausüben, selbst wenn es ihm im Moment besonders schwer fiel.

Fünf Minuten später war die Vernehmung wieder im Gange.

„So war es nicht", wiederholte die Beschuldigte zum zweiten Mal. „Ich schwöre, so war es nicht!"

„Nicht? Aber für mich sieht es so aus und so stellt es sich auch für das Gericht dar. Das begreifen Sie doch, oder?", fragte Claire.

Schweigen. Die Beschuldigte starrte zu Boden. Sie sah blass aus, verängstigt und plötzlich viel jünger. Eher ein Kind, als ein erwachsener Mensch. So war es oft bei Tatverdächtigen, wenn ihnen die Ungeheuerlichkeit dessen klar wurde, womit sie es zu tun hatten. Einen Augenblick lang empfand Benedikt Mitgefühl. Dann dachte er an die Einzelheiten des Falls, und das Gefühl verschwand so schnell, wie es gekommen war.

„Fangen wir von vorn an. Lassen Sie uns ganz zum Anfang zurückkehren. Und denken Sie daran, ich will alles wissen ..."

Aber alles würde er niemals wissen. Auch nicht, wie es wirklich begonnen hatte. Stopp! Er wusste wie alles begonnen hatte. Vor vielen Jahren, als ein Psychopath, der sich Jakob nannte, blutjungen Frauen die Fingernägel himmelblau lackierte.

Als er sie danach missbraucht und getötet hatte.

Als er Anna Gavaldos Schwester Katharina im Visier hatte.

Und sie tötete.

Als Anna zehn Jahre später von dem Mörder ihrer Schwester vergewaltigt wurde.

Als ...

Ein Verbrechen war wie ein Teppich aus Emotionen. Tausend verschiedene Gefühle an tausend verschiedenen Tagen miteinander verwoben.

Und der Ursprung dieses Verbrechens lag so viele Jahre zurück, und die Leute, die an den ersten Akten beteiligt gewesen waren, trugen eine enorme Schuld, selbst die Unschuldigen.

„Ich habe *sie* nicht getötet." Ein Wimmern. „Ich habe sie gehasst, aber ich habe sie *nicht* umgebracht!"

Jakob ...

Die Toten schlafen mit offenen Augen. Sie beobachten uns aus der Vergangenheit.
Vincent Coccotti

Kapitel 1

Starnberg, Oktober 2016

Die sechzehnjährige Katharina Gavaldo spürte, wie sich die Schwere des Schlafes langsam löste. Auf dem Nachttisch leuchtete der Wecker, der beim Aufwachen normalerweise ihre Wutausbrüche abbekam. Die blauen Ziffern sagten ihr, dass sie noch einige Stunden weiterschlafen durfte und obwohl die Tür ihres Zimmers einen Spalt offenstand, sah sie nichts als Dunkelheit. Natürlich. Die Nacht war gnädig. Zu ihr – und ihren Dämonen, von denen niemand eine Ahnung hatte.

Katharina wusste, warum sie aufgewacht war: Heute Nacht war es soweit. Da war sie ganz sicher. Wer würde denn auch zweifeln, wenn nicht einmal die seltsame Gestalt, die sie seit einigen Wochen immer in ihren Visionen heimsuchte, es tat. Ein junger Mann, der ihr sagte, dass sie eins waren; dass sie zusammengehörten. Dass er sie liebte, obwohl er sie noch nie gesehen hatte.

„Im Dunkeln werden wir uns eines Tages begegnen und uns danach nie mehr trennen", hatte er gesagt. Katharina glaubte ihm. Seine Worte hallten wieder und wieder in ihren Gedanken nach. „Wir beide handeln. Zur selben Zeit. Zur selben Stunde. So werden wir uns nah sein."

Als Katharina elf Jahre alt war, hatte ihre Mutter manchmal gesagt, sie sei ein „anstrengendes" Kind. Sie hatte nie so richtig verstanden, was ihre Mutter damit meinte. Sie selbst fand sich überhaupt nicht schwierig. Sie warf keine Gegenstände auf den Küchenboden wie ihre Mutter und bekam auch keine Wutanfälle, selbst wenn sie gelegentlich mit dem Gedanken spielte. Bis auf Fisch und Käse aß sie alles, was auf den Tisch kam. Sie war weder lauter noch dümmer als andere Kinder, die sie kannte. Ihr Name war leicht auszusprechen und leicht zu buchstabieren. Sie hatte ein hübsches Gesicht, blass und voller Sommersprossen, blaue Augen und langes, blondes Haar. Sie ging jeden Tag zur Schule wie andere Kinder auch und machte nie viel Wind darum. Zu ihrer Mutter war sie nicht gemeiner als ihre Mutter zu ihr war. Nie klopften Polizisten an die Haustür, um sie zu verhaften. Nie drohten Ärzte in weißen Kitteln, sie ins Irrenhaus zu schaffen, wie ihr Vater es vor Jahren mal mit ihrer Mutter getan hatte.

Sie fand sich eigentlich ziemlich pflegeleicht.

Erst jetzt hatte Katharina verstanden, was ihre Mutter damit meinte. Anna fand sie deswegen schwierig, weil sie so still war und wegen dieser Geschichte mit dem Köter des Nachbarn. Das machte ihr offenbar zu schaffen. Ein weiteres Problem bestand darin, dass sie gern allein war. Natürlich nicht die ganze Zeit. Nicht einmal jeden Tag. Aber an den meisten Tagen zog sie sich gern auf eine Stunde in ihr Zimmer oder in den Garten hinter der Villa zurück, um ungestört ihren Gedanken nachzuhängen.

Seit dem Vorfall mit dem Hund glaubte ihre Mutter, dass sie ein mit Vorsicht zu genießendes Kind war. Dabei war es dieses Viech gewesen. Katharina hatte damals darauf geachtet, dass sie keine plötzliche Bewegung machte, als der Hund sie entdeckte, bis sie mit dem Rücken gegen das Garagentor stand. So konnte das Tier sie nicht umkreisen. Dann nahm sie aus der Jackentasche das Taschenmesser ihres Vaters und eine Streichholzschachtel. Schon schlich der Hund schwanzwedelnd heran, geiferte und knurrte und heulte.

Zu Katharinas Füßen lagen ein paar trockene Blätter und Zweige. Rasch und geschickt formte sie sie zu einem kleinen Häufchen. Der Hund kam näher. In der Schachtel befanden sich nur noch fünf Zündholzer. Sie konnte den Atem des Tieres riechen – ein schrecklicher Gestank nach fauligem Fleisch. Rasch bückte sie sich und versuchte, das Streichholz hinter vorgehaltener Hand anzuzünden. Ein Windstoß, die Flamme flackerte, doch Katharina hielt sie dicht an den Haufen, ein Blatt fing Feuer, dann ein zweites, dann das Ende eines Zweigs, und bald brannte der ganze Haufen lichterloh. Sie schichtete noch mehr Laub, Zweige und größere Äste aufeinander. Der Hund wich zurück. Tiere fürchteten sich vor Feuer. Die Flammen züngelten höher, und der Wind trieb den Rauch genau auf den sabbernden Rachen zu. Da griff Katharina nach dem Taschenmesser und ging auf den Hund zu …

Katharina hatte sich mittlerweile an die Dunkelheit gewöhnt. Unzählige Augen starrten ihr entgegen, die zu den Stofftieren gehörten, die fein säuberlich aufgereiht im Regal saßen. Es machte ihr Spaß, nachts im Halbschlaf in diese starren Gesichter zu sehen. In der Dunkelheit blitzte hinter deren Niedlichkeit etwas Böses hervor. Von ihr besiegt – abgefackelt und niedergestochen wie der blöde Köter des Nachbarn.

Sie seufzte und kämpfte eine Weile mit sich, bis sie schließlich das Laken zur Seite warf, die Beine aus dem Bett schwang und mit nackten Füßen in ihre Schuhe schlüpfte.

Sie nahm ihr Tagebuch aus dem Geheimfach in der Schreibtischschublade und schrieb …

„Es gibt gute Neuigkeiten, Katharina", hat Mom gesagt und mir den Brief der Schlampe Wagenknecht gezeigt. „Du darfst jetzt wieder am Kunstunterricht teilnehmen, weil du dich so kooperativ angestellt hast, dass deine Lehrerin dich wieder dabeihaben will. Reiß dich also in Zukunft zusammen!"

Bla, bla, bla.

Der Mensch wird als Sünder geboren, Mom! Wusstest du das nicht?

Ich bin momentan den ganzen Tag wütend. Auf meine Mutter, die überall herumschnüffelt, auf dieses Haus – mein Gefängnis. Ich bin wütend auf dich, weil du mich zur Weißglut bringst, weil du schwanger bist, weil ich bald nicht mehr ein Einzelkind sein werde, weil mein Vater …

Ich hätte Lust dir die Luft zu nehmen, Mom, dir die Kehle durchzuschneiden wie bei deiner Schwester. Oh … wie unartig. Das ist nicht sehr nett, was ich hier schreibe.

Reg dich nicht auf, Mom. Ich hab dich trotz allem lieb.

Aber in meinem Kopf hat sich eine Kammer geöffnet, die brechend voll ist mit Wut, und ich kriege die Tür nicht mehr zu. Tagsüber gelingt es mir noch ganz gut, meine Gedanken an irgendeiner Hirnwindung zu parken, doch nachts ...

Katharina legte den Stift beiseite. Die Tür zum Zimmer ihrer Eltern knarrte, als sie sich vergewisserte, dass sie schliefen. Auf Zehenspitzen ging sie die Treppe hinunter.

Im Wohnzimmer war niemand. Alles war noch genauso, wie vor dem Schlafengehen und ein Lächeln schlich sich auf ihre Lippen. Sie schloss leise die Tür hinter sich und ging direkt auf den Wohnzimmerschrank zu, in dem ihre Mutter die zarten Kristallgläser aufbewahrte, die noch ihrer Großmutter gehört hatten. Nur zu besonderen Anlässen wurde aus diesen Gläsern getrunken. Und nur ihrer Mutter war es erlaubt, sie zu berühren. Gespült wurden sie mit der Hand, sie durften keinesfalls in die Spülmaschine.

Katharina nahm ein Glas nach dem anderen aus dem Schrankregal, legte es auf den Boden und trat darauf. Sie wirkte dabei gelassen, aber in ihr brodelte unbändige Wut. Das zerbrochene Kristall bildete einen schimmernden Teppich, der mit jedem ihrer Tritte größer wurde. Dabei wanderte ihr Blick immer wieder kurz zur Wohnzimmertür, doch hinter der war kein Mucks zu hören.

Es dauerte fünf Minuten, bis die Regale leer waren. Nur wenige Geräusche begleiteten ihr Wüten. Danach huschte sie wieder die Treppe hinauf, kroch in ihr Bett und starrte ihre Stofftiere an.

Als sie die Augen schloss, tauchte wieder die Vision vor ihrem inneren Auge auf. „Meine große Katharina, meine mutige Katharina, meine starke Katharina." Sein Flüstern in ihrem Kopf war gedämpft. Er war so stolz auf sie.

Sie nickte, lächelte glücklich. Niemand ahnte, dass sie beide eine gemeinsame Zukunft erwartete. Nur wann das sein würde, wusste Katharina nicht.

Max Gavaldo entdeckte die Verwüstung, als er am Morgen

die Treppe herunterkam. Katharinas Vater war in der Regel der Erste der Familie, der die Küche betrat. Meist verließ er das Haus, bevor die anderen aufwachten.

Katharina hörte, wie er am unteren Ende der Treppe den Namen ihrer Mutter rief. „Anna! Steh bitte auf! Verdammt, was ist das hier für eine Scheiße?"

Katharina hörte den Schrei ihrer Mutter.

Einen Moment später wurde sie von ihrem Vater aus dem Bett ins Wohnzimmer gezerrt.

„Ist es wahr, was deine Mutter da behauptet?", wollte er wissen. „Dass du das warst? Raus damit, warst du das?"

Katharina nickte.

„Warum?"

„Darum."

„Das ist keine Antwort, Katharina."

Kein Wort kam über ihre Lippen.

„Was ist passiert?", fragte er wütend. „Es muss einen Grund geben, warum du das getan hast." Er packte seine Tochter an beiden Schultern und schüttelte sie. „Schau mich an! Warum? Was ist passiert?"

„Mom hat Jasper weggeworfen", antwortete Katharina.

Jasper war ein Geschenk gewesen und sie liebte den getupften Teddybären innig, hatte ihm schon als Kind ihre Sorgen und Wünsche anvertraut. Mittlerweile fehlte dem Stofftier ein Ohr und es wurde von vielen Nähten zusammengehalten, was ihrer Liebe zu dem Spielzeug keinen Abbruch getan hatte.

Ihre Mutter betrat das Wohnzimmer. „Ich habe immer gesagt, dass dein Schatz zum Monster mutiert, Max. Mit pubertären Allüren hat das nichts mehr zu tun!"

„Anna! Bitte!"

Sie sah ihre Mutter an, ihr müdes, blasses Gesicht. Und fühlte ihre Wut.

Einen Augenblick lang hatte Katharina das Gefühl, dass ihre Mutter auf sie losgehen würde, ihr Gesicht war hassverzerrt. Und sie spürte noch etwas, das sie erschaudern ließ: Schadenfreude, süße Schadenfreude. Zu dem Hohngelächter, das in ihrem Kopf ertönte.

Sie zuckte mit den Schultern.

Vielleicht war der frühe Morgen daran schuld, aber plötzlich fiel ihr wieder ein, dass sie Hunger hatte. Sie drehte sich um, als wäre die Sache damit erledigt, und lief erhobenen Hauptes an ihren Eltern vorbei. Wutentbrannt folgten sie ihr.

In der Küche trat Katharina an den Küchenschrank und nahm eine unangebrochene Packung Schokoladenkekse heraus. Sie riss die Packung auf und stopfte mehrere Kekse in sich hinein.

Ihre Mutter atmete schwer. Sie sah aus, als wäre sie drauf und dran, ihre Tochter windelweich zu prügeln.

Katharina sah sie hasserfüllt an. „Das war nicht fair, Mama", sagte sie mit eisiger Stimme und nahm weitere Kekse aus der Packung. „Ich musste Jasper aus der Mülltonne fischen!"

Entsetzt sah ihr Vater sie an. „Das Leben ist nicht fair, Kind", sagte er. „War es nur wegen Jasper …?" Seine Stimme versagte.

„Ja", log Katharina.

Kapitel 2

Bundesstaat Amazonas, Oktober 2016

Während der Semesterferien erkundete der einundzwanzigjährige Baan immer wieder die Höhle an der Wasserscheide zwischen dem Orinoko-Fluss und dem Amazonas. Er glaubte fest daran, dass er dort die Antwort auf die Frage finden würde, wie sein Vater in Europa ums Leben gekommen war und wie er mit dem Verstorbenen Kontakt aufnehmen konnte. Er hoffte, einen *Jivaro* in der Höhle anzutreffen. Die kleinen, seltsamen Männer galten zwar als gefährlich und mordlustig, aber nur die Jivaro beherrschten die Kunst, die Geister der Vergangenheit heraufzubeschwören. Aus diesem Grund hatte Baan auch ihre Sprache erlernt und sich genauso mit ihren Ritualen vertraut gemacht wie einst sein Vater Jakob.

Außerdem fand Baan es spannend, in den kühlen Wänden der Höhle nach Zeichen der Dämonen zu forschen – viel spannender, als an der Universität von Salvador da Bahía Medizin zu studieren. Selbst ein gemeinsamer Ausritt mit Raimundo, dem Verwalter der Fazenda, konnte nicht mit einem Streifzug durch die finstere Höhle mithalten. Für Baan war sie eine Quelle der brasilianischen Kultur.

Heute wird etwas Ungewöhnliches passieren, dachte Baan, denn in der vergangenen Nacht hatte er zum dritten Mal eine Vision gehabt. Bei dem Gedanken an das junge Mädchen mit den langen, blonden Haaren und den blauen Augen, das ihm aus der Ferne zugewinkt hatte, spürte er ein Kribbeln im Nacken und hörte das laute Pochen seines Herzens. Sie war von atemberaubender Schönheit, aber der Ausdruck in ihren eisblauen Augen hatte etwas Unheilvolles, ja, sogar etwas Bedrohliches.

Seit er von den Visionen heimgesucht wurde, fand er Geschmack am Tod und hatte keine Angst mehr davor, erstickte jeden noch so leisen Zweifel daran. Er genoss es, eine sechs Meter lange Anakonda dabei zu beobachten, wie sie im Wasser ein kleines Tier umschlang und es tötete, oder die Piranhas dabei zu verfolgen, wie sie einem verletzten Tapir das Fleisch von den Knochen rissen. Er war furchtlos wie sein Vater. Deshalb hatten die Jivaro seinen Vater, ihren weißen Freund aus München, den Furchtlosen genannt. Und er, Baan, war Jakobs Sohn.

Während er seinen Weg fortsetzte, drehte er sich um und warf einen Blick auf sein Zuhause, das sein Vater ihm vermacht hatte: die Fazenda *Giacomo.* Rauch stieg aus dem Schornstein des Außengrills auf. Die großen Fenster waren dunkel, aber vertraut. Raimundo bereitete ein *Churrasco* für die Arbeiter zu. Niemand folgte ihm. Die Luft war rein.

Raimundo, ein Afroindianer aus Salvador da Bahía, verwaltete nicht nur die Fazenda *Giacomo,* sondern war auch sein Vormund. Alles, was Baan über seinen Vater wusste, hatte Raimundo ihm erzählt, der Jakobs engster Freund und Vertrauter gewesen war. Baan selbst hatte kaum noch Erinnerungen an seinen Vater. Er war erst drei Jahre alt gewesen, als Jakob nach Deutschland gegangen und nie von dort zurückgekehrt war.

Seine Mutter hatte in den vergangenen Jahren kaum Zeit für ihn gehabt. Er sah sie nur selten, denn seit Jakobs Tod lebte sie im zweihundert Kilometer entfernten Recife und musste vier weitere Kinder ernähren. Dennoch mochte Baan sie. Sie hatte die typischen funkelnden Augen einer Brasilianerin, dunkle Haut und eine schwarze Lockenmähne. Baan kam mehr nach seinem Vater. Mit seinen dunklen Locken, den großen braunen Augen, einer fein geschnittenen Nase und den vollen Lippen sei er ein schönes Kind gewesen und heute ein attraktiver Mann, behauptete seine Mutter. Deshalb nannten sie und Raimundo ihn manchmal nur *Jakobs Sohn.* Das wiederum erfüllte ihn mit Stolz.

Nach dem Mittagessen an diesem Tag hatte Baan sich wütend davongeschlichen, nachdem er Raimundo in der Küche dabei beobachtet hatte, wie er die Bluse von Gabriela aufge-knöpft hatte. Mit seinen Händen hatte er die kleinen, festen Brüste der Hausangestellten berührt, ein Bein zwischen ihre geschoben und das Becken der Mulattin kreisen lassen. Es hatte Baan überhaupt nicht gefallen, dabei Raimundos dunk-les Lachen zu hören und zu sehen, wie der Verwalter Gab-rielas Körper liebkoste. Schließlich war sie dreißig Jahre jün-ger als Raimundo.

Innerhalb weniger Minuten hatte sich seine Seele verdun-kelt und alles, was vorher hell gewesen war, wurde als Dä-mon nach außen gestülpt. Baan geriet neuerdings immer öfter in dumpfe, sinnlose Wut, sobald er mit der Zügellosig-keit von Raimundo konfrontiert wurde. Dann rannte er durch imaginäre Schatten davon, mit großen, dunklen, gehetzten, blutunterlaufenen Augen.

Auch jetzt lief er zur Höhle, das Gesicht gerötet, weil er seine Gedanken nicht verstand und warum er neuerdings immer voller Zorn war, sobald er sich selbst befriedigte. Er liebte die Unschuld einer Blüte, die Vollkommenheit einer Amazonaslilie, auf der sich höchstens einmal ein Schmetter-ling niederließ. Das abgründige Tier der Lust mochte er über-haupt nicht, denn dann nagten Dämonen genussvoll geifernd an seinem Fleisch.

Die langen, dunklen Haare klebten ihm am Rücken. Er lief zu schnell, der Atem stach ihm in die Brust – von der An-strengung, noch schneller zu laufen, seine Beine noch schnel-ler zu bewegen, als könnte er etwas durchbrechen, etwas, das niemand sehen durfte: seine abgrundtief bösen Gedan-ken hinter seinem Unschuldsgesicht.

Er beugte mehrmals den Kopf und wich den tiefhängenden Ästen der Regenwaldbäume aus, um deren Stämme sich die wild wachsenden Lianen ineinander verflochten. Dazwischen drängten sich seltsame Pflanzen, die ihre Farbe im wechseln-den Licht veränderten. Der Pfad war von modrigem Laub und Moos überwuchert und so glitschig, dass Baan ein paar Mal fast gestürzt wäre. An der Stelle, an der ein Abhang den lichtundurchlässigen Baldachin der Baumwipfel durchbrach, drang Sonnenschein bis in die mittleren Lagen des Regen-waldes vor. Beim Anblick der uralten schwarzen Felsen, die vor ihm lagen, verspürte er ein Gefühl von Unheil, einen Sumpf von Albträumen. Der Wald schien ihm zuzuflüstern, dass ein Mensch hier nicht willkommen war.

Er fühlte sich schwach und zittrig, als er mit klopfendem Herzen vor dem Eingang der Höhle stand. Hängende und kletternde Pflanzen in unterschiedlichen Grünschattierungen kämpften hier ums Überleben und umschlangen den Eingang der Höhle mit ihren feinen Wurzeln. Es tobte eine lautlose Schlacht um Licht und Platz.

Baan bahnte sich einen Weg durch die Öffnung. Seine Neu-gier war stärker als der Zorn, den er auf Raimundos Triebe verspürte. Er schob mehrere Lianen beiseite.

Baan war nicht fähig, sich zu bewegen, und starrte auf die kleine, furchteinflößende, greisenhafte Gestalt vor ihm, die auf etwas einschlug, das auf dem Boden lag. *Ein Bündel viel-leicht oder eine Macumba-Puppe*, dachte er. Er erkannte nur das lange, helle Haar in der Farbe einer Mondblume.

Der Jivaro war bis auf einen Lendenschurz nackt, sein Kör-per mit dem Saft der *Urucu*-Frucht rot gefärbt und mit schwarzen Kreisen bemalt. Baan musste sich entscheiden: umkehren oder sich mutig erheben. Der Gedanke, dass der Moment gekommen war, in dem er Antworten auf seine Fra-gen bekommen würde, siegte über sein Misstrauen und sei-ne Vorsicht. Er war erstaunt über seine Fähigkeit, mögliche Skrupel einfach beiseitezuschieben, sich von sich selbst zu lösen und die Lage kühl zu analysieren.

Baan ging einen Schritt weiter, blieb aber stehen, als der Indianer ihn bemerkte. Taumelnd drehte er sich um und sah Baan an.

Es war ein gegenseitiges Erkennen und die stille, aber spontane Übereinkunft, die nächsten Stunden gemeinsam zu verbringen. Baan starrte den Jivaro an, musterte das kleine Gesicht, das ebenfalls blutrot bemalt war, sah die dunklen Schatten unter den Augen, deren Lider so zart waren, dass

21

die Iriden durchschimmerten, die nun gefährlich aufblitzten. Ein Glühen wie im Fieberwahn, vermutlich von einer Portion Peyote-Pilze, nach deren Einnahme die Welt trotz der Finsternis grell und intensiv in allen erdenklichen Farben leuchtete.

Ein Luftzug wirbelte Staub auf und wehte Baan einen abscheulichen Geruch entgegen. Brühe, die ihn an die Suppe mit den Fettaugen und dem widerlich stinkenden Knochenmark erinnerte, die seine Mutter immer für ihn zubereitet hatte, wenn er krank war.

Plötzlich drang grelles Licht von draußen durch den Eingang und erhellte das Etwas auf dem Boden. Baan hielt inne, als er lose Stofffetzen erkannte, die eine *Tsantsa,* einen Schrumpfkopf, teilweise umhüllten. Er wich zurück. Die Haut war samt Haaren vom Schädelknochen abgezogen, die Lippen zusammengenäht und die Augäpfel herausgeschält. Der violettblaue Faden bildete einen gespenstischen Kontrast zu dem blassen Mund. All das nahm Baan im Bruchteil einer Sekunde wahr, er fühlte jedoch keinen Impuls, wegzulaufen. Seine Faszination und seine Neugierde waren größer.

Baan glaubte eine Gefühlsregung in den Augen des Jivaro zu sehen, als der kleine Mann nickte und ihn herbeiwinkte.

„Du bist furchtlos. Du bist unverkennbar Jakobs Sohn", wisperte er.

Sein Anblick schien dem Jivaro-Häuptling Freude zu bereiten, aber Baan war dennoch auf der Hut. Der Jivaro schaute ihn unverwandt an und dann verschwamm die Wirklichkeit und verrutschte am Rand von Baans Blickfeld. Er hielt den Kopf schräg und betrat Sekunden später eine andere Welt, eine dunkle Welt, die nach Schmutz und Fäulnis roch und in der der Indianer ihm das Ritual erklärte und Baan von seinem Vater Jakob berichtete.

Stöhnend schloss Baan die Augen. Endlich fügte sich alles zusammen. Seine nächtlichen Visionen, seine Verachtung für die zügellose Lust, sein Gefallen am Tod. Die Wahrheit über seinen Vater bahnte sich auf schwarzen Schwingen ihren Weg durch die Höhle – geradewegs in sein Hirn.

Danach war Baan nicht mehr der Mann, der am Tag zuvor noch an ein unbeschwertes Studentenleben an der Universität in Salvador da Bahía geglaubt hatte. Seine Visionen waren so wahr wie der uralte *Jivaro*, der in der Höhle aufgrund seiner Bejahrtheit und seines geschwächten Herzens dem Tod entgegensah.

Baan lief hinaus, dem gleißenden Rot des Abendhimmels entgegen, den Farben des Feuers, wie sie nur die Hölle entsenden konnte. Er versank im wirbelnden Strom der vergangenen Eindrücke, um an diesem Ort mit *wakan,* der allumfassenden Seele, zu verschmelzen. In seinem Kopf war ein leises, konstantes Sirren. *Ich werde die Menschen finden, die meinen Vater auf dem Gewissen haben. Ich werde sie suchen, sie finden, sie töten ...*

Kapitel 3

Es gelang Anna Gavaldo, den Raum des Hotels „Bayrischer Hof", in dem die Benefizveranstaltung der Organisation Terre de femme für die Opfer von häuslicher Gewalt gegen Frauen soeben ihren Höhepunkt erreichte, ungesehen zu verlassen. Ihre Freundin Mathilda van Cleef setzte zu einer Rede an. Das Reden und Lachen der rund einhundert geladenen Gäste, das den Raum mit einem Dröhnen erfüllte, verstummte. Alle Blicke waren auf Mathilda gerichtet, die in diesem Moment ihren Entschluss nicht bereute, die Laudatio für die Präsidentin der Organisation *Terre de femme* zu halten und sich bei dem Publikum für die großzügigen Spenden zu bedanken.

Mathilda zog mit ihrem gekonnten Auftritt die gesamte Aufmerksamkeit auf sich. Witz, Charme und ihre rote Lockenmähne taten ein Übriges.

Anna kannte Mathilda seit ihrer Kindheit. Ihre erste Begegnung hatte auf dem Schulhof der Grundschule stattgefunden, wo sie Mathilda schüchtern nach dem Weg zum Klassenraum gefragt hatte. Mathilda hatte – wie sie selbst – einen leicht nordischen Akzent, deshalb war da gleich eine Vertrautheit zwischen ihnen gewesen. Weil Anna als Kind so dünn und blass gewesen war und im Allgemeinen so zerbrechlich gewirkt hatte, hatte sie im Augenblick ihres Aufeinandertreffens Mathildas Schutzinstinkt geweckt, der sich auch nicht legte, als Mathilda später feststellte, dass Anna sehr gut für sich selbst sorgen konnte und einen eisernen Willen besaß.

Anna liebte Mathildas Fantasie und ihre Leichtigkeit, ihre ansteckende fröhliche Art. Ihre Ehemänner waren miteinander befreundet, und Max und sie waren die Paten der van-Cleefs-Zwillinge, Cox und Samu.

Anna seufzte. Jeder im Saal schien den Abend zu genießen

– überall schöne Kleider, Schmuck, Parfüm, ausgelassenes Lachen. Und sie inmitten des Geschehens und doch getrennt von allen anderen wie durch eine unsichtbare Wand. Sie lächelte mechanisch, antwortete nur, wenn sie etwas gefragt wurde, nickte oder schüttelte den Kopf und trank von ihrem Champagner.

Sie fühlte sich wie eine Marionette, die an Fäden hing und von irgendjemandem geführt wurde, ohne zu einer einzigen eigenständigen Bewegung fähig zu sein. Seit Tagen ging das so. Es war eine eigentümliche Angst in ihr, seit Anna erfahren hatte, dass sie wieder ein Kind erwartete.

Ich trage die Verantwortung für ein ungeborenes Baby, dachte sie. *Ich darf nie wieder nach Jakobs Willen leben.* Was sie aber gerade tat, hatte mit Leben und Verantwortung kaum was zu tun: Sie hatte eine Panikattacke.

Der Moment war gar nicht so ungünstig. Es gelang ihr, den Saal ungesehen zu verlassen. Sie hatte sich während der letzten Minuten bereits in die Nähe des Ausgangs vorgearbeitet und so waren es nur noch wenige Schritte, bis sie draußen war.

Anna schloss die schwere Tür hinter sich und lehnte sich für einen Moment tief atmend gegen die Wand. Wie ruhig es hier draußen war, wie kühl! *Verdammt, reiß dich zusammen, Anna Gavaldo!*

Eine Angestellte des eleganten Hotels kam vorbei und verharrte einen Moment, unschlüssig, ob die an der Wand lehnende Frau vielleicht Hilfe brauchte. Anna vermutete, dass sie ziemlich mitgenommen wirkte, wenn sie ungefähr so aussah wie sie sich fühlte. Sie richtete sich auf und versuchte zu lächeln.

„Alles in Ordnung?", erkundigte sich die Angestellte.

Anna nickte. „Ja. Es ist nur … es ist ziemlich heiß da drinnen!" Sie machte eine Kopfbewegung in Richtung Tür. „Mir ist ein wenig übel."

Die junge Frau sah sie mitleidig an, ging aber dann weiter.

Anna begriff, dass sie unbedingt die Toilette aufsuchen und einen Blick in den Spiegel werfen sollte. So, wie die junge

Frau sie gerade angesehen hatte, musste sie ziemlich derangiert aussehen. *Kein Wunder*, dachte sie, *nach dem, was eben geschehen ist. Was zuhause in unserem Haus geschieht ...*

Zuerst war es nur ein Gefühl gewesen. Doch inzwischen war Anna sich sicher, dass eine Bedrohung sie umkreiste, wie damals, als die Bestie Jakob ihr Leben bestimmt hatte.

Der marmorgeflieste Raum empfing sie mit sanftem Licht und einer leisen, beruhigenden Musik, die aus verborgenen Lautsprechern erklang. In den Toilettenkabinen hielt sich gerade niemand auf. Aber bei weit über hundert Gästen, die sich im Hotel aufhielten, konnte dieser Zustand nicht von langer Dauer sein. Jede Sekunde konnte jemand hereinkommen. Ihr blieb nicht viel Zeit.

Sie stützte sich auf eines der luxuriösen Waschbecken und blickte in den hohen Spiegel darüber, aber erkannte die Frau kaum, die sie da sah. Ihre hellblonden Haare hingen wirr hinunter. Ihr Lippenstift war offenbar am Rand eines Champagnerglases gelandet, jedenfalls war nichts mehr davon auf ihrem Mund zu sehen. Ihre Nase glänzte, und ihr Make-up war verschmiert.

Sie hatte es gespürt. Geahnt, dass ihr Geist sich noch immer nicht von Jakob befreit hatte. In Gedanken umkreiste er sie noch immer, und sie ihn. Für sie beide gab es keinen Frieden. Vorhin hatte sie sein Flüstern vernommen und danach nichts so sehr gebraucht, wie diesen Raum verlassen zu können. Irgendjemand hatte sie im Saal beobachtet, um ihr schließlich im Vorbeigehen die Worte ins Ohr zu flüstern: *„Ich werde dich töten.“*

Sie musste sich jetzt schnell frisch machen und danach versuchen, irgendwie diesen Abend zu überstehen. Er konnte nicht ewig dauern. Die Veranstaltung war praktisch vorüber, die Spenden eingesammelt. Als Nächstes würde das Buffet eröffnet werden und dann konnte sie sicher rasch und diskret verschwinden.

Sie stellte ihre Handtasche auf die Marmorplatte.

Was für ein entsetzlicher Abend!

26

Plötzlich kullerten die Tränen aus ihren Augen, einfach so und sie konnte nichts dagegen machen. Entsetzt hob sie den Kopf, sah ihr fremdes Gesicht an. Und die Panik der Vergangenheit darin.

Kopflos riss sie ein ganzes Bündel seidenweicher Kosmetiktücher aus dem Behälter an der Wand und versuchte, die Tränenflut zu stoppen.

Ich muss nach Hause. Sofort!

Da! Hinter ihr war ein Geräusch. Die Tür, die zum Gang führte, wurde geöffnet. Spitze Absätze klapperten auf dem Marmor. Schemenhaft, verschwommen durch den Tränenschleier, nahm Anna eine Gestalt im Spiegel hinter sich wahr, eine Frau, die den Raum in Richtung der Toiletten durchquerte.

Anna presste die Kosmetiktücher gegen ihr Gesicht und tat so als putze sie sich die Nase.

Beeil dich, ermahnte ihre innere Stimme sie, *verschwinde*!

Die Schritte hielten inne. Einen kurzen Augenblick lang herrschte völlige Stille. Dann drehte die Fremde sich um und kam auf Anna zu. Legte ihre Hand auf ihre leise bebende Schulter.

Anna hob den Blick und sah die andere hinter sich im Spiegel. Ein besorgtes Gesicht. Fragende Augen. Anna kannte sie nicht, aber nach ihrer Garderobe zu schließen gehörte sie ebenfalls zu den Gästen.

„Kann ich Ihnen helfen?", fragte die Frau. „Ich möchte nicht aufdringlich sein, aber ..."

Die Freundlichkeit, die Sorge, die aus der ruhigen Stimme sprach, waren mehr, als Anna ertragen konnte. Sie ließ die Tücher sinken und versuchte nicht mehr, den Strom ihrer Tränen aufzuhalten.

„Da drinnen ... da ist jemand ...", schluchzte Anna. „Er hat gesagt, dass er mich töten will. Mich und meine Familie."

Kapitel 4

Starnberg – In derselben Nacht

Max Gavaldo schenkte sich ein Glas Wein ein und beobachtete das Feuer im Kamin. Mit seinen Gedanken in der Nacht zu
sitzen, erschien ihm irgendwie erträglicher als ruhig im Bett
neben Anna liegen zu müssen, die sich mittlerweile wieder
beruhigt hatte.

Völlig aufgelöst war sie von der Benefizveranstaltung nach
Hause gekommen und hatte ihm unter Tränen berichtet,
dass irgendjemand sie mal wieder bedroht hatte.

Verdammt, dachte er. Ging das schon wieder los? Wer o-
der was hatte den Schalter umgedreht, um dem Irrsinn mal
wieder einen Blick durch die Tür zu gewähren? Vielleicht Annas Schwangerschaft?

Max liebte seine Frau, sie war für ihn von unwiderstehli-
chem Zauber. Er kannte nur zwei Empfindungen: innige Liebe
und unbändigen Ehrgeiz. Er war ein brillanter Manager mit
einem todsicheren Gespür für Neuerungen, steckte voller
Ehrgeiz und wollte noch immer die Welt erobern. Aber nur
mit Anna und seiner Tochter an seiner Seite.

Er gestattete sich zum ersten Mal, seine Gedanken der An-
gelegenheit zuzuwenden, die er die vergangenen Jahre aus
seinem Bewusstsein verdrängt hatte. Er hatte an alles denken wollen, nur an eines nicht – an den Mann, der für Annas
desolaten Zustand verantwortlich war und der seine Frau
fast zerstört hatte: Jakob.

Der Wohnraum lag im Halbdunkel, die Dämmerung sickerte schwach durch die zugezogenen Baumwollvorhänge. Aus
den Boxen, die sich im Regal zwischen seinen Büchern ver-
steckten, klang leise Jazzmusik. *Kenny G* improvisierte mit
seinem Tenorsaxofon im rauchigen Timbre das Thema von
Hearts of Soul. Die CD-Hülle lag geöffnet neben einer zu-

sammengeknüllten Wolldecke auf dem Sofa. Vor der Couch, auf einem teuren Perserteppich, stand ein niedriger Sofatisch aus dunklem Wurzelholz. Er fügte sich gut ein in das avantgardistische Ambiente des Zimmers. Auch der Duft nach Annas Parfüm, den sie im Zimmer verströmt hatte, passte gut.

Anna lag seit Stunden im Schlafzimmer und schlief tief und fest. Auf dem Tisch lag ihr in Leder gebundenes Tagebuch, das er vor Jahren zufällig im Keller hinter dem Weinregal gefunden hatte. Es war mit grauenvollen Zeichnungen und handschriftlichen Eintragungen vollgekritzelt. Er hatte bis heute keine Zeile darin gelesen, sondern es seit Jahren in seinem Safe unter Verschluss gehalten. Doch nach dem heutigen Vorfall hatte er beschlossen, dass er sich das Tagebuch doch ansehen musste. Vielleicht fand er darin einen Lösungsansatz für Annas Konflikte, etwas anderes fiel ihm nicht ein. Er musste sie schützen, denn schließlich erwartete sie ein Kind. *Endlich*, dachte er. Sein Kind!

Er nahm das Tagebuch in die Hand. Blätterte vor und zurück und landete schließlich bei Annas letzten Eintragungen.

Dezember 1999

Bin ich in einem Keller?

Eine Dunkelheit wie diese habe ich in meinem Leben noch nicht erlebt. Ich glaube gefesselt auf einem Stuhl über einem lichtlosen Abgrund zu schweben. Nur allmählich kehrt das Gefühl wieder in Arme und Beine zurück. Ich bewege meine Hand vor den Augen. Obwohl ich spüre, dass die Handfläche leicht meine Nase berührt, sehe ich sie nicht. Ich umklammere die Stuhllehne. Irgendwo klappert Besteck. Mein Herz rast.

Jakob wird mich töten. So wie er meine Schwester Katharina getötet hat.

Gestern hat er mir eine weiße Paste ins Gesicht geschmiert, damit ich für einen Tag und eine Nacht die Blässe einer Toten habe. Nein! Jakob hat es als „fahle Aura" bezeichnet und die Worte gesprochen: „Quando a vida perde o seu sentido, a morte nao mais assustara."

Ich kenne ihre Bedeutung nicht.

Plötzlich ist seine Stimme dunkel und tief geworden, seine Augen riesig und hohl. Er sieht dem Mann meiner Albträume so ähnlich.

„Ich werde dich töten", hat er gesagt.

Dienstagnachmittag?

Als er das erste Mal zu mir kommt, herrscht in dem Raum noch schwache Helligkeit. Es muss Dienstagnachmittag sein. Er bringt Wasser und gibt mir etwas zu trinken. Danach geht er wieder und kommt erst nach Stunden wieder. Im Raum ist es jetzt völlig dunkel, es ist also Nacht. Er berührt mich, streichelt meine Brüste. Ich kann nicht schreien und mich nicht bewegen. Mein Atem stockt unter seiner Berührung.

Mittwoch oder Donnerstag oder Freitag?

Ich versuche vorsichtig, meine Hände und Füße zu bewegen. Das dumpfe Pochen verwandelt sich sofort in einen stechenden Schmerz. Meine Gedanken werden klarer. Montag, Dienstag, Mittwoch, Donnerstag. Es muss Mittwochmorgen sein. Man wird nach mir suchen. Diese hauchdünne Hoffnung ist das Einzige, was mir bleibt. Ich flüstere Max' Namen und flehe ihn aus dem Dunkel an, mich zu retten.

Max schluckte heftig und schenkte sich ein zweites Glas an. Verdammt! Verdammt! War es ein Fehler das alles zu lesen? Er spürte einen Kloß in seinem Hals, als er weiterlas.

Jakob betrachtet mich. Ich liege auf dem Tisch im Keller seines alten Hauses. Er hat mir die Hand- und Fußgelenke gefesselt und meinen Mund mit einem Knebel verschlossen. Er muss die Dosis der Drogen erhöhen, denn ich bin aufgewacht.

„Deine Gesichtszüge müssen für mein Vorhaben völlig entspannt sein", sagt er. „Nur wenn du schläfst, kann ich mich an dir sattsehen und dich streicheln."

Er legt eine Wolldecke über meinen nackten Körper. Unter der Decke streichelt er mich sanft und zärtlich. Er hat schöne, zarte Hände.

Die Nacht im dunklen Keller, gefesselt an einen Stuhl, hat meinen Widerstand gebrochen. Er sagt, dass er mir einen Vorgeschmack auf den Tod geben will, indem er einen Spiegel mit einer Kerzenflamme anrußt und ihn mir vorhält. Nur so kann ich beim Sterben mein Gesicht sehen. Er ist vollkommen wahnsinnig.

Donnerstag

Ganz allmählich tauche ich aus einem tiefen, traumschweren Schlaf auf. Mein Kopf fühlt sich an wie mit Watte gefüllt. Hinter meinen Lidern wirbeln seltsame Traumbilder. Ich spüre eine Plastikplane unter meinem Körper. Der Raum erscheint mir diesmal nicht so dunkel und kalt. Ein merkwürdig verbrannter Geruch liegt in der Luft.

„Deine Schwester zu töten, war ein besonderes Ereignis. Ich habe es genossen", zischt er. „Dein Tod wird vollkommener und ohne jegliche Störung sein. Du wirst mich danach ein ganzes Leben begleiten."

Ich hebe die Lider und sehe in seinen Augen den Wahnsinn aufflackern. Sein Kopf ist gesenkt und die Arme sind hinter dem Rücken verschränkt, als wolle er etwas vor mir verstecken.

„Sieh mal, Anna. Das werde ich in wenigen Stunden mit dir machen", flüstert er.

Mit der einen Hand hält er mir den Spiegel vors Gesicht, mit der anderen zeigte er mir einen geöffneten, blutverschmierten Schädel, aus dem eine Hirnhälfte herausquillt.

Er stellt den blutigen Schädel so hin, dass ich ihn immer beim Aufwachen unmittelbar vor Augen habe. Ich verliere das Bewusstsein.

Freitag

Er hat es sich anders überlegt, sagt er. Ich habe mich in ein gewaltiges Schweigen zurückgezogen. Das diffuse Licht des Mondes, das durch das kleine Fenster fällt, taucht den Kellerraum in dunkelgraue Schatten. Jakobs schwach beleuchtetes

Gesicht ist ein verschwommenes Profil, in dem die Augen spukhaft in den Höhlen liegen.

Ich liege jetzt auf dem Boden und kann nur schemenhaft erkennen, wie er eine Lampe einschaltet. Eine lange Kette baumelt an einem Haken.

Er sagt, dass ich eine weitere Lektion zu erlernen, einen weiteren Schritt auf unserer gemeinsamen Reise zu gehen hätte. Er verstellt die Kette und kürzt sie, dann befestigt er einen Panikverschluss daran und hängt eine Ledervorrichtung an den Haken. Oben befindet sich eine Metallstange, an der zwei breite schwarze Lederstreifen an mehreren Klammern hängen.

Mein von Drogen umnebeltes Gehirn gaukelt mir mittlerweile leuchtende Farben vor: Sonnengelb, Azurblau, Smaragdgrün, doch vor allem Tizianrot.

„Die anderen waren hierfür nicht zu haben", höre ich ihn sagen, „im Gegensatz zu dir."

Er wirft mir einen flackernden Blick zu. Im Raum wird es plötzlich still. Jakob knöpft sich langsam das Hemd auf, zieht es aus und wirft es auf den Boden. Seine Härte presst sich gegen den Stoff seiner Jeans. Dann kommt er zu mir.

„Ich kann mit dir machen, was ich will", haucht er mir ins Ohr. „Ich habe es schon lange gewusst: Im Grunde hast du nur auf mich gewartet."

Er kniet nieder, schiebt meinen Slip herunter und streift ihn ab. Ich trage jetzt nur noch das Goldkettchen um meinen Knöchel. Ein Geschenk vom Stamm der Jivaros, hat er gesagt.

Er küsst die Innenseite meiner Oberschenkel. Dann spüre ich einen scharfen Schmerz, als er zubeißt. Ich zucke zusammen, doch er hält mich an der Taille fest und beißt noch fester. Es durchschauert mich, vor Erregung und Schmerz. Er erhebt sich, greift in die Jeanstasche, zieht eine Spritze mit einer langen Nadel heraus und injiziert mir eine goldgelbe Flüssigkeit.

„Reiß dich zusammen", sagt er und schlägt mir ins Gesicht. Bevor ich das Bewusstsein verliere, schmecke ich Blut.

Max legte das Tagebuch für einen Moment zur Seite. Sein Herz raste. Er dachte an Anna und an all das, was ihn für immer mit ihr verband. Ihre gemeinsam verbrachten Jahre mit den unzähligen Erinnerungen. Das Liebesgeflüster am späten Abend, die kleinen Witze, die nur sie verstanden, ihre Amnesie, ihre schrecklichen Erlebnisse – das alles hatte sich zu einer gemeinsamen Geschichte verwoben.

Schon damals, nach einem Gespräch mit seinem besten Freund Benedikt van Cleef, dem Leiter der Kripo München, war die Ungewissheit von ihm abgefallen. Er hatte sicheren Schrittes die richtige Entscheidung getroffen und Anna geheiratet.

Wenn Benedikt van Cleef nicht gewesen wäre ... Er wollte nicht daran denken. Anna hatte ihr Leben nur der Hartnäckigkeit dieses Mannes zu verdanken.

Er las weiter ...

Später machte er einen Spaziergang durch die dunkle Nacht. Der Neumond ließ das Wasser des Starnberger Sees verführerisch glitzern. Aber es war kalt und Kälte hatte immer etwas Bedrohliches. Dennoch verweilte er ein wenig am Ufer des Sees.

Ich muss aufhören, Annas Tagebuch zu lesen, dachte er. Jede Zeile war ein Stich mitten in sein Herz. Und dennoch konnte er nicht anders.

Er blickte sich um. Kein Jakob weit und breit. Er war allein. *„Er kommt nicht"*, würde Anna jetzt sagen. Er dachte schon wie seine Frau. *Schluss jetzt!*

Der Teppich aus Unkraut und vermoderten Blättern knisterte leise unter den Schuhsohlen, als er zurücklief zur Villa. Plötzlich stockte er. Irgendetwas war anders als sonst. Aber was? Er blieb stehen, starrte in die Dunkelheit. Nichts. Die Straße war menschenleer. Kein kalter und farbloser Schatten wanderte umher. Alles war ruhig, bis auf den Wind, der durch die Bäume rauschte. Warum hatte er dann das Gefühl, beobachtet zu werden? *Dieses verdammte Tagebuch!*

Er schlug die entgegengesetzte Richtung ein. Immer weiter

weg von der Villa. Jeder Schritt half ihm dabei, seine Gedanken zu ordnen, die Schwere abzuschütteln. Ab und an tauchten Nachtschwärmer aus dem Dunkel der Straße vor ihm auf, taumelten an ihm vorbei, ein paar einsame Wölfe, einige eng umschlungene Pärchen. Eine Kneipe tauchte vor ihm auf, ein Licht in der Dunkelheit. Sie gefiel ihm, weil sie leer war. Er trat ein.

Hinter dem Tresen stand ein kräftiger Mann mit blasser Gesichtshaut und Glatze. Er nickte ihm zu. „Was darf's sein?", fragte er.

„Ein Bier."

Das Bier kam prompt und Max nahm einen Schluck.

„Harte Nacht?"

„Es gab schon schlimmere", antwortete er. „Aber: ja, harte Nacht."

„Hat sie dich verlassen, Kumpel?"

Max hob die Schultern, trank. Er hatte keine Lust, sich zu unterhalten, nahm die Flasche und setzte sich damit ans Fenster. Durch die schmutzigen Scheiben eröffnete sich ihm der Blick auf die nächtliche Straße.

Er dachte an Anna und sofort war da dieses Achterbahngefühl in seinem Magen. Seine Augen füllen sich mit Tränen und er dachte: *Ja, verdammt. Ich liebe sie. Immer noch und trotz allem.*

Er zahlte sein Bier und ging zurück zur Villa. Unterwegs blieb er einen Moment lang stehen, um zu den Sternen hinauf zu starren, an gar nichts zu denken, ein wenig die Augen auszuruhen, hier, auf der Straße, unweit seiner Haustür. Einfach zu warten, im Dunkeln, an der Schwelle zum Morgengrauen. Dann ging er weiter, so langsam, dass der kalte Wind all seine Emotionen davontrug und sein Schmerz schließlich außer Sichtweite war. Jetzt war er nur noch zu müde, zu vernarbt und wieder zu verwundet.

Plötzlich hörte er Schritte hinter sich. Er drehte sich um, hielt den Atem an, lauschte. Weit und breit war niemand zu sehen. Nur die Villa vor ihm. Geh hinein! Worauf wartest du denn noch?

Da! Ganz deutlich war es zu hören. Klack ... klack ... klack. In der Ferne hallten Schritte wider. Jetzt war er sich sicher, dass er längst nicht mehr allein war und dass jemand ihn tatsächlich im Visier hatte.

Er hatte lange darüber nachgedacht, ob er jemanden ins Vertrauen ziehen sollte. Es wäre das Vernünftigste. Jeder normale Mensch würde einfach die Polizei rufen und von seinem Verdacht berichten. Er könnte Benedikt van Cleef einweihen und um Hilfe bitten. Benedikt würde ihm Glauben schenken, aber Anna? Im besten Fall würde er sie beide zunächst einmal befragen. Vielleicht erfuhr er dann die ganze Wahrheit. Vielleicht erfuhr er dann, was damals geschehen war.

Er musste mit Benedikt sprechen. Für Anna. Für Katharina. Es ging nicht anders. Er musste ihm Fragen stellen und ihm dabei in die Augen sehen. Keine höflichen Fragen, die ein besorgter Ehemann in einem längst kalten Fall einem Polizisten stellte, der über jeden Zweifel erhaben war.

Es mussten die richtigen Fragen sein. Das konnte nur er, da er jetzt Annas Tagebuch kannte. Und er konnte es nur allein. Überhaupt – wenn er jemandem von seinem und Annas Verdacht erzählen würde, dann nur aus Angst vor einer neuen Bedrohung. Anna und er waren auf sich selbst gestellt. Er musste das ändern und Benedikt sein Geheimnis anvertrauen. Das war er Anna schuldig. Und seiner kleinen Familie.

In der Villa kletterte er aus den Trümmern seiner Seele hervor, setzte sich Stück für Stück wieder zusammen.

Und weinte.

Kapitel 5

Seit Baan wieder im brasilianischen Salvador da Bahía war und angefangen hatte, über Anna Gavaldo zu recherchieren, ertappte er sich immer wieder bei dem Wunsch, das ganze Tun dieser Frau aus seinem Gedächtnis zu löschen. So wie man das mit einem Text am Rechner machte, der einem nicht gefiel. Einfach die Delete-Taste drücken.

Leerer Bildschirm.

Angenehm leer.

Überraschend wohltuend leer.

Baan führte seine Fantasien jedoch immer noch weiter fort, wollte Anna und ihre Sippschaft aus seinem Leben löschen. So stellte er sich vor, wie er ihrem Körper einen kleinen Delete-Schubs gab. Und weg war sie.

Weg war Anna Gavaldo.

Auf ewig aus seinem Gedächtnis und seiner Erinnerung verschwunden.

Zur Hölle gefahren, wo sie hingehörte.

Doch wenn er sich diesen Gedanken hingab, fühlte er sich merkwürdig schuldig. Sie schaffte es aus der Ferne, ungesunde Schuldgefühle in ihm aufsteigen zu lassen.

Wie machte sie das bloß?

Er musste etwas dagegen unternehmen. Immerhin konnte er nach den Tumulten der vergangenen Tage heute das Haus verlassen. Die Menschen trauten sich wieder auf die Straßen, denn die Polizisten hatten ihren Streik beendet. Der Alltag war zurück in Salvador da Bahía – das bedeutete nur drei Mordopfer pro Tag statt dreizehn. Nur einige hundert Raubüberfälle, Schießereien, Einbrüche statt der Tausenden der vergangenen Tage. Auch die Busse fuhren wieder. Das Militär kam nur, wenn die Stadt im Ausnahmezustand war. Dennoch waren die 2500 Soldaten und 500 Elitepolizisten erst einmal geblieben und patrouillierten in der Stadt der „ewigen Schönheit".

Baan schloss gewissenhaft die Eingangs- und die Seitentür ab und steckte den Schlüssel in seine Hosentasche, bevor er den Weg hinunterging. Das Wetter war unbeständig. Kleine Wolken drängten rastlos über den Himmel. Die Sonne blitzte auf und verschwand wieder, immer wieder gab es vereinzelte Regenschauer. Vor der Hafeneinfahrt am Ende der malerischen Bucht ging Baan an einer Reihe von Festungen vorbei, die früher zum Schutz der Stadt gedient hatten.

Er war unterwegs zur *Nosso Senhor do Bonfim*, einer volkstümlichen Kirche im Süden der Stadt und einer der Wahrzeichen von Salvador da Bahía. Seit Baan in Salvador Medizin studierte, hatte die barocke Kirche von 1746 ihn immer wieder magisch angezogen. Vermutlich weil hier neben dem christlichen Gott auch *Oxala*, der höchste *Candomblé*-Gott, verehrt wurde. Viele Nachfahren der schwarzen Sklaven zelebrierten Candomblé, die Religion ihrer afrikanischen Vorväter. Und auch Baan ließ sich oft inspirieren vom afrikanischen Rhythmus in Salvadors bunten Straßen.

An der großen Treppe vor der Kirche boten ihm Salvadors Straßenkinder *Fitinhas* an. Als er ein Mädchen auf den Stufen erblickte, überraschte es ihn keineswegs, dass er in diesem Augenblick sein Tun und Handeln sofort auf sie ausrichtete. Er hatte sie schon öfter dort gesehen. Baan fand es faszinierend zu beobachten, wie sich die verbitterten Gesichtszüge des kleinen Mädchens schrittweise entspannten, als es auch ihn von weitem erspähte und eine Hand mit bunten Fitinhas ausstreckte.

Dieses Mal war es das kleine Mädchen, das das blaue Fitinhas-Bändchen um sein Handgelenk knotete. Spucke rann ihm dabei als Rinnsal übers Kinn. Wieder fing er den trostlosen Blick des Straßenkindes auf. Alles an ihm wirkte vertrocknet: die verkrusteten, aufgeplatzten Lippen, die braune, schuppige Haut an Gesicht und Armen, die verschmutzte Kleidung, die Storchenbeine unter den Shorts. Der Kampf ums Überleben war dem Mädchen anzusehen: In grimmiger Entschlossenheit, die in seinen braunen Augen loderte. *Die Augen einer angehenden Kriminellen*, dachte Baan. Dennoch war das Mädchen unter dem Schmutz von Salvadors Favelas wunderschön.

„Für jeden Knoten darfst du dir etwas wünschen, Senhor", sagte es. „Aber das Band darf nicht mehr entfernt werden. Wenn es von alleine abfällt, sind deine drei Wünsche erfüllt."

Danach setzte sich das Mädchen wieder auf eine Treppenstufe und schenkte ihm ein kurzes, geheimnisvolles Lächeln. Schnell lief er die verbleibenden Stufen hinauf und betrat einen bizarren Raum, in dem die Zeugnisse der augenscheinlichen Wirkung der Fitinhas zu finden waren: der *Sala dos Milagros*. Im „Wunderzimmer" hingen unzählige Votivtafeln, Wunschzettel und kleine Nachbildungen von Körperteilen, um sich für deren Heilung zu bedanken. Dazwischen befanden sich aber auch die „verbotenen Wünsche." Dort brachte Baan seine drei Wünsche für den Candomblé-Gott Oxala, an.

Oxala soll dir ins Gesicht spucken.
Oxala soll sich über dir ausleeren.
Ich will, dass du daran erstickst!

Kapitel 6

Hey,

irgendetwas geschieht mit mir. Ich genieße es neuerdings, in den Tierpark zu gehen und die Tiere dabei zu beobachten, wie sie das rohe Fleisch von den Knochen reißen, die der Tierpfleger ihnen zum Fraß hinwirft. Mir gefällt die Vorstellung. Das ist cool.

Im Tierpark Hellabrunn, umgeben von einer riesigen, undurchdringlichen, schweigenden Vegetation, kann ich meiner Fantasie freien Lauf lassen. Also finde ich mich dort in Gedanken in einer Welt wieder, die sich vollkommen ihren Gesetzen anpasst, und mich immer tiefer in die Geheimnisse meines eigenen Wesens verstrickt.

Ich finde Geschmack am Tod. Dass ich dabei exotische Tiere vor Augen habe, muss eine besondere Bedeutung haben. Da bin ich mir absolut sicher. Vielleicht liegt es daran, dass ich Dinge voraussehe, denn ich habe das, was die Menschen das zweite Gesicht nennen. In meinen Visionen finde ich mich in tropischen Gebieten wieder und bin von einer einzigartigen Tierwelt umgeben. Papageien und Affen schreien um die Wette, Tukane lassen sich auf den Grüntönen nieder und scharlachrote Ibisse und Löffler starren mich an, als wären sie meine Wächter.

Der Gedanke, irgendwann selbst ein Tier zu töten, hat mich schon seit meiner Kindheit fasziniert. Genaugenommen, seit ich den alten Teddy von Mom zerfetzt habe. Niemand weiß davon, nicht einmal meine Mutter. Es geschah, nachdem Jörg Kreiler, ein Freund meiner Mutter, mir Jasper geschenkt hatte. Aber mit ihm kamen die Dämonen.

Jasper ist ein getupfter Teddybär mit recht seltsamen Angewohnheiten, getupft wie die anderen Biester von Jörg auch, die Mom nach seinem Tod alle weggeworfen hat.

„Getupft müssen die Stofftiere sein, Kleines", hatte Jörg immer gesagt.

Getupft! Ein seltsames Wort, das eine gewisse Kraft zu haben scheint, sofern das überhaupt möglich ist, und wenn ja, dann steht diese Kraft nicht nur für das Gute. Gefleckt ist gut, gesprenkelt schon ein wenig hässlicher, aber getupft ist irgendwie anders, obwohl ich nicht sagen kann, warum.

„Getupft, getupft", flüsterte sie, während sie weiterschrieb.

Komisch ... auch Jörg wurde getötet, wie die Schwester meiner Mutter, die ebenfalls Katharina hieß. Ein bisschen viel Tod, finde ich.

Sterben ist eine einsame Sache. Das Leben aber auch. Ich verbringe mein Leben im tiefsten Innern einsam und allein. Ganz gleich, wie viel ich mit den meinen Freunden teile, irgendetwas halte ich stets zurück. Manchmal ist es eine Kleinigkeit – zum Beispiel, wenn ich eine Leiche berühre, um zu erfahren, wie sie gestorben ist.

Manchmal ist das Geheimnis in meinem Innern etwas Finsteres, das lauert und dessen heißen Atem ich zwischen den Schulterblättern spüre. In tiefster Nacht – in den Stunden, wenn jeder alleine ist – kommen diese alten Geheimnisse und klopfen bei mir an. Einige klopfen lautstark, andere leise, kaum vernehmlich. Doch ob laut oder leise, sie kommen. Keine verschlossene Tür kann sie aufhalten. Sie haben den Schlüssel zu meinem Innersten. Ich rede mit ihnen, flehe sie an, ich verfluche sie, schreie sie an. Ich wünsche mir, mit jemandem über diese Geheimnisse reden zu können, sie jemandem anvertrauen zu können, nur einem einzigen anderen Menschen, um ein klein wenig Erleichterung zu finden.

Zurück zu Jörg. Ich mochte ihn. Und er stand auf Mom. Er hat sie förmlich angeschmachtet. Na, wer tut das nicht. Sie sieht ja auch klasse aus mit ihrem langen, blonden Engelshaar und den blauen Augen.

Von Jasper wollte ich mich nie trennen, ebenso wenig wie

von meinen Kinderbüchern. Der Teddybär ist mein Freund und hat einen festen Platz in meinem Zimmer. Er lehnt an der Schreibtischlampe, mustert mich mit seinen dunklen Augen. Er lotst mich in der Dunkelheit durch meine Träume.

Nun ... ich finde es jedenfalls faszinierend und abscheulich zugleich, einem Tier beim Sterben zuzusehen. Ich weiß, ein Mädchen in meinem Alter – ich bin sechzehn Jahre – sollte an anderen Dingen Gefallen finden. Aber es ist, wie es ist.

Ich stecke voller Marotten, behauptet mein Vater Max und schiebt es auf die Pubertät. Was sind schon Marotten? Zum Beispiel verabscheue ich Schmutz und hasse Unsauberkeit. Mir wird übel beim Anblick von fettigen Fingerabdrücken an Türen, einer Explosion aus silbrigen Staubpartikeln auf dem Fernseher oder Essensresten in einem Kochtopf. Ich hasse den Unrat, den Hausmüll, faulendes Obst oder den Schimmel im Keller. Ich liebe die Farbe Weiß. Mein Zimmer ist in meiner Lieblingsfarbe gestrichen und auf meinem Bett liegt eine faltenfreie, blütenweiße Decke. Weiß ist steril und steht für Sauberkeit. Deshalb ist sie die Farbe des Todes. Und der Tod ist nun mal rein.

Eine Leiche beispielsweise ist immer weiß und nach dem Waschen frei von Schmutz. Ich ekle mich nicht vor Leichen. Ein toter Körper ist nur eine Hülle. Wenn der Geist den Körper verlässt, reduziert sich der Mensch auf diese Hülle. Ein toter Körper ist weniger als nichts. Er hat keinen Wert mehr und gleichzeitig ist für den Körper nichts mehr von Bedeutung. Deshalb mag ich meinen Aushilfsjob im Beerdigungsinstitut von Herrn Käfer.

Lukas Käfer mag ich auch. Er ist mindestens fünfzig Jahre, vielleicht älter und trägt immer einen dunklen Anzug. Die tiefschwarze Krawatte hängt auf eine Weise schief, die vermuten lässt, dass er sich immer in Windeseile umzieht. Seine rosige Haut strahlt vor Gesundheit. Sein volles Haar hat unter der grauen Beleuchtung etwas dämonisch Imposantes. Nach einem Todesfall gibt es für Herrn Käfer immer viel zu tun und deshalb überlässt er mir das Waschen und Aufhübschen der Leichen.

Mein Vater findet meine Arbeit ein wenig makaber, aber Mom sagt, sie sei in Ordnung. Außerdem bin ich gut im Aufhübschen der Toten. Ich arbeite immer sehr sorgfältig, wenn ich eine Leiche wasche und sie anschließend schminke. Ich nehme mir die Zeit. Ich rede, ich schaue zu, ich rieche.

Übrigens … mein Name ist Katharina. Ich bin die Tochter von Anna und Max Gavaldo und irgendetwas geschieht mit mir. Deshalb habe ich mich entschieden, ein Tagebuch zu führen. Das ist mein zweiter Eintrag.

Katharina legte den Stift für einen Moment beiseite. Trotz der kalten Jahreszeit drang Vogelgekreische durch das gekippte Küchenfenster. Vielleicht eine Krähe, die sich verirrt hatte? Ihr Blick glitt nach draußen. Eine blasse, durch die Sonne zum Leben erweckte Winterlandschaft erinnerte sie an eine Geschichte, die ihre Mutter ihr in der Kindheit vorgelesen hatte. Eine Geschichte über einen Kristall, der in Tausende kleine Splitter zersprang, und die Landschaft darunter wie einen Brillanten funkeln ließ, oder wie die zerbrochenen Kristallgläser auf dem Parkettboden im Wohnzimmer. Ihre Mutter hatte sich mittlerweile wieder beruhigt, aber ihr Vater nicht so richtig. Er nannte sie seit dem Vorfall Lilith, und nicht mehr „meine Kate".

Hm … Lilith gefiel ihr besser. *Lilith* bedeutete „Zweig des Dämonenbaums, eine Albträume verursachende nachtaktive Dämonin, ein sich herumtreibender Waldgeist". Ja, das traf es wohl ziemlich genau und reflektierte ihre Veränderung.

Katharina warf einen Blick auf die Küchenuhr. Es war schon drei Uhr nachmittags und ihre Mutter war immer noch nicht zuhause. Sie nahm ihren Stift wieder in die Hand.

Mom … sie ist siebenunddreißig Jahre und eine kluge, intelligente Frau. Das habe ich immer geglaubt. Aber in all den Jahren habe ich noch nie gesehen, dass sie sich so seltsam benommen hat wie heute Morgen. Früher war sie ja oft komisch, aber da hat sie noch ihre rosa Pillen geschluckt und ist ständig zum Psychiater gerannt.

42

Heute Morgen jedenfalls stand Mom auf der Terrasse unserer Villa und sie stand so komisch da, als hätte sie im Garten ein Gespenst gesehen. Unmittelbar anschließend an unsere Terrasse wachsen Silberbirken wie eine Reihe geisterhaftweißer Gestalten. Und dahinter stehen endlos dichtstehende Bäume mit dürren Ästen. Da war nichts Besonderes, aber ihr Mund stand offen, ihr Gesicht war kreidebleich, ihre Augen weit aufgerissen. Auf der anderen Seite des Gartens hatte die Wintersonne die Baumkronen in blassgraues Licht getaucht, als wären sie Teil eines winterlichen Monet-Gemäldes. So eine Kopie hängt im Büro meines Vaters.

Mom rannte in den Garten und steuerte schnurstracks auf die Baumgruppe zu. Doch plötzlich torkelte sie wie eine Marionette, deren Fäden durchtrennt wurden. Schnipp, schnapp. Schnipp, schnapp.

Dann hob sie ihre Hände in die Luft. „Verschwinde! Wie kannst du es wagen?", hörte ich sie schreien. „Max! Er ist wieder da. Max! Er ist wieder da."

Ich verstehe nicht, was meine Mutter da gemacht und mit wem sie gesprochen hat. Und Max hätte ihr gar nicht helfen können. Mein Vater hatte das Haus bereits verlassen und war auf dem Weg in die Firma.

Auf unserem Grundstück war niemand zu sehen, aber Mom ist seit Stunden verschwunden. Das geschieht neuerdings oft. Bis heute habe ich mir deswegen keine großen Sorgen gemacht, denn Mom geht oft stundenlang spazieren. Mittlerweile mache ich mir aber Gedanken, denn es häufen sich die merkwürdigen Vorkommnisse.

Es fing damit an, als Mom neulich sagte, dass irgendetwas im Haus sich verändert hätte. Seitdem stellt sie meine Schuhe nicht mehr in den schwarzlackierten Dielenschrank, sondern lässt sie im Flur stehen. Sie will die Schranktür nicht mehr öffnen. Sie glaubt, quietschende Geräusche zu hören, als ob sich im Schrank etwas rege ...

Katharina blickte auf und erinnerte sich.

„Mom, was ist los mit dir?" Katharina stand gegen die Küchenzeile gelehnt.

Ihre Mutter blätterte in einem Kochbuch. „Jemand hat meine Witterung aufgenommen, Katharina", antwortete sie leise. Sie sah sie dabei mit ihren blauen Augen an, die dunkel schimmerten, fast schwarz. Augen, die Katharina förmlich hypnotisierten. „Vielleicht ist es Jakob, der im Schrank die gelben Zähne zu einem bösen Grinsen fletscht."

Im ersten Moment wusste Katharina nicht, was sie antworten sollte. „Tiere nehmen eine Witterung auf, Mom. Was ist Jakob? Ein Wolf?"

„Niemand. Entschuldigung, ich rede Blödsinn. Es sind diese Albträume."

Katharina wurde hellhörig. „Was für Albträume, Mom?"

„Das möchtest du nicht wissen, mein Schatz", antwortete sie und legte das Kochbuch zur Seite.

Mit überbordender Heftigkeit überflutete Katharina ein einziger Gedanke: *Du verheimlichst mir etwas, Mom!* „Mom, ich bin sechzehn Jahre! Komm, erzähl mir davon!"

Katharina sah, dass ihre Mutter kurz zögerte und tief durchatmete

„Ich träume, dass sich in der Nacht alle Türen weit öffnen und jemand kleine getupfte Teddybären nach mir wirft, die mich würgen", begann ihre Mutter. „Dann höre ich neben dem Quietschen knochige alte Hände, die sich über das Treppengeländer hinauf in mein Schlafzimmer schieben. Es war schon schlimm genug, es zu hören, aber es vor meinem inneren Auge zu sehen ..."

Katharina spürte den Hauch einer Lüge. In solchen Momenten hatte ihr Leben mit ihrer Mutter etwas Nervtötendes. Sie hasste Unwahrheiten. Sie waren wie Staub, der in der Nase kitzelte.

Mom berührte ihre Schulter. „Eines Tages werde ich dir meine Geschichte erzählen, Katharina. Nur nicht heute. Es ist nur ein Traum."

Erstaunt merkte Katharina, dass sie lächelte.

Ich habe nicht weiter nachgehakt, sondern in der Nacht das

rote Klatschmohnkleid aus ihrem Schrank genommen, es zerrissen und in die Mülltonne geworfen. Es hat mir einfach Spaß gemacht, etwas zu zerstören, woran ihr Herz hängt. Ich habe geschwiegen und meine Eindrücke nicht erwähnt: das Knarren im ersten Stock, die offengelassene Tür, das fehlende Foto von der Pinnwand, die Griffspuren an der Außenseite der Terrassentür oder die nächtlichen Schritte übers Pflaster.

Neulich habe ich mich nach der Schule in meinem Zimmer ausgeruht. Ich bin von einem Geräusch im Schlafzimmer nebenan aufgewacht. Ein seltsames, undefinierbares Geräusch. Ein ... Poltern?

Ich habe mein Ohr fest an die Wand gepresst und gelauscht, ganz intensiv, und geglaubt, ein Kichern zu hören, das so schnell verhallte, wie es erklungen war. Sofort war ich auf den Füßen. Vorsichtig öffnete ich die Tür. Blieb stehen. Lauschte. Alle meine Sinne waren geschärft.

Ich habe im Gästezimmer nachgesehen. Nichts. Nur mein eigener Atem und die vertrauten Geräusche des Hauses um mich herum. Der Raum hinter der Tür war leer und still. Totenstill. Wieder in meinem Zimmer konnte ich mich nicht mehr auf die Hausaufgaben konzentrieren, beunruhigt und verfolgt von ...

Ja, wovon denn? Seltsam.

Katharina legte den Stift beiseite, steckte den Block in ihre Tasche und sagte sich, dass es der Wind gewesen sein musste. Der Wind. Oder die Katze, die etwas umgeworfen hatte. Nichts Schlimmes. In dem Moment blitzte ein Gedanke auf: *Du machst dir etwas vor.*

Aber es brachte nichts, über eine Sache zu grübeln, die sie sich nicht erklären konnte. Sie war spät dran. Lukas Käfer erwartete sie im Beerdigungsinstitut.

Kapitel 7

Starnberg, November 2016

Die Begräbnisstätte an der Hügelflanke des Nachbarorts lag unmittelbar hinter dem Beerdigungsunternehmen Käfer inmitten eines Kiefernwaldes und wirkte finster und bedrohlich, als kündigte sich nach dem Tod weiteres Unheil an. Vielleicht lag es daran, dass die Urnenanlagen, Grüfte und Mausoleen schlicht waren und die umgebenden Bäume tänzelnde Schatten auf die Gräber warfen. Unter den Tausenden Ruhestätten lag auch das Grab ihrer ermordeten Tante.

Es war kalt. Jeden Tag gab es neue Wettervorhersagen, die eisige Temperaturen ankündigten. Die Waldpfade waren mit einer dünnen Schicht Schnee überzogen, als Katharina ihr Fahrrad an dem Ständer hinter der Friedhofskapelle ankettete.

Unten fuhr ein Auto vorbei. Sie nahm nur die Schatten wahr, welche die Bäume durch das Scheinwerferlicht warfen. An der Hügelflanke spiegelten die polierten Grabsteine das Licht des Nachmittags wider. Die Vorbotin des Jenseits lockte sie mit dem Lichtspiel auf den quecksilbrigen Schattenrissen.

„Herrgott noch mal! Ich habe keine Zeit für die Verlockungen des Totenreichs", murmelte sie.

Plötzlich hörte sie ein Geräusch, ein Rascheln, und sah sich um. Das Friedhofstor stand offen. Eine Frau lief auf ein einsames, ziemlich verwahrlostes Grab zu. Doch dann ging sie um die Grabstelle herum auf einen hohen Ahornbaum zu und befestigte ein blaues Seidentuch an einem Zweig, sodass der Wind damit spielen konnte.

Völlig abgedreht, dachte Katharina. Die Menschen wurden immer sonderbarer.

Einige Gräber weiter entdeckte sie ihren Boss, den Beerdigungsunternehmer Lukas Käfer. Neben ihm nahm eine ältere

Frau Beileidsbezeugungen aufrecht und beinahe trotzig entgegen und zeigte eine Fassade, die Katharina an ihre Großmutter erinnerte. Der Wind spielte mit ihrem Mantel. Darunter war ihr schwarzes Kleid zu sehen: altmodisch, ein Tribut an die 80er Jahre in schwarzer Spitze, vermutlich mit Ärmeln wie eine zweite Haut. Das schwere, graumelierte Haar hatte sie im Nacken zu einem Dutt gebändigt. Die Frau blickte auf ihre gefalteten Hände.

Katharina schloss für einen Moment ihre Augen. Plötzlich glaubte sie Antonín Dvoráks *Symphonie aus der Neuen Welt* zu hören, die im Hintergrund leise aus einer Anlage ertönte, während ihre ermordete Tante im Grab betrauert wurde. Es war eine Vision aus der Vergangenheit, die sich sekundenschnell vor ihrem inneren Auge abspielte. An dieser Stelle öffnete sie wieder die Augen. Sie konnte die Dinge nicht nur voraussehen, sondern manchmal fand sie sich auch in der Vergangenheit wieder.

Als die Frau mit dem Seidentuch sich umdrehte, erkannte Katharina ihre Mutter und stutzte. Sie trug einen Mantel, den Katharina noch nie an ihr gesehen hatte. Auch ihr Gang hatte etwas Befremdliches, als ihre Mutter wenig später mit versteinerter Miene vor dem verwahrlosten Grab stand.

Was macht sie da? Katharina wurde klar, dass diese Grabstelle etwas mit ihrer Mutter machte, denn sie begann zu weinen, und von Weitem schien es, als würden die Tränen ihre Mutter mit aller Gewalt schütteln und sie könnte einfach nicht mehr damit aufhören.

Katharina versteckte sich hinter dem Stamm einer dicken Eiche, wo ihre Mutter sie nicht sehen konnte, und sah ihr einfach zu. Der Anblick war so banal, so alltäglich, dass Katharina im ersten Moment nicht begriff, was das Ganze bedeutete.

Plötzlich presste ihre Mutter, von Kummer überwältigt, die Hände vors Gesicht. In dem Moment gingen ihr die Worte von Herrn Käfer durch den Kopf: *„Wir verzweifeln, obwohl der Tod das Tor zu Freude und Herrlichkeit ist."*

In der Regel verachtete Katharina die Unbeherrschtheit,

aber ihre Mutter musste die Person, die in diesem Grab lag, wohl sehr geliebt haben, dass ihre Trauer so groß war.

Dann verstehe ich allerdings nicht, warum sie dieses namenlose Grab verwahrlosen lässt, dachte sie.

Unweit von der Grabstelle befand sich auch das Grab ihrer verstorbenen Tante. Warum hatte sie mit einem Mal das Gefühl, dass zwischen den beiden Toten eine Verbindung bestehen musste? Sie wusste es nicht.

Für einen Moment stand ihre Welt still. Sie blickte zu Boden und dachte, dass sie mehr über die Ermordung ihrer Tante erfahren wollte. In Gedanken sprach sie deren Namen aus: *Katharina ...* Vernichtet, niedergetreten, vergewaltigt, ermordet, genau wie die junge Frau, die jetzt im Kühlraum des Beerdigungsunternehmens auf ihre zarten Hände wartete.

„Die ganze Welt ist kalt, Katharina, eiskalt", flüsterte eine Stimme ihr ins Ohr. *„Mom wird gleich einen kleinen Strauß Schneeglöckchen auf dein Grab werfen. Was ist mit dir geschehen? Muss meine Mutter durch dein Fehlverhalten womöglich die ganze Last tragen und gegen die Bilder kämpfen, die in ihr hochkommen, wenn sie sich daran erinnert, wie du gestorben bist?"*

Katharina schüttelte sich. Sie entschied sich ihre Mutter nicht zu stören und blickte ein letztes Mal hinüber zu der Grabstelle. Doch sie war nirgends mehr zu sehen.

Kapitel 8

Ihre Welt versank in Dunkelheit, als Katharina die Tür aufschloss und das Beerdigungsinstitut von Lukas Käfer betrat. Sie hörte ihren leisen, kontrollierten Atem, als wollte sie auf diese Weise ihre finsteren Gedanken abschütteln: *Meine Mutter hat ein Geheimnis!*

Katharina versuchte, ihre Gedanken zu ordnen. *Mom hat sich wie eine Verrückte aufgeführt.*

Vielleicht gab es da tief unter der Erde etwas, das ihre Mutter in den Wahnsinn trieb? Aber sie selbst machte ja auch irre Dinge und sie war sicher nicht verrückt.

Sie sah sich um. Ein schlichtes Bild mit einem Muschelmotiv hing an der weißen Wand, ein einfacher Schreibtisch aus Nussbaum stand rechts in einer Ecke, ein grauer Teppichboden dämpfte die Schritte der Besucher.

Die Schreibtischlampe unterstrich mit ihrem kalten Licht die neutrale Atmosphäre des elegant eingerichteten Büros. Sie konnte ein Frösteln nicht unterdrücken, als sie einige Urnen auf dem Schreibtisch bemerkte. Sie hasste die Asche der Toten. Eine Leiche in der kalten Erde ihrer Verwesung zu überlassen, fühlte sich für sie richtig an, eine Einäscherung nicht. Nach einer gewissen Zeit blieben nur die von Würmern gereinigten, weißen Skelettknochen übrig. So sollte es sein.

Sie ging durch einen langen, fensterlosen, nur vom trüben Licht einiger Glühbirnen erhellten Gang, der zum Kühlraum führte. Ihre Schritte hallten von den kahlen Wänden wider. Vor einer unscheinbaren, aber massiven Stahltür blieb sie stehen. Ihr Herz pochte vor Aufregung, als sie den Raum der Toten betrat.

Der Kühlraum war gewiss kein Ort für ängstliche Menschen. Für die meisten repräsentierte er das Gruselkabinett schlechthin, doch für Katharina war er nur ihr Arbeitsplatz, an dem sie mittels Thanatopraxie den Körper eines Verstorbenen derart vorbereitete, dass seine Angehörigen unbesorgt von ihm Abschied nehmen konnten.

Im Raum der Toten war es sauber und es roch immer nach Desinfektionsmitteln. Heute jedoch hing ein Hauch von Formaldehyd in der Luft. Es musste an der soeben eingetroffenen Leiche liegen, die gestern Nachmittag von der Rechtsmedizin zur Beerdigung freigegeben worden war. Lukas Käfer hatte sie bereits aus dem Kühlfach geholt und für sie auf den Stahltisch gelegt. Auf dem Beistelltisch lagen Waschlappen, Plastikschüssel, Theaterschminke und diverse Pinsel bereit. An ihrem Fuß hing ein rosafarbener Zettel: *Lea Berger.*

Katharina brachte sich vor dem Tisch in Position und zog mit einem Ruck das Laken von Leas Körper. Sie zuckte kurz zusammen beim Anblick des wunderschönen, jungen Mädchens, dessen Oberkörper eine hässliche Obduktionsnaht vom Schlüssel- bis zum Schambein, verunstaltete. Sie zog ihre Nasenflügel hoch, schnupperte. Der Körper verströmte nicht den geringsten Geruch, als wäre ihr junges Fleisch für solche Ausdünstungen noch zu rein. Ihre Haut war so glatt, als wäre sie soeben der Badewanne entstiegen. An ihren Armen, Knien und Fußgelenken jedoch waren tiefe Schrunden zu erkennen, die auf eine Fesselung hinwiesen. Ihr blutleerer Körper war kalt und der Hauch von Formaldehyd, den Katharina gleich wahrgenommen hatte, haftete nur dem Laken an.

Sie muss in meinem Alter sein.

Katharina fiel auf, dass Lea ihr sehr ähnlich sah: das lange, blonde Haar, der zierliche Körperbau, die feinen Gesichtszüge. Sie hob mit ihrem Finger eines der Augenlider. Lea hatte dunkelblaue, fast schwarze Augen – genau wie sie.

Für einen Moment schloss Katharina ihre Augen und holte kaum wahrnehmbar Luft. Dann streckte sie eine Hand nach der Toten aus und wurde eins mit ihr, entrückt in der Oase des Todes. Die Gesetze von Zeit und Raum galten nicht mehr. Alles drehte sich mit ihr. In blitzartigen Sequenzen lief der Akt ihres Todes vor ihrem inneren Auge ab.

Lea liegt auf einer Pritsche in einem Keller. Ihr Mörder hat vorher häufiger vom Angesicht des Todes geträumt. Es ist das schmerzverzerrte Gesicht der jungen Frau, die er demnächst töten wird. Er hört, wie ihr Atem sich verheddert, hört ihre qualvollen Schreie, die sein Herz höherschlagen und ihn in der Nacht aufwachen lassen. Er ist dann verschwitzt, sein Kissen ist nass, die Bettdecke zeigt ihm seine Träume, irgendetwas mit Tod, Nässe.

Jetzt liegt Lea gefesselt, geknebelt und entkleidet da. Auch der Mann ist nackt. Mit seinem Zeigefinger streicht er behutsam über ihre Haut, so zart wie mit einer Feder. Er zittert vor Erregung, spürt, wie die Wellen kommen und ihn wegspülen. Verkrampft hält er die Luft an, bis er glaubt, zu zerplatzen. Er speit den Atem aus; die animalische Intimität seines Röchelns beruhigt ihn.

Lea schließt die Augen. Sie will den Mann nicht ansehen. Ihre Augenlider zucken.

Seine Blicke brennen sich in Leas Fleisch. Er umschließt ihre Taille mit beiden Händen und hält sie fest.

Lea öffnet ihre Augen.

Der Mann beugte sich vor und leckt ihre Brüste. Er beißt zu. Schmerz und blankes Entsetzen sind in Leas aufgerissenen Augen zu sehen. Sein Blick wandert zurück zu den Abdrücken seiner Zähne auf ihrer blassen Haut. Noch ist kein Blut zu sehen, sein Biss war sanft. Erst lecken, dann beißen, jetzt ein wenig fester. Dann kommen die Tränen, nur wenige, ein stiller Protest. Er labt sich an ihrem Salz. Ein Teil von ihm will nicht aufhören, Leas Schönheit zu bewundern, doch ein anderer, entscheidenderer Teil von ihm liebt die Wahrheit. Und die ist hässlich. Eine Begierde, dunkel und mächtig, erfasst ihn wie eine Welle: Töte sie!

Er hört sie stöhnen, lang, nicht enden wollend. Lea harmoniert mit seinem misstönenden Geheul. Es ist dämonisch. Er beugt sich noch einmal hinab und bringt den Mund an ihr Ohr. Er flüstert ihr etwas zu und legt die Macht seines ganzen Ichs in seine Stimme, seinen eigenen Schmerz. Dann wird er *zum Engel mit bleiernen Flügeln.*

Er zuckt ein wenig, als er das erste Mal mit dem Messer auf Lea einsticht. Ihre Haut platzt auf, ein roter Fleck erblüht auf ihrer Haut, wie eine Rose. Der Fleck ist wunderbar. Ein zweiter, erbarmungsloser Stich in Leas Unterleib, ein dritter in den Bauch. Ihr Blut spritzt aus den Wunden, trifft rot auf sein Gesicht und seine Brust. Die Wärme gleitet an seiner Wange hinab, tropft auf den Boden. Klebt an seinen Fersen.

Er legt das Messer beiseite. Sprüht Leas Scham mit Rasierschaum ein, rasiert sie, schneidet sie, tupft das Blut mit weißem Toilettenpapier ab. Dann dringt er in sie ein, defloriert ihr Hymen. Badet in Rot. Er kann das Blut riechen. Streckt seine Zunge heraus, schmeckt die eisenhaltige Trübe. Alles vor seinen Augen verfärbt sich. Sie beide bluten aus Wunden, die nicht heilen wollen.

Er umarmt sie ein letztes Mal. Machtgier durchströmt ihn warm und schwer wie dunkler Wein. Immer wieder sagt er ihr, dass er der Stärkere von ihnen ist.

Lea ist still. Sie ist keine Heulsuse mehr. Ihre Augen sind geschlossen, kein Zucken hinter den Lidern …

Die Welt schoss wieder auf Katharina zu. Sie kam hart auf, taumelte. Auf der Stelle zog sie ihre Hand zurück. Ihre Streifzüge durch die teuflische Welt von Täter und Opfer bereiteten ihr nicht immer Vergnügen.

Katharina hatte Leas schmerzverzerrtes Gesicht deutlich vor Augen gehabt. Das Gesicht des Täters war jedoch von Nebel umhüllt gewesen. Sie war sich sicher, dass Lea nicht sein einziges Opfer war und dass sie den Täter eines Tages deutlicher vor Augen haben würde. So war es immer.

„Ein junges Leben auszulöschen, das noch nicht begonnen hat, ist eine Todsünde", hatte ihre Mutter einmal gesagt. Katharina hatte nach diesen Worten in sich hineingehorcht und festgestellt, dass sie anders darüber dachte. *War der Tod nach einem brutalen Akt von Gewalt nicht vielmehr eine Erlösung?*, fragte sie sich. Wenn ein Opfer überlebte, trug es sein ganzes Leben lang die Last der Erinnerung an die körperlichen und seelischen Qualen. Sie konnte sich nichts Schlimmeres vorstellen.

Katharina nahm den Waschlappen, befeuchtete ihn und begann mit der Körperreinigung. Lea hatte einst einen schönen und makellosen Körper gehabt, bis auf den winzigen Leberfleck über dem Ellbogen, hinten auf dem linken Arm. Ihre Wunden, die der Täter Lea zugefügt hatte, waren von der Rechtsmedizin bereits sorgfältig gereinigt worden.

Nachdem sie die Leiche gewaschen hatte, blickte sie eine Weile auf Leas zierlichen Körper hinab, ihre kleinen festen Brüste mit den Bissspuren, das lange seidenweiche Haar. Katharina verspürte den Drang, noch einmal ein Messer in die Öffnungen gleiten zu lassen, weil sie wissen wollte, ob nach einer Obduktion noch Blut im Körper vorhanden war.

Ein ruchloser Drang, dachte sie. Eine zwanghafte Lust, der sie nicht entkommen konnte. Ihr wurde bewusst, dass ihre Lust sie früher oder später zu Handlungen zwingen würde, über die sie danach nicht nachdenken wollte. Wozu auch? Aus Angst vor Entdeckung? Sie verspürte weder hier noch woanders Angst.

Katharina zog Lea ein hellblaues Kleid an, das Leas Vater vorbeigebracht hatte, und schminkte sie. Als sie fertig war, sah Lea wunderschön aus. Sie strich ihr ein letztes Mal übers Gesicht, küsste ihre Stirn.

Plötzlich verspürte sie Unbehagen. Irgendetwas stimmte nicht. Aber was? Ihr Herz galoppierte. Sie nahm Leas Hand und schloss noch einmal die Augen. Ihr Körper wurde sehr leicht und sie war gefangen in einem grotesken Albtraum. Aber ihrem Gehirn wollte es einfach nicht gelingen, einen Sinn hinter dem Geschehen zu erkennen.

Sie ließ Leas Hand los und betrat wieder die Realität. Fast hätte sie die Kontrolle verloren. Sie hatte gesehen, wie Ärger Wut wich, und aus Zorn maliziöser Hass wurde. In dieser Deutlichkeit hatte sie das Böse noch nie vor Augen gehabt. Zitternd drehte sie sich um und ließ Lea allein zurück.

Kapitel 9

Starnberg, November 2016

In der Kapelle nahm sie am äußersten Ende einer Reihe von Klappstühlen Platz. Tief in ihrem Inneren spürte Katharina das Zittern, von dem sie gehofft hatte, es würde nachlassen, wenn sie sich einen Moment hinsetzte und sich sammelte.

Lukas Käfer betrat in Begleitung eines Ehepaars die Kapelle. Sie blickte auf, sah ihn an und nickte. So wusste er, dass Lea gewaschen und geschminkt war.

Die Eheleute blieben plötzlich stehen und sahen sich unruhig um. Katharina hörte, wie sie mit Herrn Käfer sprachen. Im bleichen, fluoreszierenden Licht der Kapelle wirkten sie unendlich traurig. Für einen Moment schloss sie die Augen und konzentrierte sich auf die flüsternden Geräusche. Sie konnte nicht hören, was Leas Eltern sagten, aber sie ahnte, worum es ging. Wenige Minuten später gingen sie schluchzend an ihr vorbei.

Lukas Käfer kam auf sie zu. „Das waren die Eltern des Mordopfers. Sie schaffen es noch nicht, sich ihre Tochter anzusehen."

„Sie werden wiederkommen, Herr Käfer", antwortete sie. „Sie sieht so friedlich aus und so wunderschön."

Lukas Käfer dankte ihr mit einem stillen Blick. Doch dann siegte seine Neugierde. Er hob die Augenbrauen. „Konntest du sehen, was mit ihr geschehen ist, Katharina?"

Sie nickte.

Er sah sie voller Mitgefühl an. „Arme Katharina!"

Wieder nickte sie. *Wenn er wüsste ...*

„Das zweite Gesicht zu haben, ist nicht immer berauschend, Herr Käfer." Sie stieß einen tiefen Seufzer aus. „Es war eine finstere Gestalt, aber ich habe sie nur verschwommen gesehen. Und er wird es wieder tun."

„Er?"

„Ich glaube, es war ein Mann, aber wie gesagt ..."

Lukas Käfer nahm seine schwarz geränderte Brille ab und säuberte sie mit einem weißen Papiertaschentuch aus seiner Hosentasche. „Vielleicht solltest du zur Polizei gehen, Katharina."

Jetzt musste sie laut lachen. „Die halten mich doch für verrückt, Herr Käfer. Das wissen Sie doch."

Käfer setzte seine Brille wieder auf, lachte und zeigte dabei seine vom Zigarettenrauch vergilbten Zähne. „Vermutlich. Es sind aber auch selten dämliche Idioten auf dem Revier." Er nahm seine Brieftasche aus seiner Jacke und reichte ihr einen Einhunderteuroschein.

Katharina protestierte, doch Käfer winkte ab. „Ich hatte noch nie so eine hervorragende Assistentin."

„Vielen Dank, Herr Käfer." Sie schaffte es nicht, ihre Gedanken zum Stillstand zu bringen. Sie wollte nach Hause und nachsehen, ob alles in Ordnung war. „Ich muss los. Meine Eltern warten mit dem Essen auf mich."

Käfer nickte. „Bis nächste Woche, mein Kind."

Draußen erwartete sie der frühe Abend wie eine stille, finstere Bedrohung. Der Regen bedeckte ihr Gesicht mit eisigen Küssen. Windböen erhoben sich.

Ihre Jacke wärmte sie kaum, aber es war ihre innere Unruhe, die Katharina schaudern ließ. Sie spürte, dass etwas Schreckliches geschehen würde, aber sie hatte keine deutliche Vision und konnte es an nichts Konkretem festmachen; an keiner unmittelbaren Bedrohung, nicht einmal an einem bestimmten Verdacht.

Aber seit sie das Mädchen auf dem Stahltisch hatte liegen sehen, war das so. Beim Schminken ihres Gesichts war es gewesen als würde sie ihr undeutliche Worte ins Ohr flüstern: einen Namen, eine Warnung?

Vielleicht war die Ähnlichkeit mit ihr selbst die Ursache für Katharinas beklemmendes Gefühl. Sie erweckte Erinnerungen an Schatten und Gespenster aus ihrer eigenen Vergangenheit, die sie seit Jahren versuchte zu verdrängen. Immer war sie bemüht, innerhalb ihres Alltags ein größtmögliches Maß an Ordnung zu bewahren, seit ihre Mutter angefangen hatte, lange Spaziergänge zu machen und manchmal zu viel trank, und ihre Eltern sich deswegen häufiger stritten.

Katharina nahm ihr Smartphone und wählte die Rufnummer ihres Vaters, doch er hatte das Telefon ausgeschaltet. Das war gut, denn dann war ihr Vater bereits zuhause. Und wenn er zuhause war, herrschte Ordnung.

Als sie auf ihr Fahrrad stieg, wurde ihre Aufmerksamkeit plötzlich auf einen Mann gelenkt. Er stand bei der Kapelle unter einer Laterne regungslos da und beobachtete sie. Sie war es gewohnt, dass Männer sie anstarrten. Wer wusste schon, wie lange er dort in der Dunkelheit dagestanden hatte. Wie ein Schatten. Aber nichts an seiner Körperhaltung machte Katharina nervös oder beunruhigte sie. Vielleicht lag es daran, dass er so vollkommen entspannt wirkte.

Als sie an ihm vorbeiradelte, lächelte er und sprach leise ihren Namen.

„Hey Katharina …"

Unbeschreibliche Liebe lag dabei in seinem Blick. Der Moment dauerte nur wenige Sekunden, und doch würde sie sich später an jedes Detail und ihre Reaktion darauf erinnern. Sie radelte weiter, schneller. Ihr Herz klopfte wild. Bäume rauschten und wie ein Lufthauch umfing sie die Vision der Nacht.

Noch einmal drehte sie sich nach dem Mann um.

Er hob seine Hand zum Gruß.

Kapitel 10

Funktionieren. Das tun, was zu tun ist.

Baan ballte eine Faust. Der Kampf hatte begonnen. Alles, was nicht der Situation diente, hielt er außen vor.

In diesem Zustand hatte nichts und niemand eine Chance gegen ihn.

Nach seiner Ankunft hatte er eine Münchener Detektei beauftragt, um alles über einen gewissen Benedikt van Cleef in Erfahrung zu bringen. Der Leiter der Kripo hatte vor Jahren die Ermittlungen gegen seinen Vater geleitet und ihn schließlich getötet. In dem Bericht der Detektei tauchte der Name „Anna Gavaldo" auf, mit der die Familie van Cleef eng befreundet war. Er hatte das Miststück gefunden.

Als er sich am Morgen vor den Computer gesetzt hatte, um noch mehr über die Familie Gavaldo in Erfahrung zu bringen, hatte er ein Kribbeln im Bauch gespürt. Das gleiche Kribbeln, das er immer verspürte, wenn er das Mädchen in seinen Visionen vor Augen hatte. An der Kapelle hatte er bei ihrem Anblick auch ein Spannen der Lenden gespürt. Das Gefühl war übermäßig stark, so stark, dass seine Finger beinahe von selbst die entsprechenden Tasten drückten, die ihn immer wieder zu Katharina Gavaldo und ihrer Familie brachten.

Sein Herz schlug schneller, als er die neuesten Bilder aufrief. Sie zeigten Max und Anna Gavaldo. Als das Mädchen dann auf dem Bildschirm erschien, nahm das Kribbeln augenblicklich zu. Sein Herz fing an zu pochen. Er zoomte das Gesicht heran.

Eisige Kälte lag in ihren blauen Augen. *Katharina Gavaldo*, langes blondes Haar, eine heranwachsende Göttin, ein kalter Engel. Seine Erregung wuchs mit jedem Mausklick. Er erfuhr alles über sie. War sie wirklich das Mädchen aus seinen

Träumen?

Sicher konnte er natürlich nicht sein – noch nicht.

Doch!

Er war sicher, dass sie es war!

Sein Mädchen! Er hatte es bereits beim ersten Blick in ihre Augen gewusst! Und nun war er davon überzeugt, weil er sich die Fotos im Netz so oft angesehen hatte, dass er sich an jedes kleinste Detail erinnerte. Selbst jetzt hatte er sie vor Augen, wie sie auf ihr Fahrrad stieg, an ihm vorbei radelte und sich zum Schluss nach ihm umdrehte.

Er würde sie berühren.

Sie riechen.

Oh ja – sie war das Mädchen aus seiner Vision.

Aber er durfte nichts übereilen.

Da gab es noch die andere Gavaldo-Frau: Anna. Was immer diese Frau auch tun würde, er würde sich nicht von seinem Plan abbringen lassen. Gewiss nicht, weil sie die Mutter von Katharina war.

Nichts überstürzen.

Zuruckhaltung üben.

Sich zur Geduld zwingen.

Seine Aufregung zügeln.

Aber es war so verflucht schwer, nicht gleich in seinen Wagen zu springen und zu dieser perfekten Gavaldo-Villa zu fahren. Zu Katharina, die ihn anzog wie ein Magnet die Eisenspäne. Und doch musste er warten. Zuerst musste die Mutter von der Bildfläche verschwinden.

Einen Teenager dazu zu bringen ihn zu mögen, war einfach. Damit kannte er sich aus: ein flehender Blick, ein schüchternes Lächeln, eine zärtliche Geste, eine zufällige Berührung. In Salvador hatten seine Kommilitoninnen ihn angeschmachtet.

Nach ein paar Tagen war Katharina sicher auch so weit … aber er war nicht daran gewöhnt, zu warten, geduldig zu sein.

Er schluckte. Dachte nach.

Bald … bald würde er sie wiedersehen, sie berühren, sie riechen.

Aber noch war er allein. Vielleicht um seinen Energiespeicher aufzufüllen. Um Kraft zu schöpfen.

Er trat ans Fenster und wartete. Geduld. Disziplin. Funktionieren. Tun, was zu tun ist. Er war bereit. Morgen würde er wieder an der Kapelle auf sie warten. Oder vor der Schule. Mal sehen.

Aber dieses Mal würde es anders sein.

Diesmal würde Katharina mit ihm sprechen.

In der Nacht hatte Baan wieder eine Vision.

Gut gelaunt und höchst zufrieden mit sich selbst – war das Warten auf das Mädchen vorbei. Während seine Freunde eine Blonde in der Nähe anglotzten, starrte er das Mädchen an, das auf der anderen Seite des Partykellers stand und sich mit zwei Freundinnen unterhielt. Baan hatte etwas übrig für große, elegante Mädchen mit langen Mähnen, und dieses erfüllte alle Kriterien. Er zog an seiner Zigarette und bereitete sich auf den Einsatz vor.

Aber das war unnötig. Sie drehte sich um und bemerkte seinen Blick. Er zwinkerte ihr zu. Einen Moment lang tat sie herablassend. Spielte die Unerreichbare. Er blies eine Rauchwolke in die Luft und zwinkerte wieder. Sie lächelte, sagte etwas zu ihren Freundinnen und kam herüber, drängte sich zwischen den Tanzenden hindurch, die ihr Platz machten. Er beobachtete sie dabei, verschlang sie mit seinen Blicken. Ihre Figur war fabelhaft und sie bewegte sich wie eine Göttin.

„Hey", sagte er, als sie ihn erreicht hatte.

„Selber hey." Ihre Stimme klang dunkel und kehlig. Auch das törnte ihn an.

„Genießt du den Abend?"

„Nicht übermäßig", antwortete sie.

„Dann erlaube mir, dass ich ihn interessanter mache."

„Glaubst du, das kannst du?"

„Ich bin sogar sicher."

„Wie wundervoll." Sie deutete auf seine Zigarette. „Darf ich?"

Er bot ihr eine an. Sie nahm die Schachtel, wandte sich ab und ging zurück zu ihren Freundinnen. Ihre Freundinnen fingen an zu lachen. Er lachte auch.

Zwei Minuten vergingen. Zu seiner Überraschung kam sie mit der halbleeren Zigarettenschachtel zurück.

Er grinste. „Du konntest meinem Charme also nicht widerstehen?"

Sie sah amüsiert aus. „Danke für die Zigaretten. Meine Freundinnen und ich sind dir sehr dankbar."

„Ich heiße Baan."

„Wie schön für dich."

„Ist es. Du wirst mich lieben." Er wollte, dass sie beeindruckt war, aber sie wirkte immer noch amüsiert. Sie hatte hübsche Augen, aber ihre Gesichtszüge waren nicht weiter bemerkenswert. Nicht dass es ihm etwas ausmachte. Sie erweckte die Illusion von Schönheit so mühelos wie sie atmete.

„Wie heißt du?", fragte er.

„Katharina."

„Schöner Name. Passt zu dir. Sag mal, Katharina, warum ist eine so hinreißende Frau wie du allein hier?"

„Sag mal, Baan, arbeitest du nebenbei als Schnüffler?"

„Wie kommst du denn darauf?"

„Weil du nach Neugierde riechst."

Wieder schmunzelte er. „Das ist keine Neugierde, sondern Wissbegierde."

„Ich bin nicht allein. Ich bin mit Freunden hier."

„Du weißt genau, was ich meine, Katharina."

„Ob ich keinen Freund habe?"

Er nickte.

„Er muss noch arbeiten."

„Was arbeitet er?"

„Warum fragst du? Jedenfalls hat er die Entdeckerfreude gepachtet … In jeder Hinsicht. Sonst noch was?"

„Warum bist du so kratzbürstig?" Er bemühte sich, nicht zu klingen, als sei er in der Defensive.

„Bin ich nicht. Ich muss wieder rübergehen. Bye, Baan. Einen schönen Abend noch."

Sie wandte sich ab. Er wollte seine Niederlage nicht eingestehen und hielt ihren Arm fest. Ihre Augen wurden schmal, und sofort ließ er sie los. Sie hatte Präsenz. Kraft, Selbstbeherrschung, einen Hauch von Bedrohlichkeit. Er geriet zusehends ins Schwimmen. In dem schmerzlichen Bewusstsein, dass ihre Freunde ihn beobachteten, versuchte er Boden zu gewinnen. „Warum bleibst du nicht? Ich hab Lust auf Champagner, aber ich trinke ihn nicht gern allein."

„Du armer alter, reicher Mann."

„Wenn du keinen Champagner magst, könnte ich auch was Besseres besorgen."

„Was denn?"

Er legte einen Finger an den Nasenflügel und machte ein schnüffelndes Geräusch.

„Schnupftabak? Sehr cool. Und ist deine Pfeife farblich abgestimmt auf deine Pantoffeln und den Rollator?"

„Du weißt, was ich meine", sagte er gereizt.

„Koks? Entschuldige. Bei deinem Nasenbluten hätte ich's mir ja denken können."

Er griff sich an die Nase, aber er fühlte nichts. „Jetzt hast du mich reingelegt."

Katharina schaute zu ihren Freundinnen rüber. „Du klingst beeindruckt."

„Sollte ich das nicht sein?", fragte Baan.

„Nicht, wenn du es mir so leicht machst."

Allmählich ärgerte er sich. „Du findest, ich bin leicht zu durchschauen?"

„Bist du es nicht?"

„Du weißt gar nichts über mich, du dämliche Kuh."

„Oh ... Schlechte Wortwahl. Du hast ein hübsches Gesicht, womöglich eine dicke Brieftasche, schlechte Manieren und ein Ego anstelle einer Persönlichkeit. Was gibt's sonst noch zu wissen?"

Sein Ärger nahm zu. „Und was macht dich so besonders? Führst dich auf wie ein dummes Küken, das gerne eine schöne Henne sein möchte!"

„Eine ganze Menge. Koksen und Ficken auf Klubtoiletten gehört allerdings nicht dazu. Aber nimm es dir nicht so zu

Herzen. Mit deinem ganz speziellen Charme wirst du sicher nicht lange allein sein."

Er ließ sie ziehen. „Nicht schlecht", johlten ihre Freunde. „Schon wieder ein gebrochenes Herz für deine Sammlung, Katharina."

„Fick sie", flüsterte seine innere Stimme.

„Das möchtest du wohl", nuschelte Baan. „Fick dich selbst. Ich brauche jetzt etwas zu trinken."

An der Bar bemerkte er ein hübsches, dunkelhaariges Mädchen, das ihn anstarrte. Er zwinkerte ihr zu. Sie kicherte, und er winkte sie heran. „Hey, ich bin Baan."

„Ich bin Ellen."

„Ein schöner Name. Er passt zu dir. Sag mal, Ellen, warum ist eine so hinreißende Frau wie du allein hier?"

Ellen kicherte wieder.

Er machte einen Scherz.

Sie lachte und das Geräusch war Balsam für sein gekränktes Ego.

Während sie sich unterhielten, schaute er immer wieder über ihre Schulter hinweg zu der hochgewachsenen Katharina, die dort mit ihren Freundinnen plauderte und von ihm so wenig Notiz nahm, als hätten sie nie miteinander gesprochen ...

Am nächsten Morgen wachte er schweißgebadet auf.

Nein, dachte er. *Das ist so gewöhnlich und banal.*

So würde es niemals zwischen Katharina und ihm sein.

Kapitel 11

Starnberg

Benedikt van Cleef rappelte sich hoch, schwang die Beine über die Bettkante, stand auf. Jedenfalls hatte er das vor, aber in Wahrheit rührte er sich keinen Zentimeter. Er fragte sich, ob er gelähmt sei, weil er überhaupt keine Kraft in Armen und Beinen hatte. Die schwachen Befehle seines Gehirns kamen nicht bei seinen Gliedmaßen an, als er es noch einmal versuchte. *Vielleicht ist es in Ordnung, wenn ich einen Augenblick liegen bleibe*, dachte er. Sein Körper fühlte sich seltsam schwer an. Er blieb liegen und schlief wieder ein.

Die Stimme seiner Frau riss ihn aus dem Schlaf. „Aufstehen, Benedikt! Frühstück ist fertig!", rief Mathilda von unten an der Treppe herauf. „Und du sollst Max Gavaldo anrufen. Es klang dringend."

Van Cleef hob verblüfft die Augenbrauen und fragte sich, was Max auf dem Herzen hatte. Wenn sein Freund sich frühmorgens bei ihm meldete, musste das einen triftigen Grund haben.

Er versuchte, die Benommenheit abzuschütteln, richtete sich in seinem Bett auf, griff zum Handy und wählte Max' Nummer. „Hey Max, was gibt es denn so Dringendes, dass du mich um diese Zeit aus dem Bett scheuchst? Weißt du eigentlich, wie spät es ist?"

„Entschuldige, Benedikt. Es ist wichtig", antwortete sein Freund am anderen Ende der Leitung. „Ich muss dich unbedingt treffen. Ich hätte es schon längst tun sollen, aber es fällt mir verdammt schwer über mein Problem zu sprechen. Am Telefon schon gar nicht. Es betrifft Anna."

Ein ahnungsvolles Stöhnen drang über Benedikts Lippen. Es

war nicht das erste Mal, dass so etwas geschah. Anna wurde zu oft mit den Dämonen ihrer Vergangenheit konfrontiert. Aber Max Gavaldo war noch niemals damit zu ihm gekommen. Es musste etwas vorgefallen sein.

„Sie fühlt sich wieder bedroht. Ich habe aber den Verdacht, dass es um viel mehr geht, Benedikt. Irgendetwas stimmt nicht. Können wir uns bei dir im Präsidium treffen? Es gibt da noch etwas anderes, was von Bedeutung sein könnte. Es ist sehr wichtig!"

Benedikt runzelte die Stirn. Max Gavaldo würde die Worte nicht in den Mund nehmen, wenn nicht etwas wirklich Übles in sein Leben getreten wäre.

„Okay. Komm doch heute Nachmittag gegen vier Uhr vorbei. Passt das für dich, Max?"

Max stimmte zu.

„Bis dann." Er fühlte das Gewicht des Telefons in seiner Hand. Atmete tief ein, legte auf. Blinzelnd blieb er noch einen Moment liegen, sammelte seine Gedanken und wehrte sich gegen den Drang, weiterzuschlafen. Das Ziffernblatt seines Weckers zeigte Viertel nach acht. Die vergangene Nacht hatte ihm nur fünf Stunden Schlaf beschert. Er holte tief Luft, nahm alle Kraft zusammen, schwang sich aus dem Bett und ging ins Badezimmer.

Dort schaute er in den Spiegel. *Für meine einundfünfzig Jahre sehe ich gar nicht so übel aus*, dachte er. Das sonnengebräunte Gesicht, die Lachfalten, sanfte braune Augen, das dunkelblonde, kurze, gewellte Haar, ein Vollbart und der sinnliche Mund blickten ihm entgegen. Er verzog sein Gesicht zu einer Grimasse und warf seine Shorts achtlos auf den Boden. *Sei nicht so eitel, van Cleef,* mahnte ihn seine innere Stimme.

Nach der Dusche fühlte er sich besser und halbwegs frisch. Dennoch blieb er im Schlafzimmer noch einen Moment stehen und starrte geistesabwesend vor sich hin. Max' Anruf beunruhigte ihn. Die Gavaldos hatten so viel Leid erfahren und selbst er hatte, nachdem er Annas Peiniger erschossen hatte, eine Zeitlang Albträume gehabt. Ihre Schwester ermordet, Anna mehr tot als lebendig und hochgradig traumatisiert. Das war ihr Leben, das war Anna. Er wollte eigentlich nicht daran denken. Das Entsetzen, das die Fotos der Opfer damals in ihm hervorgerufen hatten, war selbst 16 Jahre danach noch auf Abruf präsent. Wären seine Frau und seine Familie nicht gewesen ...

Er kannte die möglichen Folgen nur zu gut, die zermürbende Fälle, bestialische Morde, Kindesmissbrauch, oder Menschenhandel hervorriefen. Einige Kollegen verkrafteten die Bilder der Gräueltaten nicht und mutierten zu Alkoholikern, manche wurden drogensüchtig oder entwickelten Psychosen.

„Benedikt van Cleef!", hörte er Mathilda rufen. „Hat deine Duschorgie zu einer Minderung deiner körperlichen Leistungsfähigkeit geführt? Ich warte auf dich!"

Benedikt lächelte und ging die Treppe hinunter. *In deinem Alter ist Schlafmangel eine mittlere Katastrophe,* dachte er.

Als er die Küche betrat und seine Frau auf ihn zukam, vergaß er einen Moment seine Müdigkeit. Mathilda war immer noch atemberaubend. Ihr Haar von einem leuchtenden Tizianrot, das reinste Flammenmeer, das sich in wilden Locken über ihre Schultern ergoss. Ihr Gesicht bestand aus lauter Sommersprossen: *Ansichtspunkte, die geküsst werden wollen,* fand er. Ihre rostrot geschminkten Lippen hoben sich zu einem kleinen wissenden Lächeln, als sie vor ihm stehen blieb, so nah, dass er das winzige Muttermal sehen konnte, das direkt über der rechten Oberlippe saß. Sie küsste ihn zärtlich.

„Guten Morgen, Liebling."

Mathildas Mal war ihm bei ihrer ersten Begegnung vor Jahren sofort aufgefallen, und er hatte es schon damals im Krankenhaus auf der Stelle küssen wollen.

Er hatte seine Frau auf der Intensivstation kennengelernt, als er den Mordanschlag auf Anna Gavaldo untersuchte. Mathilda hatte Anna, die damals im Koma gelegen hatte, täglich besucht. Da er die Patientin nicht hatte befragen können, hatte er sich an Mathilda gewandt und sich Hals über Kopf in sie verliebt. Ein Jahr später waren sie verheiratet.

Benedikt streichelte sanft über ihr Haar.

„Alles okay? Wasserpfützen im Bad beseitigt?", fragte sie.

Er nickte und küsste sie noch einmal.

„Was wollte denn Max um diese Zeit von dir, Benny?"

Er hob die Augenbrauen und schmunzelte. „Benny? So hast du mich schon eine Ewigkeit nicht mehr genannt. Max will mit mir über Anna sprechen."

„Über Anna? Komisch."

Er nickte. „Behalte es bitte für dich, Matti."

„Keine Sorge. Manchmal hasse ich deinen Job, Benedikt van Cleef. Anna ist meine beste Freundin."

„Ich weiß, aber irgendetwas geht da wieder vor sich."

„Das Gefühl habe ich auch. Anna hat neulich die Benefiz-veranstaltung verlassen. Ohne sich von mir zu verabschieden. Einfach so."

„Hm … Wir werden sehen." Er trank rasch zwei Tassen Kaffee. „Ich muss. Bis später. Wobei ich mich lieber einer Studie der sexuellen Anziehung zwischen zwei Menschen widmen würde."

Mathildas bernsteinfarbenen Augen leuchteten, als sie ihn zärtlich umarmte. „Wer käme da als Studienobjekt infrage?"

„Rate mal. Ich liebe dich", hauchte er ihr ins Ohr, küsste sie noch einmal und verließ das Haus.

Während der Fahrt durch den Berufsverkehr zum Polizei-präsidium dachte Benedikt van Cleef an Anna Gavaldo und daran, wie er sie in Jakobs Keller vorgefunden hatte. Er verstand nicht, warum Max nach 16 Jahren plötzlich mit ihm darüber sprechen wollte.

Das gefiel ihm alles überhaupt nicht.

Mit einem Seufzer kam Verdrängtes wieder hoch. Er dachte an die leeren Augenhöhlen der Opfer, an die abgetrennten Hände mit den blaulackierten Fingernägeln, die sie im Keller dieses Psychopathen gefunden hatten, und an Anna mitten-drin, gefesselt auf einer Liege im Keller. Wie damals stieg Entsetzen in ihm auf.

Max' Botschaft und seine Bitte waren deutlich gewesen.

Vor dem Frühstück hatte er versucht, die offensichtliche Wahrheit zu verdrängen, doch er wusste, dass er das nicht konnte. Alexandra Cordes, die Ehefrau eines befreundeten Kollegen und Gutachterin für Täterprofile, hatte ihm einmal erklärt, dass Opfer wie Anna Gavaldo häufig glaubten, dass sich Täter ein Leben lang an ihren davongekommenen Opfer rächen wollten und immer Mittel und Wege finden würden, mit den Opfern zu kommunizieren. Die Rache – auch nur in Gedanken – stellte für einen Psychopathen eine Attraktion dar. Die Rache war ein Ort, in den ein psychopathischer Mörder immer wieder abtauchte, um sich selbst wiederfinden und seine Tat immer wieder neu definieren zu können. So ein Ort war die Gedankenwelt von Anna Gavaldo.

Kapitel 12

München, Dezember 2016

Am Nachmittag betrat Max Gavaldo van Cleefs Büro. Mit ihm kam ein Hauch von Winter über die Schwelle. Sie begrüßten einander und verzichteten auf andere Höflichkeitsfloskeln.

Benedikt zog einen Sessel dichter an seinen Schreibtisch und bat Max, der völlig aufgebracht wirkte, mit einer Geste, Platz zu nehmen. Ihm war nicht wohl bei der Sache. Er selbst setzte sich in seinen Schreibtischsessel.

„Du hast dich am Telefon beunruhigt angehört, Max", begann van Cleef. „Worüber wolltest du mit mir reden?"

„Über die Wahrheit."

Ihre Blicke trafen sich, und Max hielt van Cleefs stand.

„Die Wahrheit worüber?"

Max schnaubte. „Über meine Frau."

„Sag mir, was du meinst, und beruhige dich bitte."

„Ich habe Annas Aufzeichnungen gelesen …" Max stockte.

„Warum hast du dir das nach all den Jahren angetan, Max?"

„Anna ist schwanger, Benedikt. Und sie verhält sich wieder so seltsam", begann Max. „Hast du mir etwas verschwiegen, Benedikt? Gibt es etwas, was ich wissen müsste?"

Benedikt wandte den Blick ab und zeigte auf die Kaffeemaschine. „Möchtest du einen Kaffee?"

„Ich will keinen Kaffee", fuhr Max fort. „Es geht darum, dass du mir viele Details vorenthalten hast. Ich möchte die ganze Wahrheit, Benedikt. Ich möchte nicht, dass Anna unser Baby in der Psychiatrie zur Welt bringt."

Benedikt schwieg noch immer.

„Durch das Tagebuch weiß ich, warum du diesen Jakob getötet hast. Man kann es dir nicht übelnehmen."

„Mir nicht übelnehmen?", wiederholte Benedikt zögernd.

„Ich habe deiner Frau das Leben gerettet und nebenbei mein eigenes. Und womöglich das von vielen anderen Frauen …" Er atmete tief ein. „Also komme mir nicht mit *Man kann es dir nicht übelnehmen.*"

„Entschuldige. So habe ich das nicht gemeint."

„Verdammt, Max. Das ist alles fast siebzehn Jahre her. Was ist vorgefallen?"

Max hob hilflos eine Hand. „Weißt du, vor der Dunkelheit, vor dem Missbrauch, war Anna so fröhlich und stark und dann …"

„Und dann?"

„Ich habe mich damals so gefühlt, als wäre eine schwere Grippe im Anmarsch. Aber ich bekam keine Grippe. Ich war wütend und traurig zugleich, sobald ich an meine Frau und diesen Psychopathen denken musste – wie jetzt auch. Ich habe die Geschehnisse immer sorgsam ausgeblendet."

Benedikt verstand. Max hatte es so lange geschafft, immer ruhig zu bleiben und jeden Gedanken an das, was Jakob mit seiner Frau angestellt hatte, zu unterdrücken. Aber jetzt war alles wieder da, ausgelöst durch … *Ja, wodurch denn nur?* So lange es auch her war – die Wunde hatte sich nicht geschlossen.

Das wusste Benedikt. Und Max wohl auch.

Die Zeit war immer ein wahrhaftiger Quacksalber.

„Ich kann anderen Menschen nicht gut mein Herz ausschütten", fuhr Max fort. „Vielleicht habe ich es auch deswegen nie wirklich verwunden. Weißt du, meine Art Dinge zu verarbeiten, funktioniert anders. Ich weiß, dass ich etwas unternehmen sollte, bevor es zu spät ist. Bevor Anna wieder vollends in den Mahlstrom der Depression gerät, der sie hinabzieht in die Schwärze. Nein, nicht Anna allein, sondern uns alle, mich, Katharina und sogar dich und Mathilda. Ich habe ihre Tagebücher gelesen, weil Anna schwanger ist. Und bis vorgestern war ich der Meinung, dass sie dringend mit einem Arzt sprechen sollte. Anna kann sich aber nicht dazu aufraffen. Was ich wiederum verstehe. Die mentale Kraftanstrengung ist für sie irrsinnig groß."

Benedikt hörte zu. Max Gavaldos Worte berührten ihn und tief in seinem Inneren beschlich ihn ein ungutes Gefühl.

„Du sagtest vorhin, dass du bis gestern der Meinung warst, dass Anna einen Arzt aufsuchen sollte. Warum hast du deine Meinung geändert?", fragte Benedikt.

„Ich war in der vergangenen Nacht spazieren und hatte die ganze Zeit das Gefühl, dass mich jemand verfolgt. Es klingt bescheuert, ich weiß. Aber da war jemand."

Stille.

„Ich habe mir alles so viel einfacher vorgestellt, Benedikt. Aber so einfach ist es nicht, das Leben. Es ist vieles, aber sicher nicht einfach. Irgendetwas geht in unserem Haus vor. Das ist auch ein Grund, warum ich hier bin. Jemand ist in unser Haus eingedrungen, als niemand da war – trotz unserer Überwachungsanlage. Könntest du mal bei uns vorbeischauen? Ein Polizist sieht bekanntlich mehr."

Er holte tief Luft. „Anna würde sagen: Der Tag geht, die Nacht nimmt seinen Platz ein und mit ihr kommen die Hirngespinste", fuhr Max fort und lächelte gequält. „Anna hat Angst und ist angeschlagen, weil sie von jemandem auf der Benefizveranstaltung bedroht wurde. Weil sie davon überzeugt ist, dass irgendjemand ihren, meinen und Katharinas Tod plant."

Stille.

Max' Blick sagte ihm alles. Er schrie innerlich, weil er große Angst hatte um seine Familie. Er litt Höllenqualen.

Die Kaffeemaschine unterbrach gurgelnd die Stille.

Van Cleef räusperte sich. „Das hört sich nicht gut an, Max", sagte er.

„Dann sag mir eins: Was hat meine Frau gesagt, als du sie damals im Keller vorgefunden hast?" Max sah ihn durchdringend an.

Van Cleef schluckte. „Das möchtest du nicht wissen, Max."

Max schlug mit der Faust auf die Stuhllehne. „Doch! Wie soll ich es sonst wissen?"

„Was wissen?", fragte Benedikt

Max sprang auf. „Ob ich Anna glauben kann! Ob ich ihr vertrauen kann!"

Van Cleef blickte entsetzt auf.

„Ob sie in all den Jahren nachts neben mir nur an diesen Mann gedacht hat!", rief er mit Tränen in den Augen.

Van Cleef dachte einen Moment nach, schluckte trocken und zählte langsam im Geist bis zehn. Er wollte die Bilder der Vergangenheit nicht wieder vor seinem inneren Auge haben, aber Max hatte ein Recht auf die Wahrheit. Er wählte seine Worte sorgfältig aus. „Anna war damals mehr tot als lebendig und vollgepumpt mit Drogen", begann er. „Er hat sie seelisch und körperlich auf bestialische Weise geschändet. Wir haben grauenvolle Vorrichtungen im Keller und im Dachgeschoss seines Hauses gefunden."

Max starrte van Cleef an. „Dann konnte sie ihm zu keiner Zeit entkommen?"

„Nein! Er hatte sie an Ketten gefesselt, betäubt und willenlos gemacht. Anna war niemals selbstbestimmt."

„Dieser Mann hatte sexuellen Gefallen an ihr gefunden, anders kann ich es mir nicht erklären", sagte Max leise. „Hätte er sie sonst nicht sofort getötet?"

Es klang weniger wie eine Frage, als wie eine Bitte um eine Sag-mir,-dass-das-alles-nicht-stimmt-Bestätigung.

„In erster Linie wollte er sie töten. Das ging eindeutig aus dem Schreiben hervor, das wir damals in ihrer Wohnung gefunden haben. Jakob hat in Anna seine Mutter gesehen. Aber dann änderte er sein Spiel."

Er verschwieg Max, dass Jakob Anna an eine Milchpumpe angeschlossen hatte. Dass er wollte, dass Milch aus ihrer Brust floss, damit er sich wieder als Kind fühlen und sie gleichzeitig als Mann schänden konnte, wann immer er wollte und sie mit seiner perversen Zuneigung überschütten. Anna hatte sich unbewusst selbst hintangestellt und ihn in ihrem Drogenrausch vergöttert. Er holte tief Luft.

„Beziehungen entstehen aus vielerlei Gründen. Manipulation ist eine davon. Was sicher auch ein Grund dafür sein mag, warum Annas Verstand versagt hat."

Max nickte. „Anna hat viele Jahre gebraucht, um sich davon zu erholen. Aber wie kann sie das? Jeden Morgen sieht sie im Badezimmer in den Spiegel, sieht die Bisswunden dieses perversen Schweines. Ich verstehe ihre Absencen. Manchmal habe ich das Gefühl, dass sie von diesem Mann träumt, aber dass es keine Alpträume sind. Offensichtlich hat Jakob für meine Frau eine Romanze inszeniert und seine Erfahrungen als reifer Mann ins Spiel gebracht. Als junge, unerfahrene Frau unter Drogeneinfluss konnte sie sich dagegen kaum wehren."

„Romanze?", rief van Cleef entsetzt. „Er hat sie gequält, er hat ihr einen skalpierten Schädel vorgesetzt und einen Spiegel angerußt, um sie mit dem Spiegelbild des Todes zu konfrontieren, während er eine Milchpumpe auf Hochtouren laufen ließ und sie dabei missbrauchte." *Du verdammter Idiot!*

„Das wusste ich nicht", stammelte Max. „O mein Gott. Warum habe ich nicht viel früher mit dir gesprochen? Vielleicht hat sie heimlich verhütet, weil sie nicht schwanger werden wollte. Weil eine Brust, in die die Milch schießt und an der ein Baby nuckelt, sie an Jakob erinnern würde. Weil …"

Benedikt räusperte sich und fragte sich, warum das nach all den Jahren für Max auf einmal eine Rolle spielte. Er fuhr sich mit der Hand durchs Haar. Sich Gedanken zu machen, war die natürlichste Sache der Welt. Aber Gedanken wie diese waren unkontrollierte und schwer zu lenkende Impulse, die die Synapsen überfluteten. Sie konnten sich zu einem Problem entwickeln.

„Ich konnte Annas Reaktionen noch nie ganz nachvollziehen, Benedikt."

Van Cleef nickte kurz, als Zeichen, dass er Verständnis hatte für Max' innere Qual. Trotzdem war ihm unwohl bei dem Gedanken, seinem Freund solche Details preisgegeben zu haben. *Verdammt!*

„In den Augen dieses Monsters war Anna jemand", sagte er schließlich. „Sie gab ihm eine neue Art von Energie, Energie, die er allein oder mit den anderen Frauen nie hatte, auch nicht mit Annas Schwester Katharina." Van Cleef schwieg einen Moment. „Energie, die seine kriminelle und kranke Kreativität in ungeahnte Höhen katapultieren konnte."

„Auf Kosten einer Achtzehnjährigen", antwortete Max grimmig und seine Stimme schien zu flattern. „Wahrscheinlich wollte sie ihm zeigen, wie viel er ihr bedeutete."

Benedikt holte tief Luft. „Nein, Herrgott nochmal, Max. Das sind krause Gedanken. Jakob hat ihr Vertrauen bestialisch zerstört, als er ihr die Tsantsa gezeigt hatte. Von diesem Moment an wusste Anna, was er vorhatte. Dass er auch sie töten wollte."

Max hob die Augenbrauen. „Vertrauen? Sie hat ihm vertraut?"

Van Cleef vermied es, seinem Freund direkt in die Augen zu schauen, aber dieser hatte ein Recht auf die ganze Wahrheit. „Sie hat mich damals in dem Keller angefleht, Jakob nicht zu töten, weil sie glaubte, ihn zu lieben."

Max wurde blass. „Sie ... sie ... hat dich angefleht, ihn nicht zu töten?"

„Ja", antwortete van Cleef leise. „Weil sie unter dem Einfluss von Rompun und Ketamin stand, zwei Substanzen, die einen Menschen willenlos und gefügig machen."

„Dieser Psychopath kannte sich aus mit manipulativen Techniken. Es war nicht zu Ende. Nicht für Anna, nicht für Jakob. Die Tage, die sie in seiner Gewalt verbringen musste, all der Schmerz, den er ihr zugefügt hatte, das alles schien nicht mehr zu zählen. Sie wollte ebenso wenig ohne Jakob leben, wie er ohne sie leben wollte."

Van Cleef erhob sich und ging wie ein Raubtier um Max' Sessel, dabei ließ er ihn keinen Augenblick aus den Augen. „Begreifst du, dass er nicht anderes im Sinn hatte, als einen jungen Menschen körperlich und seelisch zu vernichten? Das verschaffte ihm Befriedigung. Die totale Vernichtung! Und wenn du zweifelst, dann sprich mit Alexandra Cordes. Ich verstehe nicht, warum du das nicht längst getan hast, wenn diese Gedanken dich so sehr quälen. Aber ich möchte jetzt nur eines von dir wissen." Er setzte sich wieder in den Sessel und betrachtete seelenruhig seine Fingernägel, bevor er Max scheinbar wie nebenher fragte: „Warum wolltest du das alles wirklich von mir wissen, Max?"

„Weil jemand in unserem Haus war! Weil … Er stockte, ließ den Satz auströpfeln. Der Kopfschmerz regte sich hinter seiner Stirn. „Weil Katharina Jakobs Tochter ist. Ich habe die Tochter dieses Monsters groß gezogen!"

Kapitel 13

Selma

Selma Wagenknecht blickte von den Arbeiten auf, die sie korrigierte, und betrachtete die Klasse, die vor ihr saß. Es war still. Man hörte nur das Kratzen der Stifte auf dem Papier, während die Schüler mit den Matheaufgaben kämpften, die ihre Lehrerin ihnen gestellt hatte. Klemens Lürken starrte aus dem Fenster, draußen lieferte der Bäcker gerade die Brötchen für die nächste Pause an.

„Der Bäcker da draußen kennt die Antwort auch nicht, Klemens", sagte Selma in scharfem Ton.

„Kann man nie wissen, Frau Wagenknecht", erwiderte Klemens. Einige Schüler kicherten.

„Aha. Konzentrier dich auf deine Arbeit!"

Selma korrigierte weiter. Die Schüler hatten Interpretationen zu Büchners „Leonce und Lena" geschrieben. Sie war jetzt mit Chris Bohlen fertig, der geschildert hatte, wie er gerne den Frühling an anderer Stelle spürte als auf den Wangen. Selma schmunzelte. *So ein Frechdachs.* Als Nächstes kam Ellen Langers Geschichte: Für das Mädchen war Leonce ein Popstar, der das Knie vor ihr beugte – keine geringe Leistung, wenn man bedachte, dass er in ihrer Arbeit auf einer Harley Davidson saß – und ihr einen Heiratsantrag machte, bevor er sie zur Hochzeit mit Starbesetzung nach Hollywood entführte.

Selma verdrehte die Augen und stellte mit Erstaunen fest, wie wenig sich die pubertierenden Mädchen von heute verändert hatten, seit sie selbst eins gewesen war.

Sie hörte Getuschel.

Katharina Gavaldo flüsterte Ellen etwas zu.

„Du arbeitest allein, Ellen", mahnte sie nachdrücklich.

Ellen nickte, aber Katharina flüsterte weiter.

„Und wenn du weiter versuchst, deiner Freundin zu helfen, Katharina, dann stehst du gleich draußen auf dem Flur."

„Schon gut, Frau Wagenknecht", erwiderte Katharina mit hochgezogenen Brauen und konzentrierte sich wieder auf ihre eigene Arbeit.

Selma fing mit Katharina Gavaldos Arbeit an. Ein dreiseitiger Bericht über eine Reise durch den menschlichen Körper. *Kein Wunder*, dachte sie. Schließlich war Katharinas Vater Pharmaunternehmer. Katharina verglich Büchners Lena mit dem Hypothalamus, der wichtigsten Hirnregion für die Aufrechterhaltung des inneren Milieus und seiner Anpassung bei Belastungen des Organismus. Büchners Leonce hingegen bezeichnete Katharina als Störenfried, dem im Großhirn ein wesentliches Stück der rechten Hälfte fehlte und dem deswegen die Fähigkeit zum Denken nicht angeboren war.

Weibliche Wesen passen auf, mit wem sie sich einlassen, männliche neigen zur Promiskuität. Erst mit dem Anerkennen dieser Realität als Maßstab der Wahrheit und dem Ablegen jeglichen Wunschdenkens in Bezug auf Sexualität, hat das Denken eine Chance.

Eine hervorragende Arbeit, dachte Selma. Eine Arbeit, die ein reales Gefühl davon vermittelte, wie klug das Mädchen für sein Alter war. Dennoch gab sie Katharina eine Drei. In der Arbeit steckte auch eine beachtliche Portion Arroganz und ein Mangel an Respekt.

Selma blickte hinüber zu dem Tisch im hinteren Teil des Raums, wo Katharina saß. Sie hatte den Kopf tief über ihr Heft gebeugt. Die einzige Blondine in einem Meer von schwarzen und braunen Köpfen.

Einer der Gründe, weshalb sie Katharina nicht besonders mochte, war der, dass sie ständig versuchte, sich aufzuspielen oder von den anderen abzuheben. Sie verschwand nicht in der Masse wie ihre Freundin Ellen. Katharina sprach auch, wenn sie nicht gefragt wurde, und dann so laut, dass Selma sich oft die Ohren zuhalten wollte. Katharina war ein Teenager, dessen Körpersprache den Wunsch signalisierte, besonders wahrgenommen zu werden.

Normalerweise ignorierte sie das Mädchen, aber nicht deswegen, weil zu viele andere Schüler ihre Aufmerksamkeit gefordert hätten.

Kein gutes Lehrerverhalten, dachte Selma. Aber da Katharina gute Leistungen brachte, kam es wahrscheinlich auch nicht so sehr darauf an.

Nein, Selma Wagenknecht, dein Verhalten ist absolut unfair, meldete sich ihre innere Stimme.

Aber sie konnte nicht anders. Sie hasste dieses engelhafte Mädchen mit den kalten Augen. Von ihm ging eine Gefahr aus. Da war sich Selma sicher.

Sie streckte sich auf ihrem Stuhl und spürte ein leises Ziehen im Rücken. Jetzt, da sie regelmäßig schwimmen ging, machten sich bisher unentdeckte Muskeln bemerkbar. Sie wollte ihrem Freund einen straffen Körper bieten. Beim letzten Mal hatte der Schwimmlehrer ihr die Butterflytechnik gezeigt. Es war genauso schwer, wie es aussah. Aber sie würde es lernen. Ganz gleich, wie lange es dauerte.

Noch einmal blickte sie in Katharinas Richtung, die Eyeliner trug und schwarzen Lidschatten. Sie kaute an ihrem Stift und spielte mit einer Locke hinter dem Ohr. Selma wusste, dass Katharina Geschichten über sie erfand. Böse Geschichten. Die meisten Schüler taten es hinter ihrem Rücken. Aber sie taten es und Selma wusste darüber Bescheid. Im Netz kursierten Momentaufnahmen von ihr, die nicht gerade vorteilhaft waren. Es war ihr egal. Bei den Bildunterschriften musste sie oft schmunzeln wie bei der über einem Foto, auf dem sie Schokolade naschte: *Die Wagenknecht befindet sich auf dem geistigen Niveau eines Überraschungseies.*

Katharinas Bildunterschriften waren jedoch völlig daneben: *Wenn die Wagenknecht sich weiter so zurückentwickelt, sollten wir sie abtreiben* oder *Wenn der IQ der Wagenknecht so flach ist wie Ihre Brüste, sollte sie zuhause bleiben.*

Natürlich hatte es keinen öffentlichen Vergeltungsversuch auf dem Schulhof gegeben. „Was meinst du als Unbeteiligte zum Thema Intelligenz, Katharina?", hätte sie sagen sollen und noch mehr. Aber sie hatte es nur in Gedanken ausgesprochen. Und darauf kam es an. Vielleicht.

Katharina hob den Kopf und sah sie mit einem inzwischen vertrauten Blick an, aus dem Zorn und Verachtung sprachen. Sie starrte zurück, dabei tastete sie nach dem Bleistift und drückte ihn sanft, als wollte sie den schlafenden Drachen in sich kitzeln.

Katharina schaute als Erste weg.

Selma legte ihren Aufsatz zur Seite und nahm sich den nächsten vor.

Kapitel 14

Katharina

Katharina schrieb die Antwort auf die vorletzte Frage hin und blickte auf. Selma Wagenknecht korrigierte die Aufsätze, die sie am Tag zuvor geschrieben hatten. Mit ihrem Aufsatz hatte sie die Zicke provozieren wollen, aber die Wagenknecht war zu dämlich, das zu begreifen. Das hätte sie gern geschrieben, aber so etwas konnte man im Aufsatz nicht schreiben. Nicht mehr. Die Wagenknecht würde sofort ihren Vater anrufen. Nach der Sache mit den Gläsern ihrer Mutter konnte sie sich eine ähnliche Respektlosigkeit nicht mehr leisten. Ihr Vater würde ausrasten.

Katharina fragte sich, ob es keine andere Möglichkeit gab, der Wagenknecht eins auszuwischen. Sie war in ihren Augen alt, fast vierzig. Eine hagere, unfreundlich aussehende Frau, der nichts entging. Die es nicht gut mit ihr meinte. Sie bekam in regelmäßigen Abständen unverhältnismäßig schlechte Noten. Seit sie sich ein wenig zurückgenommen hatte, war es zwar nicht mehr so schlimm wie früher, aber es kam immer noch vor. *Ich wünschte, ich könnte dieser Schnepfe eins auswischen. Ich wünschte, ich könnte dafür sorgen, dass sie Angst vor mir hat.*

Ich wünschte ... ich wünschte ... ich wünschte ...

Neben ihrem Heft lag ein Satz Buntstifte. Ein Geschenk von ihrer Mutter, die von ihrer Zeichenkunst begeistert war. Nicht so Selma Wagenknecht. Und dafür hasste sie diese Frau.

Für deine Fünf in Kunst werde ich mich rächen.

Dann, wenn du es nicht bemerkst!

Wenn du nicht damit rechnest.

Ich werde dich daran erinnern, dass du für mich ohne Bedeutung bist.

Ich werde dir zeigen, was Angst bedeutet.
Du wirst dir vor Angst in die Hose pinkeln.
Du wirst mich dafür hassen.
Genau wie ich dich hasse.

Ihr Bleistift glitt über das Papier und malte Kreise an den Rand. Plötzlich war der Hass wie ein Feuer, das ihr Herz verbrannte. Die Kreise wurden immer größer, und das Gefühl wurde so inbrünstig, dass sie am liebsten geschrien hätte.

Der Bleistift brach ab. Sie spitzte ihn wieder an und schrieb ihren Test zu Ende.

Dann hob sie den Kopf. Ihre Blicke trafen sich ...

Später trank Katharina zuhause ein Glas Wasser.

Hunger verspürte sie nicht.

Sie aß trotzdem.

Sie fühlte sich stark.

Sie könnte durch die Stadt radeln oder zur Friedhofskapelle gehen. Vielleicht würde sie *ihn* dort wieder sehen. Sobald sie an ihn dachte, kam sie sich sehr erwachsen vor.

Sie betrat die Küche. Ihre Mutter bereitete das Abendessen vor.

„Mom, ich fahre mit dem Rad in die Stadt."

„Sei um sechs Uhr spätestens zurück, Katharina!", sagte Anna, drehte sich um und musterte sie. „Hm ...Ein bisschen viel Make-up für eine Fahrradtour, Katharina."

„Warum nicht? Das tun viele Mädchen in meiner Klasse. Außerdem sieht es gut aus."

Ihre Mutter schüttelte ihren Kopf. „Wie der Grufti-Szene entsprungen. Jesus, wer hat denn gesagt, dass das gut aussieht?"

„Irgendein Junge, mit dem ich geschlafen hab. Weiß nicht mehr, wie er hieß."

Der Unterkiefer ihrer Mutter klappte herunter.

„Beruhige dich, Mom. Das war nur ein Scherz."

„Das ist nicht komisch, Katharina."

„Spitze Bemerkungen und beißender Spott über mein Aussehen auch nicht, aber hey, niemand ist vollkommen."

80

Ihre Mutter runzelte empört die Stirn. „Was ist in dich gefahren?"

„Gar nichts. Triffst du dich heute Abend mit Mathilda?"

„Warum fragst du?"

„Ich frag nur", antwortete Katharina. „Also?"

„Ja. Max muss länger arbeiten."

„Musste er letzten Donnerstag auch länger arbeiten?"

„Ja. Warum fragst du?"

Katharina antwortete nicht.

„Ich hab dich was gefragt."

„Er ist ein Idiot, Mom. Du könntest was viel Besseres haben."

Plötzlich war das Lächeln auf dem Gesicht ihrer Mutter erloschen und Wut gewichen, fast im Einklang mit der flachen Hand, die sie ihrer Tochter mit Wucht ins Gesicht schlug. „Wage es nicht nochmal, so über deinen Vater zu sprechen."

Katharina spürte, wie der Zorn in ihr hochkroch. Sie holte tief Luft und schluckte ihn hinunter. „Sorry. Ich wollte nur …"

„Nein! Jetzt geh, und wisch dieses Make-up aus deinem Gesicht! Du siehst aus wie ein Flittchen!"

Katharina wandte sich ab. In der Tür blieb sie stehen. „Mom?"

„Was?"

„Schlag mich *nie* wieder."

Sie verließ das Haus, ohne sich abzuschminken, und schnappte ihr Fahrrad.

Fahrradfahren beruhigte sie. Es machte den Kopf frei. Sie fuhr nicht allzu schnell, hielt überall nach ihm Ausschau. Nichts. Dann radelte sie am Seeufer entlang und bog in die schmale Landstraße ein, auf der kaum Autos fuhren. Zwischen Wiesen und Feldern und ohne Anfang und Ende. Ein weißes, staubiges Band zwischen den flachen, mit Schnee bedeckten Feldern, die bis zum Horizont reichten.

Da! Ein Ruck durchfuhr sie. *Komm in die Stadt.* Ein Flüstern.

Katharina trat in die Pedale, machte sich ganz flach. Sie lag fast auf der Lenkstange. Der Fahrtwind griff ihr in die Haare. Sie hätte schreien mögen, so glücklich war sie.

Sie sah sich um. Weit und breit sonst niemand. Nur sie. Und die Endlosigkeit dieser Straße.

Sie hatte keine Ahnung, dass sie längst nicht mehr allein war. Dass ihr nur noch eine halbe Stunde blieb, bis das Böse in ihr Leben trat.

Sie hatte keine Ahnung, dass das Leben, wie sie es kannte, bald vorbei sein würde.

Kapitel 15

Selma

Selma Wagenknecht machte einen Schaufensterbummel in der Seestraße, um sich nach einem Kleid umzusehen und um sich die Zeit totzuschlagen, bis es endlich Abend sein würde. Dann würde der neue Mann in ihrem Leben sie endlich wieder in seine Arme nehmen, sie mit Leidenschaft lieben.

Sie kam an einer Boutique vorbei. Die Puppe im Fenster trug ein grünes, weit ausgestelltes Cocktailkleid mit einem Bustier, das eine große Amazonaslilie zierte. An der Puppe sah es gut aus, aber an ihr würde es noch besser aussehen.

Kaufs dir. Du solltest dich ein bisschen aufbrezeln, wenn du dich mit ihm triffst. Er sieht so verdammt gut aus!

Ob es ihm gefallen würde? Sie war vor einem Jahr aus einer Beziehung mit einem Alkoholiker entkommen und umgab sich seitdem mit schönen Dingen. Sich jetzt kopfüber in die nächste Beziehung zu stürzen, war alles, was sie brauchte, samt ungehemmtem Sex und Kuscheleinheiten, um die alkoholumnebelten Nächte der Vergangenheit vergessen zu können. Wo er wohl gerade war? Ob er sich auch auf den Abend mit ihr freute?

Selma betrat die Boutique, probierte das Lilienkleid und fand sich darin atemberaubend schön und sexy. Der Preis versetzte ihr allerdings einen Dämpfer, aber er hielt sie nicht davon ab, das Kleid mit ihrer Kreditkarte zu bezahlen.

Selma kam am Café *School friend* vorbei. Eine kleine Gruppe Schüler diskutierte dort heftig miteinander. Unter ihnen war auch Katharina Gavaldo. Selma blieb einen Moment stehen und beobachtete die Clique durch die Fensterscheibe. Beim Anblick der Schüler fräste sich ein Bild ihrer eigenen Schulzeit in Selmas Kopf. Sie schmunzelte und wollte gerade weitergehen, als Katharina unverhofft aufblickte. Ihre Blicke trafen sich durch das Glas.

Selmas Herz hämmerte. Worte wie *eisig* und *ungezogen* kamen ihr in den Sinn. Für einen Moment starrte sie in diese Winteraugen. Sie drückten unbeschreibliche Kälte und Leere, eine Trostlosigkeit jenseits der Verzweiflung aus. Als hätte jemand einen Vorhang weggerissen, sah Selma tief in einen Abgrund des Bösen.

Niemand, dachte Selma, *darf einen solchen Ausdruck in den Augen haben, schon gar nicht eine Sechzehnjährige.*

Ihr wurde mit einmal bewusst, dass Katharina in ihrem Hass auf die Welt eine Gefangene war. Aber das ging Selma nichts an. So wie das Verhältnis des Mädchens zu seinen Eltern sie nichts anging.

Selma ging weiter, ließ sich vom nächsten Schaufenster ablenken und dachte an den bevorstehenden Abend.

Eine Beziehung mit einem netten Mann ist alles, was ich mir wünsche. Vielleicht würde sie danach auch gnädiger mit ihren Schülern sein. *Liebe soll ja Wunder bewirken.*

Am späten Nachmittag hörte sie von ihm.

Es war kurz vor fünf, als eine SMS kam. Sie erkannte seine Nummer und war erleichtert. In einem kleinen Winkel ihres Hinterkopfs hatte sie sich schon gefragt, ob sie je wieder von ihm hören würde.

Lächelnd ließ sie sich die SMS anzeigen. *Schaff's heute Abend nicht. Ist was dazwischengekommen. Melde mich.*

Die Worte wirkten wie eine Ohrfeige. Einen Augenblick lang war sie bestürzt. Dann wütend. Was war das für ein Spielchen? In letzter Minute abzusagen. Ihr auf der Nase herumzutanzen. Was dazwischengekommen – na bravo. Verbrachte er den Abend mit einer anderen? Vermutlich hatte er eine Jüngere abgeschleppt. Dann war es also nur eine Bettgeschichte gewesen?

Trotzdem, er hatte sie doch gemocht. Sie für etwas Besonderes gehalten. Das hatte sie instinktiv gespürt, und im Hinblick auf Männer irrte sich ihr Instinkt nie.

Oder doch?

Oh, Selma, komm zu dir! Hör auf zu plärren wie ein Klein-kind! Wenn er dich verletzt hat, dann sorge dafür, dass es ihm leidtut.

Aber er hatte sie nicht verletzt. Höchstens ihren Stolz, aber nicht ihre Gefühle.

Sie schüttelte sich wie der sprichwörtliche nasse Hund und setzte sich an den Schreibtisch.

Diese Schlampe!

Manchmal träume ich mehrere Nächte hintereinander von dir. In meinen Träumen habe dich seit vielen Jahren nicht mehr gesehen – das ist eine lange Zeit. Wenn du jemanden über einen so langen Zeitraum nicht gesehen hast, verblassen selbst die persönlichsten Erinnerungen. Du weißt am Ende nicht mehr genau, was für eine Stimme oder welchen Augen-ausdruck der betreffende Mensch hatte. Aber du bist kein Traum, sondern mir immer vollständig gegenwärtig.

In meinen Träumen trägst du mein grünes Cocktailkleid mit der wunderschönen Blüte. Das Kleid ist viel zu fröhlich, viel zu weltlich, viel zu provokant, sagst du. Und dass ich das Kleid in den Sack für die Armen geben soll. Vielleicht hättest du es aber auch am liebsten gesehen, wenn ich es gleich ganz zer-schnitten hätte, weil er seine Verabredung mit mir nicht ein-gehalten hat. Mein schönes Kleid ist dir ein Dorn im Auge, aber der Kampf um dieses Kleidungsstück ist einer, den du nicht gewinnen wirst. Du begehrst ganz offen gegen meine Ansichten auf und forderst mich mit fragwürdiger Absicht heraus. Das passiert so oft, und es sitzt auch. Um das grüne Bustierkleid dreht sich einer der Konflikte, die du mit dir aus-trägst und bei denen du mir die ganze Abscheulichkeit deines Wesens offenbarst. Dein einziges Zugeständnis in diesem Streit ist, dass du alles zerstören möchtest, was mir etwas bedeutet. All das wirst du mir eines Tages gestehen. Und mehr. Da bin ich mir sicher.

Was mir gefällt, verabscheust du. Und wenn er mir ein Kompliment macht, dann passt er auf, dass du dich nicht in der Nähe aufhältst und seine Worte nicht hören kannst. Du bist außer dir vor Wut, wenn ich mit diesem Mann allein sein möchte.

Du fragst dich, wer ich bin und warum ich dir das alles schreibe? Du wirst es niemals erfahren, denn du bekommst keine Gelegenheit, zu nah an mich heranzukommen.

Ich hasse dich, denn du wurdest in der Hölle gezeugt. Das Hemd des Teufels ein winziges Stück hoch, die Hose ein ebenso winziges Stück runter. Und selbstverständlich im Dunkeln und verborgen unter Decken von Hitze, Schmutz und Fäulnis und mit dem Speer der Verdammnis.

Wenn ich von dir träume, fehlen mir die Worte des Hasses. Mir fehlt jegliches Gefühl für dich. Ich bin, was dich betrifft, erkaltet. Ich sehe dich vor mir, wenn du aus purer Lust an der Provokation mit der Bürste deine langen Haare glattstreichst. Ich habe kurzes Haar. Frauen mit kurzgeschnittenem Haar sind peinlich, hast du mal gesagt, und sähen aus wie Männer. Und kurze Röcke dürfen nur junge Mädchen tragen. Frauen, die kurze Röcke tragen, sähen aus wie Huren. Du Schlampe lässt mich jeden Tag aufs Neue spüren, dass ich eine sündige, alte Schachtel bin. Dass die Welt durchweg aus Versuchungen bestünde, aber Menschen wie ich hätten den Lebensauftrag, dem zu widerstehen.

Weißt du, Schätzchen, ich benehme mich gern sündig. Ob es dir nun passt oder nicht. Ich küsse in der Öffentlichkeit, mein Freund wiegt mich im Park in den Armen, hört mir immer zu, wenn ich von der Schlampe in der Schule erzähle. Ich bin glücklich. Meine Augen strahlen, ich lache und werde geliebt. Ich trage kurze Röcke, weil ich ansehnliche Beine habe. Zuhause zeige ich ihm, wie man Apfelkuchen und gefüllten Spekulatius backt. Mein Freund bringt mir Geschenke, flüstert mir zärtliche Worte ins Ohr.

In einem anderen Traum behält er dabei die Wohnzimmertür im Auge, weil du hereinkommen könntest. In diesem Traum lehne ich mich auf. An dieser Stelle zerspringe ich fast vor Wut. Wir müssen leise sein, sagt mein Freund dann. Du seist unberechenbar.

Wie bitte? Ich soll dich nicht wütend machen, mich zurück-

halten? Und warum? Was kann mir so eine widerwärtige Schlampe schon anhaben, die eine neunschwänzige Katze braucht, um ihren Willen durchzusetzen? Woher ich das weiß? Ich weiß es eben! Warum sollte ich Angst vor einer dummen Zicke haben, einer pubertierenden Sprücheklopferin ohne Moral? Ohne jede Achtung vor Menschen? Wer weiß, vielleicht warst du in einem früheren Leben eine Art Medusa. Gut möglich. Deine große Mundpartie mit zahlreichen, oft spitzen Zähnen und der heraushängenden Zunge kennzeichnet zu oft das wutverzerrte Gesicht einer Medusa.

Du bist eine Psychopathin, die ganze Scharen von Mitmenschen verbal abschlachtet. Ich hasse dich, halte mir in Gedanken die Ohren zu, wenn ich deine Stimme höre, oder kotze innerlich vor Entsetzen, wenn du mich bedrohst. Aber einfach weghören ist nicht möglich oder an gut schmeckende Sachen denken, wie heiße Schokolade mit Schlagsahne. Ich versuche krampfhaft, den Rat meiner inneren Stimme zu befolgen, doch oft genug zerschlägt deine donnernde Stimme dieses kleine gedankliche Ablenkungsmanöver.

Wieso dich, du Schlampe, also nicht zur Weißglut bringen? Ich hätte dir viel häufiger widersprechen sollen. Ich hätte dich eher offen auslachen sollen. Hätte deine dämlichen Sprüche durch den Kakao ziehen sollen. Dich anzweifeln sollen. Mich öffentlich von dir abwenden sollen. Ich hätte dir unmissverständlich zeigen sollen, dass du mir nichts vormachen kannst, du Missgeburt der Hölle.

Asche zu Asche, sagt der Pfarrer oft auf einer Beerdigung. Werden wir zu Asche, wenn wir tot sind oder ist es eben diese Asche, die verstreut wird, woraus sich ein Geist bildet, der sich in einen anderen Körper nistet wie eine Eizelle in die Gebärmutter? So wird es wohl sein, denn sonst wärst du nicht auf dieser Welt und das alles wäre nicht geschehen. Die Eizelle wuchs zu einem Embryo heran, dann zum Fötus. Du bist die Wiedergeburt des Teufels, sonst kann ich es mir nicht erklären. Du bist entstanden aus dem Bösen. Wie lange, denkst du, kann ich es noch aushalten, dich anzusehen? Dich zu hören? Dich zu riechen? Dich zu ertragen?

Wie lange noch? Nimm dich bloß in Acht!

Zwei Stunden später. Selma lungerte in einer Bar herum. Männer und Frauen ihres Alters standen gruppenweise herum. Im Hintergrund lief Popmusik der 80er Jahre. Sie nippte an ihrem Weinglas, wiegte sich im Takt der Musik und spürte die Männerblicke, die ihren Körper taxierten. Es war ein gutes Gefühl. Hinter ihr sah sie eine Frau, die sie neidisch musterte. Dieses Gefühl war noch besser.

Ein Mann spendierte ihr einen Drink. Cooler Typ. Das gleiche arrogante, gute Aussehen, das gleiche selbstzufriedene Gebaren wie der Mann, der sie versetzt hatte. Aber er war da, und sie brauchte nur „ja" zu signalisieren. Wie bei jedem Mann, der auf einen One-Night-Stand aus war.

Ja, schrie ihr Körper.

Eher würde die Hölle zufrieren.

Sie sprach mit dem Mann, in flirtendem Tonfall und wiegte sich dabei im Takt der Musik.

Kapitel 16

Katharina

Katharina ging durch das Zentrum von Starnberg zur Buchhandlung in der Passage. Sie hatte einen Büchergutschein in der Tasche, ein Geschenk ihrer Mutter, mit dem sie eine Biographie über Fouché, den Polizeipräfekten von Paris, kaufen wollte. Im Geschichtsunterricht behandelten sie gerade die Französische Revolution – das Leben dieses abgrundtief bösen Intriganten fesselte sie. Vor der Passage stand eine junge Straßenmusikantin und sang mit kräftiger, klarer Stimme ein Volkslied. Ein paar Leute waren stehen geblieben, um zuzuhören. Sie tat es auch. In dem Moment ging die Tür des benachbarten Zeitungsladens auf und ein Mann trat heraus.

Die Welt hörte auf sich zu drehen.

Der Mann vom Friedhof.

Er blieb vor dem Laden stehen, öffnete eine Packung Zigaretten und zündete sich eine an. Dann wandte er sich ab und ging davon. Sie wollte ihm nachlaufen, stand aber wie angewurzelt da und öffnete den Mund. Wollte ihn rufen, aber sie kannte seinen Namen nicht. Sie konnte nur dastehen und ihm nachschauen, bewegungslos wie eine Statue, während sie innerlich nach einer Unterhaltung mit ihm schrie.

Als eine Frau sich an ihr vorbeidrängte, löste sich der Bann.

„Hey! Du! Bleib stehen!"

Er hörte sie nicht, sondern ging einfach weiter. Sie rannte ihm nach, kämpfte sich durch die Menge und hätte beinahe jemanden umgerannt, ohne es zu merken. Sie sah niemanden, nur ihn. Wenn sie ihn jetzt nicht einholte, würde er sich im Nebel auflösen wie an jenem Abend.

„Warte auf mich! Bitte!"

Er hörte sie immer noch nicht. Sie streckte die Hand aus und packte seine Jacke. Als er sich umdrehte, lächelte er.

„Ich wusste, dass ich dich eines Tages wiedersehen würde", sagte sie. „Ich wusste, dass es dich gibt."

Wieder nur ein geheimnisvolles Lächeln. „Ich habe mein ganzes Leben von dir geträumt. Wir kennen uns seit Ewigkeiten. Ich dich und du mich. In unseren Visionen sind wir uns immer wieder begegnet."

Katharina reichte ihm die Hand. Sie war fassungslos vor Glück. „Bist du es, der mir sagen wird, dass wir zusammengehören?"

„Hast du das auch gesehen?", fragte er.

Sie nickte. „Ja."

„Ich bin Baan. Wie ist dein Name?" Seine Stimme hatte nicht die leiseste Spur eines bayrischen Akzents.

Sie hielt seine Hände umklammert. „Ich bin Katharina."

In seinem Gesichtsausdruck lag eine Mischung aus Freude und Neugierde. „Wollen wir ins Café gehen und uns kennenlernen? Ich habe dir viel zu erzählen."

Sie konnte nur nicken. „Ich dir auch", flüsterte sie.

„Komm, dann lass uns gehen!" Die Worte klangen zärtlich, aber bestimmend, als würden sie den Rest ihrer beider Leben miteinander verbringen.

Sie schloss einen Moment die Augen und öffnete sie wieder. Niemand war zu sehen. Kein Baan, der mit ihr einen Kaffee trinken wollte, nur einige Passanten, die ihr Selbstgespräch mitbekommen hatten. Sie wurde ausgelacht. Alle lachten. Alle hatten ihren Spaß.

Wo bist du, Baan?

Sie war vollkommen verwirrt. Eine Frau sah sie besorgt an. „Du weinst ja. Es ist überhaupt nicht in Ordnung."

Freundliche Worte, dachte Katharina. Aber sie trösteten sie nicht. Vielleicht war es ein Trick, um sie dazu zu bringen, noch mehr zur allgemeinen Belustigung beizutragen.

„Mir fehlt nichts", flüsterte sie. „Es ist gar nichts."

Und dann war sie es, die sich einfach umdrehte und wegging.

Zehn Minuten später saß sie auf einer Bank in einem kleinen

Park und starrte vor sich auf den Boden. Der Park war leer. An manchen Nachmittagen tummelten sich hier Scharen von Teenagern, aber jetzt wurde es dunkel und niemand war da. Sie weinte, konnte einfach nicht aufhören. Die Sehnsucht nach dem jungen Mann hatte ihr eine weitere Vision beschert und dieses Mal in der Öffentlichkeit. Das war noch nie geschehen. Bislang war alles ein beherrschbarer Wunsch gewesen, aber jetzt brannte die Sehnsucht wie eine offene Wunde und sie glaubte, ihr Herz müsse zerreißen. Sie wünschte, sie wäre nach der Schule gleich nach Hause gegangen. Sie wünschte, sie hätte nicht solches Aufsehen erregt. Sie wünschte ...

Wünsche. Lauter Wünsche. Ihr ganzes Leben war eine einzige Vision voller Wünsche. Aber Wünsche brauchten einen Zauber, und es gab keinen Zauber, der stark genug war, um auch nur den kleinsten Wunsch in Erfüllung gehen zu lassen.

Ein Geräusch drang in ihre Gedanken. Das Surren von Schritten auf Asphalt. Wieder spürte sie, dass er da war. Seine Präsenz hatte von ihr Besitz ergriffen wie ein tiefer Ton, den man mehr mit dem Kopf wahrnahm. Alle Körperhärchen stellten sich auf.

Sie lehnte sich zurück, machte kurz die Augen zu, versuchte nachzudenken, sich alles ins Gedächtnis zu rufen, was sie heute glaubte erlebt zu haben. Sie öffnete die Augen. Ein Jogger kam auf sie zu. Als sie aufblickte, sah sie, dass er es war.

Seine Stimme durchbrach die Stille. „Hey."

Sie erhob sich von der Bank und nun standen sie sich gegenüber. Zwei junge Menschen, die sich zum zweiten Mal begegneten und keine Rituale vollzogen, die ein solcher Anlass erforderte: kein Händeschütteln, kein Austausch von Namen, kein Überspielen aller negativen Gefühle, die ihre Begegnung unter Umständen hervorrief.

Nur ein einfaches *„Hey"*.

Kapitel 17

Baan

Baan sah das Mädchen an, das fast genauso groß war wie er und noch schöner als in seiner Erinnerung. Schön genug, um arrogant zu sein. Seiner Erfahrung nach waren alle hübschen Mädchen arrogant, weil sie sich einbildeten, jeden Jungen, der ihnen gefiel, mit einem Lächeln gewinnen zu können. Aber nicht ihn. Er würde niemals ein Mädchen begehren können, in dessen Gesicht ihn nichts an seinen Vater erinnerte.

Ihre Augen hatten manchmal die Farbe von violettfarbenen Veilchen, obwohl die blau waren, sie wirkten unergründlich und gefährlich. Ein Mann, der nicht aufpasste, lief Gefahr sich in solchen Augen für immer zu verlieren. Aber nicht er. Gelassen erwiderte er ihren Blick, weil er sicher war, immun zu sein gegen ihre Macht.

Und plötzlich wusste er es.

Es war wie ein elektrischer Schlag in seinem Gehirn. Die absolute Gewissheit, die ihn von einer Sekunde auf die andere überkam, hatte nichts mit Logik oder Vernunft zu tun. Es handelte sich dabei um etwas weitaus Primitiveres – um einen rein animalischen Instinkt.

Du bist wie ich.

„Warum weinst du, Katharina?"

„Ich weine nicht."

„Doch, du weinst. Du hast doch auf mich gewartet."

Sie blinzelte und wischte sich über die Augen. „Verschwinde! Du bist eine Vision. Keine Realität!"

„Ich bin real. Wir haben uns am Friedhof getroffen, erinnerst du dich?"

„Lass mich in Ruhe."

„Soll ich dich kneifen, Katharina?"

Sie blickte sich um. Verdammt, er war real. „Du kennst meinen Namen? Wer bist du?"

„Baan." Er versetzte ihr einen kleinen Schubs, dann lächelte er. „Ich freue mich, dich endlich kennenzulernen."

Und plötzlich geschah es. Die Sehnsucht, die sich im Laufe der Jahre in ihr aufgestaut hatte, brach sich Bahn wie flüssige Lava und nahm sie vollständig in Besitz. Mit einem Schrei klopfte sie ihm mit der Faust auf die Brust.

„Wo warst du all die Jahre?", fragte sie und schloss die Augen. *Gleich ist er wieder fort*, dachte sie.

„Augen auf!"

Seine Stimme … Sie gehorchte.

Baan grinste. „Ich wollte absolut sicher sein, dass du tatsächlich das Mädchen in meinen Visionen bist."

Katharina war erleichtert und es war ein verdammt gutes Gefühl. Unglaublich gut.

„Bist du dir jetzt sicher, Baan?"

Baan schaute zur Seite. „Wusstest du, Katharina, dass wir zusammengehören?"

„Ich weiß es, aber ich kenne den Grund nicht. Darauf geben Visionen keine Antwort. Ich sehe etwas, spüre etwas, aber warum es so ist, weiß ich nicht."

„Ich erkläre es dir, wenn du es möchtest."

Die Zeit verging. Sie blieben auf der Bank sitzen. Baan erzählte ihr seine Geschichte, bis die Nacht den letzten Schimmer des Lichts verschluckte. Er erzählte ihr von seinen Träumen, von dem Haus seines Vaters in Starnberg, das eine Firma in seinem Auftrag renoviert hatte, von den Gegenständen, die er vor einigen Tagen in den Keller geschleppt hatte: terrakottabraune Farbe, schwarze Kohlestifte und Einweckgläser in verschiedenen Größen, einen runden Tisch, zwei Eimer, große Kerzen, Plastiksäcke und Einwegschürzen. Im Stahlschrank bewahrte er einen Kanister Formaldehyd auf, ein Jagd- und Ausbeinmesser, eine Präzisionssäge, und verschiedene brasilianische Kräuter und Peyote-Pilze. Er erzählte Katharina, dass er fror, nicht nur im Keller. Dass die Wärme Brasiliens ihm noch in den Knochen steckte. Dass er ihr unbedingt das Arkanum zeigen wollte. Er verschwieg, dass das Haus seines Vaters etwas in ihm ausgelöst hatte, das er nicht kontrollieren konnte: Wut, Hass, Verzweiflung. Stattdessen sprach er von seiner Sehnsucht nach dem Mädchen in seinen Visionen, von Liebe.

Danach gingen sie Hand in Hand in ein Café. Katharina hielt den Kopf hoch und ihre Schultern gerade, nicht wie vor der Begegnung. Sie war groß, aber einen Kopf kleiner als er, ihre Figur versprach so gut wie die ihrer Mutter zu werden. Ihr Gang, früher hastig und nervös, war jetzt langsamer und sicherer. Sie hatte sogar einen leichten Hüftschwung. Sie hat in den vergangenen Wochen gelernt, ihren Körper zu beherrschen, dachte er, und sich zu bewegen wie eine Göttin. Und war sich dessen bewusst. Sie ging neben ihm her, bewegte sich wie ein Mädchen, das nach einem Schlummer plötzlich zum Leben erwacht war. Beim Abschied lud er sie in sein Haus ein.

Kapitel 18

Katharina

Die Schüler saßen im überfüllten Kunsterziehungsraum um einen Tisch herum, auf dem Bücher, Früchte und eine Glaskugel kunstvoll arrangiert waren. Bleistifte kratzten übers Papier, während der ortsansässige Maler die Techniken des Stilllebens erklärte, und Selma Wagenknecht die Klasse immer wieder daran erinnerte, wie glücklich sie sich schätzen konnte, einen so berühmten Gast in ihrer Mitte zu haben.

Katharina saß ziemlich weit hinten und starrte gedankenverloren ins Leere. Vor ihrem geistigen Auge lief der Film ab, in dem die Wagenknecht Nacht für Nacht wach lag und mit ängstlich klopfendem Herzen und trockener Kehle auf Schritte wartete und die Schatten vor dem Fenster.

Selma Wagenknecht soll Angst und Verzweiflung spüren, dachte Katharina.

Verzweiflung, weil sie ihren Willen nicht bekam, und Wut auf die Wagenknecht, die ihr schlechte Noten gab, waren Emotionen, die Katharina so gut zu verstehen gelernt hatte, dass sie ihr willkommen waren. Seit ihrer Begegnung mit Baan spürte Katharina aber nur noch eine seltsame Ruhe, die fast zu einer anderen Person zu gehören schien – einer Person, die keine Zeit für Zweifel hatte. Sie war bis über beide Ohren in Baan verliebt. Alles lag so klar auf der Hand wie in ihren Visionen. Was die Wagenknecht betraf, so hatte sie einen Plan und wusste, was zu tun war.

Die Zeit verging. Sie starrte weiter auf die Leinwand in ihrem Inneren, ohne zu merken, dass ihre Hand den Bleistift übers Papier bewegte, als wäre sie ein Medium.

Nachdem ihre Lehrerin sie aufgefordert hatte, zu einem

Ende zu kommen, ging der Maler von Tisch zu Tisch und gab zu jeder Zeichnung einen Kommentar ab. Als er ihren Versuch sah, runzelte er die Stirn. „Was soll denn das sein?"

„Ich weiß es nicht", antwortete Katharina.

„Es sieht aus wie ein Kreuz", erwiderte der Künstler.

„Dann wird es wohl eines sein." Ihre Stimme klang ausdruckslos und abwesend.

„Warum hast du dich denn nicht an das gestellte Thema gehalten?"

„Ich habe keinen Sinn darin gesehen."

„Warum nicht?"

„Weil ich nach meinem Schulabschluss als Prostituierte arbeiten werde und sich in dieser Branche niemand dafür interessiert, ob man eine anständige Obstschale zeichnen kann oder nicht."

Alle im Raum holten tief Luft, dann folgte lautes Gelächter.

„Zum Rektor mit dir, aber auf der Stelle!", rief Selma Wagenknecht.

Zwanzig Minuten später trat Katharina in den Nachmittag hinaus. Die Klasse stand in Grüppchen auf der Eingangstreppe. Bei ihrem Anblick verstummten alle Gespräche. Ellen kam auf sie zu. „Was haben sie mit dir gemacht?"

„Ich bin für eine Woche vom Unterricht ausgeschlossen. Aber ich habe dem Rektor von den schlechten Noten erzählt und er hat mir versprochen, sich die Arbeiten anzusehen. Er sagte auch, dass er im Gegenzug von mir erwartet, dass ich mich nicht mehr daneben benehmen und mich normal verhalten soll." Sie seufzte. „Normal. Was ist schon normal?"

Während die anderen sie anstarrten und flüsternd Kommentare darüber abgaben, begann sie zu lachen. Es war ihr so egal, wie sonst was.

„Das ist nicht lustig, Katharina!"

„Nein?"

„Warum benimmst du dich so?"

„Vielleicht bin ich besessen."

„Wovon redest du?"

„Ich hasse diese Missgeburt von Wagenknecht. Sie ist unfair!"

Ellen wirkte ziemlich irritiert. „Was werden deine Eltern zu dem Verweis sagen?"

„Meine Mutter wird das sagen, was mein Vater ihr einredet. Aber wahrscheinlich interessiert sie das Ganze gar nicht. Sie haben zur Zeit anderes im Kopf."

„Was denn ...?"

„Meine Mutter bekommt ein Baby."

„Hey, das ist doch cool."

Katharina sah Ellen erstaunt an. „Das findest du cool? Babys schreien den ganzen Tag, scheißen die Windeln voll und das ganze Haus stinkt nach ihrer Bäuerchenkotze. Und nach Babypuder. Das ist nicht cool!"

Ellen schaute sie entsetzt an. „Beruhige dich!"

„Ich muss los. Hab eine Verabredung", sagte sie hastig und ließ Ellen einfach stehen.

Baan wartete an der Friedhofskapelle. Sie reichte ihm ihre Zeichnung. „Das ist für dich."

Er lachte laut auf. „Warum hast du mich gezeichnet?"

„Weil ich dich interessant finde."

„Ich bin also ein schwarzes Kreuz für dich?"

„Manchmal, in meinen Visionen."

Baan überlegte kurz. „Ich glaube, ich verstehe deine Zeichnung. Du arbeitest in einem Beerdigungsinstitut neben einem Friedhof. Das würde das Kreuz erklären. Die Schwärze darin symbolisiert meine Augenfarbe. Ist doch perfekt!"

Sie stellte sich auf die Zehenspitzen und küsste ihn auf den Mund. „Holst du mich später ab? Wir haben eine neue Leiche und ich habe Lukas Käfer versprochen, sie aufzuhübschen."

„Wenn du das möchtest, hole ich dich ab."

„Ich muss dir einiges erzählen, Baan, und ich brauche deine Hilfe." Sie nahm ihre Zeichnung, riss sie entzwei und ließ die beiden Teile auf den Boden segeln. „Die Wagenknecht hat mich gestern wieder grundlos angegriffen. Es war richtig beängstigend", log sie.

97

„Das glaube ich." Er machte einen betroffenen Eindruck. „Erzähl mir, wie es dazu gekommen ist…"

„Später."

Baan lächelte und spielte kurz mit ihrem Haar.

Ein letzter Kuss. Ein Lächeln. Dann steuerte er auf das Friedhofstor zu.

Ein ganz wundervolles Lächeln, dachte sie und empfand wieder diese seltsame Ruhe und ein Flattern in der Magengegend.

Kapitel 19

Katharina

Ihre Mutter war mal wieder ausgeflogen. Aber das machte nichts. Sie wollte ihr gewiss nicht von Baan erzählen. Noch nicht. Sie wollte keine Unterstützung von ihr. Sie wollte ihr überhaupt nichts mehr erzählen oder ihrem Vater. Ihre Eltern waren ein Überbleibsel eines Lebens, das jemand anderes geführt hatte – wenn es die Bezeichnung *Leben* überhaupt verdiente.

Sie zog die obere Schublade auf und nahm ihr Tagebuch heraus. Das Tagebuch dieser coolen Person, deren Eintragungen niemals aus Winseln um Liebe, aber aus Träumen von einem Mann bestanden hatte. Sie war kein schwächliches Geschöpf, sondern hatte begriffen, dass der Zauber von innen kam. Dass er aus Wut bestand – auf ihre Eltern, auf ihre Lehrerin und aus der Kraft, die sie daraus schöpfte, nie wieder jemanden zu brauchen. Sie hasste schwache Menschen. Und sie hasste die Wagenknecht mehr als irgendjemanden sonst auf der Welt.

Die Zeiten änderten sich. Die Epoche der Zurückhaltung ging zu Ende. Sie würde der Wagenknecht einen Denkzettel verpassen. *Die Königin ist tot, lang lebe die Königin.*

Sie nahm den Stift und begann zu schreiben.

Die Wagenknecht macht mich mürbe. Sie redet ständig auf mich ein. Sie lässt einfach nicht locker. Folgt mir auf Schritt und Tritt, zerrt an meinen Nerven. Es ist zu viel. Ich weiß nicht, warum sie so behämmert ist. Meine Kopfschmerzen sind mittlerweile so intensiv, dass ich immer wieder kleine Lichtblitze durch mein Gesichtsfeld flackern sehe. Meine Nerven liegen blank. Aber ich fühle, dass sich Risse im Kopf der Wagenknecht bilden.

Ich weiß, dass es mich nicht freuen sollte. Ich bin nicht in der Schule, um boshaft zu sein. Ich bin hier, um zu tun, was zu tun ist. Ich stehe auf der richtigen Seite. Das weiß ich. Aber etwas rührt sich in mir, etwas tief drinnen. Lange wusste ich nicht, was es ist. Doch langsam wird es mir klar. Es macht mir Spaß. Es macht mir Spaß, die Wagenknecht verzweifelt zu sehen. Ja, sie verdient es, denke ich. Ja, es gefällt mir, ihre Verzweiflung zu sehen. Aber ich darf mich nicht von meinen Gefühlen leiten lassen. Ich habe Baan von ihr erzählt, weil ich keine Lust habe, mich länger zu gedulden. Ich möchte diese Sache mit ihr zu Ende bringen.

Mit aller Kraft versuche ich mich zu beruhigen. Ich fürchte mich vor meiner inneren Wut. Fürchte mich vor mir selbst. Wenn ich das nächste Mal die Kontrolle verliere, wird mehr zu Bruch gehen als nur die Kristallgläser meiner Mutter.

Eines Tages werde ich jemand sein. Eines Tages werde ich Macht haben und berühmt sein, und jeder wird meinen Namen kennen. Die Zeitungen werden über mich schreiben und jedem, der mich verletzt oder verachtet, werde ich Angst einflößen. Mein Vater wird mich dann wieder auf Händen tragen und stolz auf mich sein. Er wird angekrochen kommen und mich anflehen, ihm zu verzeihen, dass er mich Lilith genannt hat. Und Mom? Sie ist ein armes Huhn, bereit für den Suppentopf.

Baan liebt mich schon jetzt, sagt er. Baan wird mich niemals verlassen. Er wird alles tun, was ich von ihm verlange, behauptet er. Selbst töten, wenn es sein muss, nur damit er in meinem Leben bleiben darf. Was immer dazu nötig ist.

Wir werden uns wegen der Wagenknecht etwas einfallen lassen.

Kapitel 20

Selma

Ihr Körper glitt langsam nach unten, während jedes Bild in ihrem Kopf verwässerte. Feuchter Sand rieb an ihrer Wange. Ein nasses Blatt blieb an ihrem Mund kleben. Sie würgte und spuckte und versuchte sich aufzurichten. Ihre Beine waren noch zu schwer und kaum in der Lage, ihr Gewicht zu tragen. Selma schlug um sich, gegen alles, was sie neben sich spürte. Hart und völlig unkontrolliert. Alles schmerzte, aber sie konnte nicht aufhören. Der innere Schmerz war zu groß.

Mit Schlägen wollte sie einen Körper zerstören. Er war schlecht, so durch und durch schlecht. Das Schlimmste aber war, dass sie Katharina Gavaldo nie durchschaut hatte. Zerstören wollte sie dieses Monster. Sie brechen. Für immer. Tot sollte sie sein, wie die Natur im Winter. Nur noch ein einziges Aufbäumen, mit letzter Kraft. Dann lag Katharina vor ihr auf dem Boden und das nasse Grau färbte sich rot. Was würde es schon ausmachen, wenn es das Mädchen nicht mehr gäbe? Nichts wäre damit verloren. Sein Tod würde ihr den ersehnten Seelenfrieden bringen.

„Niemals! Nein, niemals wirst *du* mich brechen können. Eher bringe ich dich um! Hörst du mich? Du bist nicht mehr sicher!", hatte sie geschrien.

Sie wiederholte krächzend die Worte, erkannte ihre eigene Stimme kaum wieder. Der Alkohol hatte ihr Hirn umnebelt. Hatte sie das wirklich gesagt? Sie war verwirrt, hatte Schwierigkeiten, die Wirklichkeit wahrzunehmen. Nein! Niemals. Das würde sie nie tun. Doch! Sie hatte es zu Katharina gesagt. In dieser Bar! So musste es gewesen sein! *Oh mein Gott.* Vermutlich hatten sie alle ihre Handys gezückt und sie im Vollrausch fotografiert.

Ein Geräusch. Wurde da irgendwo eine Tür geöffnet? Selma versuchte ihren Kopf zu heben, aber ihr Gehirn ließ die Welt um sie herum seltsam kreisen. Der Alkohol übernahm wieder die Kontrolle.

Katharina. Nur wegen der kleinen Schlampe war sie in diesem Zustand. Die Gavaldo wollte sie auf grausame Weise vernichten. Ihre Albträume mit ihr beherrschten Selmas Nächte, kamen, gingen, kamen wieder. In ihnen starb Katharina und stand wieder auf. Sie konnte die Gedanken an sie nicht ausblenden, besonders nicht in der Nacht. Bestimmt war Katharina es gewesen, die in ihrem Haus eine Botschaft für sie hinterlassen hatte: *Ich werde dich töten!*

Katharina hatte Hass und Wut genährt und suchte ein Ventil. Sie wollte es zu Ende bringen und sie töten, sie wollte die totale Vernichtung. Selma konnte es fühlen.

Aber was machte sie dann hier? Wie war sie hierhergekommen?

Selma tastete um sich und spürte, dass sich etwas Scharfkantiges in ihre Handinnenfläche bohrte. Der Schmerz ließ sie aufschreien. Sie zog einen rostigen Nagel aus ihrer Hand.

Es war eine Offenbarung, dass sie den körperlichen Schmerz so leicht ertrug. Er war in keiner Weise vergleichbar mit der Qual, die ihr leeres Herz sprengte. Einst war da Gefühl gewesen, lautes pochendes Verlangen und Sehnsüchte. *Vor* Katharina, als sie so unbeschwert gewesen war. Jetzt war da nichts mehr.

Den Nagel noch immer fest in der unverletzten Hand, schlug Selma erneut um sich und verfing sich in dem Efeu, der an der feuchten Mauer entlang des Ufers emporkletterte. Die dicken Verzweigungen beeinträchtigen sie und schränkten ihre Bewegungen ein.

Selma versuchte sich zu erinnern. Sie war zum dritten Mal in dieser Bar gewesen, hatte getrunken, getanzt, mit einem Mann gesprochen. Er hatte dunkle Augen gehabt. Plötzlich war Katharina aufgetaucht. Oder hatte der Wein ihr eine Halluzination beschert? Und danach … Was war danach?

„Lass mich los", flüsterte sie, während sie sich immer machtloser fühlte gegen alles, was mit dem Mädchen zu tun hatte. Ihre Muskeln gehorchten ihr immer noch nicht richtig. Sie bewegte sich entlang der Mauer weiter und behielt dabei ängstlich den Abgrund im Auge.

Da unten war es kalt, schmutzig und vor allem dunkel. Der aufsteigende Geruch von Moos und faulendem Laub war alles andere als eine barmherzige Begrüßung. Sobald Selma ihre Augen schloss, drehte sich alles um sie herum. Dunkle Schleier waberten leise und still und verhüllten gewohnte Umrisse. Da war dieses rohe Gefühl in ihr, verbunden mit dem Gesicht dieses Mädchens. Ertönte gerade Katharinas schrille Stimme aus der vergangenen Nacht? Schauten diese dunklen Augen sie wieder an?

„Katharina …?" Ein Flüstern. Sie wollte nicht hinsehen, wollte den Blick abwenden. *Ich möchte sterben, aufwachen und wieder sterben.*

Da! Ein Rascheln, leise und kaum hörbar.

„Geh weg! Verschwinde von hier!"

Ein Wimmern aus der Tiefe des Starnberger Sees.

„Hau ab! Du bist tot!"

Weggehen? Nie. Ihre Augen versuchten erneut die Bilder der Vergangenheit zu erfassen. Diese Furie warf ihr gewiss einen verächtlichen Blick zu. Sie kannte diesen Blick. Immer dann, wenn sie in ihren Träumen seelisch brutal vergewaltigt auf dem Boden lag, stand Katharina da und sah auf ihre geschändete Seele herab.

O Selma … Wieso erträgst du das nur? Du hast dich zu oft in Tränen ertränkt. Und nun wieder in Alkohol.

Der klammernde Griff ihrer Hand gab den des Efeus frei. In plötzlich aufwallender Wut stach sie mit dem Nagel um sich, hinein in die Dunkelheit, die sie umgab. Etwas Weiches fing ihn auf. Noch einmal. Ein weiteres Mal. Immer wieder stach sie zu.

„Du hast es verdient." Das heisere Flüstern ihrer Stimme.

Dann verebbte ihr Zorn, bis sie sich nicht mehr vorstellen konnte, dass die zügellose Wut sie dermaßen überwältigt hatte. Der Wunsch, weiter auf Katharina einzustechen, war schlagartig vorüber. Ihr wurde wieder bewusst, dass sie allein war.

Selma kletterte aus den Trümmern ihrer vagen Erinnerungen hervor, setzte sich Stück für Stück wieder zusammen und legte ihre Hände auf ihr Gesicht, als versuchte sie, sich vor Katharinas Blicken zu schützen. Auch sollte niemand sie weinen sehen.

Wie kam sie jetzt nach Hause? Wie war sie hierhergekommen?

Seltsam. Es war plötzlich so still. Niemand war in ihrer Nähe, nur diese verwirrenden Nebelschleier. Wieder fragte sie sich, ob der Mann in der Bar vielleicht auch nur eine weitere Wahnvorstellung gewesen war, in der Katharina die Hauptrolle spielte. Sie war es leid, gegen ihre Amnesie anzukämpfen, gegen all das, was ihr angetan worden war. Was irgendjemand ihr antun wollte. Aber niemand würde ihr zuhören, ihr glauben, wie bösartig Schüler sein konnten. Niemand half ihr. Als hätte die ganze Welt sich gegen sie verschworen, mit Katharina als ihrer Anführerin.

Die Schlacht war geschlagen.

Sie war ein Niemand. Ein Freak. Eine Trinkerin. Irgendjemand hatte ihr etwas in ihr Getränk getan. Ganz sicher. Es war die einzige Erklärung für ihren Zustand.

Sie war so müde.

Nur vage spürte sie, dass sich Hände unter ihre Arme schoben, dass jemand sie hochzog und über den Boden schleifte. Keine Reaktion auf ihr „Lass mich los!" Nur Gekicher. Ihre Füße fanden keinen Halt mehr. Immer nur der harte Boden, über den Selma geschleift wurde.

Schließlich durfte sie sich wieder hinlegen.

Wo bin ich?

Es machte ihr genau genommen nichts aus. Sie wollte nur schlafen. In Ruhe gelassen werden. Sie war zu müde. Doch da waren diese Hände, die an ihrer Kleidung zerrten.

„Lass mich. Was willst du? Du bist tot", lallte Selma.

Die Antwort waren besitzergreifende Finger an Stellen, die

nur ihr allein gehörten. Sie waren wie die lästigen Insekten in einem flimmernden Sommer. Vertreiben half nicht, sie kamen immer wieder.

Selma schloss ihre Augen und verschwand, tauchte ab in ihr inneres Meer. Die gleiche Stille, die sie in den vergangenen Jahren so verflucht hatte, fing sie wieder auf.

Kapitel 21

Selma

Ihre Augen verweigerten den Dienst. Das Einzige, was Selma spürte war eine feuchte Kälte, die sich in ihren Knochen festgesetzt hatte. Ihre kaltgefrorenen Finger ertasteten ihre unmittelbare Umgebung.

Meine Bettdecke fehlt.

Sie lag nicht in ihrem Bett. Als sie ihren Kopf hochheben wollte, wurde er von Tausenden Nägeln auf den Boden getackert, in einem Stakkato-Rhythmus, der Selma an jene Rave-Partys erinnerte, die sie früher besucht hatte. So kam es ihr vor. Ihr war aber nicht nach Party zumute.

Endlich gelang es Selma, ein Auge zu öffnen, die Wimpern ihres anderen Auges waren hartnäckiger. Vielleicht verklebt? Was war geschehen? Das frühe Morgenlicht war schrill, trotz der dichten Wolkendecke, die über ihr hing. *Wolken? Wo bin ich?*

Ein erster Blick auf ihre Umgebung brachte sie in die harte Realität zurück. Sie befand sich in einer Art Park, den sie nicht sofort erkannte. Das Gras um sie herum war mit Regentropfen übersäht, in denen das Licht sanft schimmerte. Ein Strauch nahm ihr die weitere Sicht, sodass sie sich aufrichten musste. Der Schmerz wachte mit ihr gemeinsam auf. Ihr Körper schrie. An ihren Beinen waren rohe Abschürfungen. Wunden voller Dreck. Zwischen ihren Beinen spürte sie einen stechenden Schmerz. Mit ihrer trockenen Zunge schmeckte sie etwas, was sie in den letzten Monaten zu oft gekostet hatte: Alkohol.

Sie krümmte sich, um der Kälte und dem Schmerz weniger Raum zu geben und zog die Reste ihrer Kleidung über ihren Körper. Durch die Zweige sah sie den Starnberger See, der genauso schmutzig braun war, wie Selma sich fühlte. Dann kam die Erinnerung mit voller Wucht auf sie zu.

Mein Name ist Selma Wagenknecht. Ich bin neunundvierzig Jahre alt. Ich wurde vergangene Nacht vergewaltigt.

Das müsste sie auf einer Polizeidienststelle zu Protokoll geben, sollte sie sich dazu entschließen, Anzeige gegen Unbekannt zu erstatten. *Unbekannt?* Sie wusste doch, wer sie vergewaltigt hatte.

Nein! Sie wollte nicht über die Dinge nachdenken, die geschehen waren, obwohl die Erinnerungen daran unwiderruflich zurückkehrten. *Seine Hände.* Die Kraft, gegen die sie nicht ankam. Ihr Unvermögen, ihn aufzuhalten. Die Stille, die ihr half. Jetzt schrie alles in ihr. Schmerz, Schmutz und Erinnerungen, die sie nicht zulassen wollte. Männer waren Tiere.

Selma sah auf ihre Hände. Sie waren mit braunen Krusten übersäht. War das Blut? Die Ärmel ihrer Bluse waren ebenso voll großer, roter Flecken. Sie sah eine Wunde in ihrer Handinnenfläche, die zu bluten begann, jetzt, da sie sie wieder bewegen konnte. Hatte sie so viel Blut verloren?

Behutsam, um die messerstichartigen Schmerzen in ihrem Körper zu minimieren, versuchte Selma aufzustehen. Sie bemerkte erst jetzt, dass sie nur einen Schuh anhatte. In dem Strauch, der ihr in den letzten Stunden Gesellschaft geleistet hatte, hing ein feuchter Lappen. Ihr Mantel.

„Geh langsam", flüsterte sie.

Ihr Körper protestierte mit Schmerzattacken. Sie zog sich ihren Mantel über und richtete sich auf. Für einen Moment kam die Welt zum Stillstand, als sie sich an dem Stamm eines Baumes festhielt. Wo war der andere Schuh? Ihr Blick schweifte über die Büsche. Nichts. Ein einzelner roter Schuh stieß wohl kaum auf Interesse.

Ein Schuh weniger in meinem Leben.

Sie hatte schon so viel verloren.

Sie musste nach Hause.

Duschen.

Weinen.

Wird mir Letzteres gelingen?

Aufrecht, mit dem „Wer-tut-mir-was-Blick" auf ihr Gesicht

getackert, ging Selma den Weg durch den Park. Ihr war dabei so kalt, dass sie kaum das Bibbern ihres Körpers unterdrücken konnte.

Auf dem Weg zu ihrer Wohnung begegnete sie nur wenigen Menschen. Auf ihre missbilligenden Blicke antwortete Selma mit einem stolzen Nicken.

Steckt eure Nasen doch in eure Scheiße, dachte sie und versuchte, den ungleichen Schritt ihres nackten und ihres beschuhten Fußes zu verbergen. Endlich erreichte sie den Eingang zu ihrer Wohnung.

Drinnen würde sie die Tür hinter sich schließen und alles ausblenden können, was ihr wehtat, was so fürchterlich schmerzte. Selbst den Geruch im Aufzug, der sie sonst so störte, würde sie mit einer immensen Erleichterung begrüßen.

Warum sah niemand das Unrecht, das ihr angetan wurde?

Ich werde von einer Schülerin gequält.

Man hat mich in einer Bar willenlos gemacht.

Ich wurde heute Nacht vergewaltigt.

Selma warf einen Blick zur Treppe und stellte erleichtert fest, dass der Pförtner nicht an seinem Platz war. Während sie auf den Aufzug wartete, ließ sie ihre Schultern nach vorne fallen, kroch dazwischen, und ließ das Elend zu. Die Überheblichkeit war nicht mehr notwendig. Sie war fast da. Fröstelnd hüpfte sie von einem Fuß auf den anderen. Die Kälte, die ihren nackten Fuß fast gefühllos hatte werden lassen, war auch im Inneren des Hauses noch zu spüren.

Wo bleibt der verdammte Aufzug? Welcher Idiot besetzt zu dieser frühen Stunde den Aufzug?

Plötzlich sah sie durch den Spalt der Tür Licht im Aufzug schimmern. Sie machte einen Schritt nach vorn. *Fast zu Hause.* Als die Aufzugtüren sich ruckartig öffneten, trat jemand heraus. Reflexartig trat Selma zurück. Zu spät. Die schwarzen Augen nahmen sie im Detail auf und glitten von ihrem Gesicht ihren Körper hinunter. Sie scannten jeden Zentimeter ihres schmutzigen, geschändeten Körpers.

Sie erstarrte. Ihre Augen flohen zum Boden.

„Hallo, Selma."

Dann ging der Mann an ihr vorbei, mit beneidenswert forschen Schritten, in seine eigene Wohnung neben der Treppe.

Selma eilte in den Aufzug, wartete, zitterte. Sie konnte kaum atmen.

Die Türen glitten zu.

Sie fühlte sich schwach, durchlässig und schloss ihre Augen.

Schlafen. Ausruhen.

Da! Eine Erinnerung. Sie sah Katharina Gavaldo vor sich. Ihre kalten Augen.

Glaubte ihr Lachen zu hören.

Ein Schlag in den Magen.

So kündigte sich Unheil und Grauen an.

Kapitel 22

Selma

Das Wasser rieselte auf ihren Kopf. Mit geschlossenen Augen spürte Selma, wie ihr unterkühlter Körper seine Wärme aufsaugte und sich der Schmutz der vergangenen Nacht löste. In ihrer Brust lag jedoch ein Felsbrocken von Traurigkeit, der der Lunge kaum Raum zum Atmen ließ.

Wie bin ich an den See gelangt?

Was war mit der Zeit geschehen, die irgendwo in einem schwarzen Loch in ihrem Gedächtnis hauste? Sie erinnerte sich nur vage, dass sie unendlich wütend gewesen war. Dass sie um sich geschlagen hatte. So hart sie nur konnte. Den Mann, der danach kam, wollte sie nur vergessen.

Sie nahm ein wenig Duschgel und seifte sich ein. Erst sanft, um die Wunden zu schonen, aber der Schmutz auf ihrem Körper war hartnäckig, sodass sie begann mit einem Schwamm jede noch so kleine Fläche ihrer Haut zu schrubben.

Von dem Körper mit den sanften Rundungen, die Männer einst so an ihr geliebt hatten, war nichts mehr übrig. Er war vollkommen ausgezehrt, wie die ausgehöhlte Seele darin.

Das Stöhnen kam irgendwo aus ihrem Körper. Sie fühlte den brennenden Schmerz in ihren Augen, wusste aber nicht, ob die Seife oder das Salz ihrer Tränen ihn hervorrief. Sie hämmerte heftig auf ihren Bauch und ihre Brüste, aber ihre Verzweiflung fand kein Ventil. Erst als sie die Innenseite ihrer Oberschenkel berührte, drosselte sie ihr Schlagen. Mit ihren Fingern taste sie ihren Intimbereich ab. Der brennende Schmerz sagte ihr, dass jemand nicht sehr zimperlich mit ihr umgegangen war. Keiner der Männer, denen sie in den vergangenen Jahren erlaubt hatte, die Leere in ihr durch intime Berührungen zu füllen, hatte sie missbraucht.

Benutzt, das schon. Aber hatte sie nicht darum gebeten? Sie war froh über ihre Anwesenheit gewesen, weil die marternde Stille oft noch quälender gewesen war. Es blieb immer ihre Wahl, auch wenn sie manchmal zu weit gegangen waren, weiter als sie wollte. Aber es gab da auch mal einen Mann, Theo, der sie immer beschützt hatte. Auf ihn hatte sie sich verlassen können. Aber Theo trank und irgendwann musste sie sich von ihm trennen. Er war heute noch ein in Alkohol getränkter Schwächling.

In der vergangenen Nacht war es aber nicht ihre Wahl gewesen. Wer war es? Was hatte er mit ihr gemacht, bevor er sie wie Dreck zurückgelassen hatte? Die Frage, ob sie das wirklich wissen wollte, verweilte im Chaos ihrer Gedankenwelt.

Selma sah sich ihre Hände genauer an, sah aber nur eine einzige Wunde. Ein winzig kleines Loch. Sie konnte sich nicht einmal daran erinnern, wie sie sich verletzt hatte.

Wieso waren sowohl ihre beiden Hände als auch ihre Bluse so voller Blut? Schmutzig, klebrig. Jede Menge davon. Sie zermarterte sich das Hirn. Die Lücke blieb.

Nach einer Stunde verließ Selma schließlich die Dusche. Sie wählte ein raues Handtuch, um das Leben in ihrem Körper zu spüren. Erst jetzt ließ sie einen Gedanken zu: Sie erkannte mehr und mehr, dass sie Glück gehabt hatte.

„Glück gehabt", sagte Selma leise.

Ein höhnisches Lächeln umspielte ihre aufgesprungenen Lippen, während sie dem Gefühl mehr Gewicht gab. Ihre Haut glühte und sie begann Selbstgespräche zu führen. Das machte sie seit Monaten. Sonst flüsterte sie ihrem Spiegelbild zu, jetzt aber sprach sie laut und deutlich. Als ob sie mit Wucht zu sich selbst durchdringen wollte.

„Du musst etwas unternehmen, Selma, dich ändern! Wenn du so weitermachst, wirst du den Kampf verlieren!"

Die Worte hallten als Echo in der kahlen Dusche nach. Sich zu ändern schien einfach zu sein in diesem Moment.

„Es muss aus dir selbst kommen. Liebe dich selbst."

Schwachsinn! Das sagte ihr Therapeut immer, aber sie verspottete die gesprochenen Worte.

„Geh dagegen an!", forderte sie sich selbst heraus. „Du musst die Veränderung nur wollen. Tief in deinem Inneren weißt du doch, wer dir das angetan hat, Selma Wagenknecht."

Sie war zu müde, um zu kämpfen. Aber vor allem wollte sie nicht mehr die Anforderungen von den sogenannten Profis, vom Psychotherapeuten, erfüllen. Das Geld konnte sie besser verwenden, für einen Fitnesstrainer, um ihren Körper wieder in Form zu bringen. Um danach den Kampf aufzunehmen. Um ihnen Schaden zuzufügen. Um sie alle zu vernichten! Die Impulsiven, die Verspielten und die Gavaldo. Niemand hatte das Recht ihr so etwas anzutun.

Sie wollte kein Risiko mehr eingehen. Nicht nach diesem Vorfall. Ihr Geist schwebte wie ein furchterregendes Gespenst durch die Räume des Schulgebäudes. Sie war zum Symbol einer gescheiterten Lehrerin geworden. Davon war Katharina Gavaldo jedenfalls überzeugt.

Sie musste mit einem Fitnesstraining beginnen. Zur Rache entschlossen, wollte sie sich so gut wie möglich vorbereiten. Ein durchtrainierter Körper verkraftete Stress und Anspannung besser und konnte sich gegen einen Angreifer wehren.

Denn im Moment erinnerte ihr Körper sie nur daran, dass sie Opfer einer Vergewaltigung geworden war und wie sich die Schmerzen danach anfühlten.

Ihr Puls beschleunigte sich, sie schnappte nach Luft, sobald sie an die vergangene Nacht dachte. An den schrecklichen Alptraum, aus dem Selma sich nur mit Mühe befreien konnte. Und schon war alles wieder so wie zuvor. Nein, anders. In Gedanken lag jetzt Katharina in einem nassen Keller auf dem Boden. Nackt.

„Ich hauche dich an und du wirst den Atem des Wahnsinns zwischen deinen Beinen spüren, du Schlampe", flüsterte sie. „Dort, wo du am empfindlichsten bist. Ich werde dich quälen, bis du um Gnade und Vergebung winselst. Oder dich töten."

Mal sehen."

Nachdem Selma jede Stelle ihres Körpers sorgfältig abgetrocknet hatte, ging sie ins Schlafzimmer. Ihr Blick schwankte, ihr Gang war zittrig, ihr Kopf kämpfte gegen diesen dunklen Nebel in ihr. Doch die Angst, wieder darin abzutauchen, wurde etwas gedämpft, sobald sie ihr Bett sah. In ihrem Bett war sie sicher. Dort konnte sie ihrem geschändeten Körper die Ruhe geben, nach der er verlangte. Die weiche Bettdecke war so wohltuend, dass sie emotional abglitt. Tränen schossen hinter ihre geschlossenen Augenlider, als sie sich hinlegte und ihre Muskeln sich entspannten.

Ihre Wohnung kam ihr jetzt wie eine uneinnehmbare Festung vor. Sie nahm ein Kissen und presste es an ihre Brust. Ihr Herzschlag wurde regelmäßiger, langsamer.

Kapitel 23

Katharina

Katharina hielt sich nach der Schule gern im Bürgerpark Schiffwiesen auf, weil sie dort einen atemberaubenden Blick auf die Alpen hatte. Im Winter traf man hier oft Schüler, die den See entlangradelten, aber an diesem Tag war es ruhiger.

„Hey." Baan küsste sie auf den Mund und ließ sich neben ihr auf der Bank nieder. „Hat es dir gefallen?"

Katharina tupfte ihm ein wenig Schnee auf die Nase. „Hm …"

„Du warst dabei. Und dann warst du plötzlich wieder fort. Warum?"

Sie zuckte mit den Schultern. „Meine Mutter tobt, wenn ich zu spät nach Hause komme. Hast du *sie* schwer verletzt?"

„Nein, ich habe ihr nur ein paar Tritte verpasst."

Sie schnaubte verächtlich. „Aber du solltest sie doch vergewaltigen!"

„Das haben drei andere Männer für mich erledigt."

„Oh …Warum?"

„Ich bin mit dir zusammen. Da schlafe ich nicht mit einem anderen Mädchen. Die Wagenknecht hat es verdient!"

„Jepp! Weil sie so gemein zu dir war."

Er grinste und ließ sie nicht aus den Augen.

Gegen ihren Willen musste sie lachen und betrachtete ihn nun ebenfalls. Sein dunkles Haar umrahmte sein schönes Gesicht mit den klugen Augen. Sie kannten sich nur wenige Tage und doch kam es Katharina vor, als wäre es ein ganzes Leben. Sie waren sich so nah.

„Ahnt jemand, dass du hinter alldem steckst?", fragte sie leise.

„Nein! Niemand hat etwas gesehen."

„Du hast es für mich getan. Nur für mich."

Seine Hand nahm die ihre. „Ich werde dir jeden Gefallen tun, Katharina. Wir gehören zusammen."

„Jeden?"

„Ja, jeden", antwortete er in ruhigem Tonfall.

„Okay. Es gibt eine weitere Art, mich zu beeindrucken. Hör mir zu ..."

Als sie fertig war, beugte er sich zu ihr. „Habe ich das jetzt richtig verstanden? Du bist dir absolut sicher? Warum?"

„Warum spielt keine Rolle. Einfach so. Es geht um Aufregung und wir werden einen Mordsspaß haben. Ich möchte dir aber dabei helfen. Wir packen das gemeinsam an!"

Sie versuchte, sich auf ihre Wut zu konzentrieren, stellte aber zu ihrer eigenen Überraschung fest, dass ein anderes Gefühl stärker war. Eines, mit dem sie nicht gerechnet hatte. Scham.

Baan zog sie an sich, strich ihr vorsichtig übers Haar. „Alles was wir tun, tun wir, weil es uns zusteht. Wir haben ein Recht auf Vergeltung, Katharina."

Sie schluckte ihre aufsteigende Rührung hinunter und bemühte sich dann um einen lockeren Gesprächston. Einen Moment lang saßen sie schweigend nebeneinander in der Wintersonne. Einige Spaziergänger gingen an ihnen vorbei und warfen dem Mädchen mit dem Engelsgesicht und dem braungebrannten jungen Mann neben ihm neugierige Blicke zu.

Katharina blieb reglos sitzen. „Wann?", fragte sie. In ihrem Kopf rumpelte die Wut noch immer, aber schwächer.

Er gab ihr keine Antwort. Sie kniff ihn in die Rippen. Keine Reaktion. Wieder stupste sie ihn.

Jetzt lachte er, herzlich und offen. „Wenn du magst, erfülle ich dir deine Bitte. Aber ich brauche zwei bis drei Tage zur Vorbereitung." Baan steckte das Kinn so tief wie möglich in den großen Wollschal, den er fest um den Hals gewickelt hatte. Seine Augen glühten. „Ich glaube, dass ich dich heiraten werde", murmelte er plötzlich. „Wir gehen gemeinsam zurück nach Brasilien und werden dort ein wunderbares Leben haben."

„Du möchtest mein edler Amazonasritter sein?" Sie schüttelte ihr langes Haar, strahlte ihn an. „Ich brauche dich, weil du mich verstehst. Du bist es."

„Ich bin es", entgegnete er ruhig.

„Bin ich in deinen Augen kompliziert?"

„Vielleicht." Wieder sein anziehendes Lächeln.

Nach einer kurzen Pause fügte sie hinzu. „Ach ja, eins noch..."

„Was?"

„Eines Tages werde ich *Ja* sagen." Mit diesen Worten drehte sie sich um und ging.

Polizeipräsidium München, Verhörraum 21

28. Dezember 2016

Es war kurz vor Mitternacht. Auf dem Polizeirevier war man dabei, die Vorgänge des Abends zu bearbeiten. Das übliche Programm von alkoholbedingten Straftaten: Ein Mann hatte eine Prostituierte zusammengeschlagen, ein anderer jemanden bei einem Raubüberfall niedergestochen. Dazu kam, dass die Telefone seit einiger Zeit nicht mehr still standen. Ständig riefen Journalisten der unterschiedlichsten Presseorgane an, um sich nach dem Fall zu erkundigen, von dem das ganze Land redete.

Benedikt van Cleef stand im Korridor mit Alexandra Cordes zusammen, der Psychiaterin, die sein Gespräch mit der Beschuldigten soeben beendet hatte.

„Und – was hältst du davon, Alexandra?"

„Der Tötungswunsch war da, ganz ohne Frage. Aber sich etwas zu wünschen und es aktiv herbeizuführen, das sind zwei verschiedene Dinge. Ein Geständnis wirst du nicht kriegen, Benedikt. Darauf wette ich."

„Aber gibt's denn wirklich etwas zu gestehen? Oder könnte das alles Zufall sein?", fragte Benedikt.

„Kann ich noch nicht sagen. Das Leugnen ist plausibel, aber kaum überraschend, wenn man bedenkt, was auf dem Spiel steht."

„Du warst stundenlang da drin. Du musst doch eine Meinung haben."

Alexandra lächelte betrübt. „Oh, die hab ich. Zumindest zu einem Punkt."

„Nämlich?"

„Dass sie recht hatte. Mütter und Väter, sie vermurksen einen. Sie wollen es vielleicht nicht, aber sie tun es ..."

Er sah die Psychiaterin entsetzt an. „Das ist alles?"

Alexandra nickte. „Wir machen morgen weiter, Benedikt."

Er sah ihr nach und dachte daran, wie glücklich Robert Hirschau, sein Kollege beim BKA, mit dieser wunderbaren Frau war. Er hatte Alexandra gebeten, sich diesen Fall als Psychiaterin mal anzusehen, denn sie kannte die Familie Gavaldo sehr gut und hatte Anna vor Jahren eine Zeitlang therapeutisch begleitet. Der Fall hatte sie beide, Alexandras Ehemann, Robert Hirschau, und Anna und Max vor Jahren zusammengeführt. Und jetzt sah es so aus, als ob der Spuk um die Gavaldos immer noch nicht vorüber wäre.

Er ging in sein Büro und widmete sich den Briefen, die die Spurensicherung in der Gavaldo-Villa sichergestellt hatte.

Hey, du Schlampe,
ich träume von dir, wie du mich ansiehst mit deinen Höllenaugen. Durch dich habe ich die starken Arme des Teufels gespürt, seinen übelriechenden Körper auf und in meinem. Du hast die Vergewaltigung eine Kuschelorgie genannt.

Hast du wirklich geglaubt, dass ich nicht wusste, dass du hinter der Vergewaltigung steckst? Dass du die Anstifterin warst. Ich werde dir niemals verzeihen, dass du mich in eine Welt mitgenommen hast, in der ich nie gewesen bin. Ich wusste danach, dass dort nur zwei Farben existierten: Rot wie Blut und Schwarz wie deine Seele. Sonst nichts. Kein Grün der Bäume. Kein Azurblau der Meere, keine Erde.

Der Vergewaltiger hat mit mir über alles geredet, was mich sonst noch erwartet, sobald ich den Mund aufmache, sollte ich irgendjemandem davon erzähle. Wie du mich quälen wirst, und wie deine Pläne für mich für die Zukunft aussehen werden.

Komisch, ich rede nie über dich.

Kapitel 24

Katharina

Katharina fand, dass die Häuser im Winter, besonders am frühen Nachmittag, irgendwie anders aussahen. So anders, dass auch das Taxi fast an der Garageneinfahrt des Backsteinhauses vorbeigefahren wäre. Es lag wohl an den Lichtverhältnissen im Winter, dass ihr die Hausnummer 12 nicht sofort aufgefallen war. Es war der zweite Tag des Schnees. Seit elf Uhr vormittags fielen ohne jede Vorwarnung dicke Schneeflocken aus einem farblosen Himmel und legten sich auf die Häuser, Gärten und Wiesen von Starnberg. Um zwei Uhr nachmittags waren die ersten Räumfahrzeuge im Einsatz. Eine halbe Stunde später fuhr das Taxi langsam und vorsichtig über die Straße. Der Dezemberschnee lag bereits wie eine weiße Daunendecke über dem Ort.

Als das Taxi beim Bremsen ins Rutschen geriet, hörte sie vor sich ein Stöhnen. Sie sah das genervte Gesicht des Taxifahrers, der sie im Rückspiegel musterte.

„Keine Sorge, es dauert nicht mehr lang", versprach der Fahrer.

Vor der Garage prangte ein großes schwarzes Stück Asphalt in all dem Weiß. Ein Möbelhaus hatte die neue Einrichtung gebracht, der Wagen hatte wohl vor der Garage geparkt.

„Da wären wir", sagte der Taxifahrer. „Sechs Euro Zwanzig."

Katharina zahlte, stieg aus dem Wagen und trippelte auf glatten Sohlen zu der Tür, durch die sie gestern auch gegangen war. Nur nicht am helllichten Tag, wie jetzt, gut sichtbar für die neugierigen Augen der vornehmen Nachbarschaft.

In ihren Visionen waren ihre heimlichen Besuche bei Baan anrüchig gewesen und nach Einbruch der Dunkelheit zu machen. Aber dies war die Realität und sie besuchte lediglich einen Freund.

Drinnen im Haus summte die Klingel. Während sie wartete und spürte, wie die Freude in ihr hochstieg, warf sie rasche Blicke nach rechts und links zu den Fenstern der Nachbarschaft, doch sie sah nur die Spiegelungen der schwarzen, kahlen Apfelbäume, des grauen Himmels und der milchig weißen Landschaft. Als sie drinnen endlich Schritte hörte, atmete sie erleichtert auf. Im nächsten Augenblick war sie im Haus und lag in seinen Armen. Dabei schaute sie in den hohen Spiegel in der Diele und fand, dass sie ein attraktives Paar abgaben. Wie zwei Filmstars vor einer glamourösen Filmkulisse in Hollywood, vielleicht aus *House of Cards*? *Darf ich vorstellen? Baan, der Präsident der Vereinigten Staaten und Katharina, die First Lady.* Ja, das war sie. Seine *First Lady*. Das hatte er ihr gestern gesagt.

Baan führte sie ins Wohnzimmer. Er hatte den Kamin angezündet, das Feuer knisterte. „Ich habe dich vermisst", sagte er zärtlich. In seiner Stimme lagen ein Flehen und eine unterdrückte Leidenschaft. Seine Hände umschlossen ihr Gesicht und er küsste sie zärtlich. Küsse, derer sie niemals überdrüssig werden würde. Davon war sie überzeugt.

„Ich möchte mit dir schlafen", flüsterte er ihr ins Ohr, während er ihr aus dem Mantel half. „Aber nur, wenn du es auch möchtest. Ich kann das Warten kaum noch ertragen."

Sie hörte die Ungeduld in seiner Stimme, während seine kräftige und doch so zärtliche Hand über die Haut ihres Rückens nach unten glitt und sich unter den Bund ihres Rocks und ihrer Strumpfhose schob. In ihren Visionen waren sie bereits ein Paar gewesen, eingespielte Tanzpartner, die die kleinsten Bewegungen ihres Gegenübers kannten, die Schritte, den Atem, den Rhythmus. Erst die reine Liebe, die gute. Dann die schwarze, der Schmerz. Sie hatte sich entschieden, dieser Vision Leben einzuflößen.

Baans Hand suchte unter dem dicken Stoff des Pullis ihre Brustwarzen und kniff fest zu. „Bist du einverstanden?"

Sie nickte und spürte, wie ihr der Schmerz einen Pfeil der Lust in den Kopf schoss. Ihr Schoß hatte sich längst für seine

Finger geöffnet, die ihren Weg dorthin finden würden.

„Aber ich kann nicht lange bleiben, Baan. Meine Mom macht Terror, wenn ich heute wieder zu spät nach Hause komme."

Seine Hand hielt abrupt inne.

„Sie hat nicht die geringste Ahnung, was ich so treibe", stöhnte sie und spürte das Zögern seiner Finger.

„Und dein Vater, wo ist der jetzt?", hauchte er ihr ins Ohr.

„Na, wo wohl? Im Ausland, wie so oft."

Jetzt war sie es, die ärgerlich klang. Zum einen, weil er ihren Vater erwähnt hatte und sie kaum über ihn sprechen konnte, ohne schlechte Laune zu bekommen. Weil Max sie noch immer Lilith nannte und weil ihr Körper nach Liebe verlangte, jetzt sofort. Sie öffnete seinen Hosenschlitz.

„Nicht", stammelte er und packte ihr Handgelenk. Da gab sie ihm mit der anderen eine kräftige Ohrfeige. Verblüfft sah er sie an, während sich über seinem Wangenknochen ein dunkelroter Fleck ausbreitete. Sie lächelte, fuhr ihm mit den Fingern durch die dichten schwarzen Haare und zog sein Gesicht zu ihrem herunter.

„Mein Vater nennt mich Lilith und ich werde mich ab sofort wie eine Lilith benehmen", fauchte sie. „Aber erst fickst du mich. Verstanden?"

Sie spürte seinen keuchenden Atem an ihrem Gesicht. „Wie benimmt sich eine Lilith?"

Erneut schlug sie mit der einen Hand zu, während sie spürte, wie sein Glied in ihrer anderen wuchs.

„Wie eine verruchte Verführerin, die beim Sex oben liegt. Wie ein Weib des Teufels, das nicht nur Leben gibt, sondern auch den Tod bringt, und Trägerin von Schmerz ist. Lilith – ich bin das Blut aus dem alles entstand, entsteht und entstehen wird. Ich bin ein Dämon der Nacht wie du."

Baan zitterte vor Erregung. Langsam entkleidete er sie, bevor er sich selbst auszog. Mit seinem Zeigefinger strich er behutsam über ihre Haut, so zart wie mit einer Feder.

Katharina ließ sich vor dem Kaminfeuer zu Boden gleiten. Sie zeigte auf ihren Bauchnabel. „Lilith ist hüftabwärts brennendes Feuer und die Liebe deines Lebens", flüsterte sie.

„Lilith – die Liebe meines Lebens", wiederholte Baan sinnierend und küsste sie erneut. „Ja. Es fühlt sich so an. Und ich folge immer meinem Gefühl."

Er stieß hart in sie, mit jedem Mal etwas härter. Der Genuss kam, als sie oben lag. Empfindungen, Ektase, Magie, Spannung. Verzweiflung, als er kam. Es war wie ein Verlust. Jetzt, da sie hier auf dem Teppich vor dem Kamin neben ihm lag, dachte sie nicht mehr an ihre Visionen von Sehnsucht, an das Warten, an all die Tränen, die sie vergossen hatte. All das zählte nicht mehr. Er war bei ihr. Für immer.

Er nahm sie ein zweites Mal mit geschlossenen Augen. Sie starrte dabei auf seine Brust und fand Gefallen an der durchgehenden gebräunten Hautfläche. *Später*, dachte sie, *werde ich seinen ganzen Körper genauer inspizieren.*

Als das Feuer im Kamin erloschen war, zogen sie sich wieder an. Dann führte Baan sie in den Keller. Er hatte alles bereitgestellt. Hand in Hand sahen sie sich alles an.

„Das hier ist ein Ort der Rache, Katharina. Zuerst die Rache, um danach mit *wakan,* der allumfassenden Seele, an jenem Ort zu verschmelzen, wo sich unsere Wurzeln zum ersten Mal trafen: in unseren Visionen."

„Zeig mir, wie man das komplexe Muster der arkanen Zeichen anbringt, Baan."

Er reichte ihr einen schwarzen Kohlestift. „Du bist sicher, dass du das möchtest, meine *Menina?"*

„Ja.". Baan hatte sie *Menina* genannt*, sein Mädchen.* „Ich werde es allen heimzahlen", zischte sie.

Er zeigte auf den Betonboden. „Zuerst malst du auf den Boden *die Sonnenuhr* und an die Wände *den Kalender,* später kommen die sechs Zeichen des Rituals hinzu, die das Arkanum umschließen sollen."

Draußen war es noch hell. Katharina schaute. „Und wo bringe ich das Zeichen der Macht an? Vielleicht dort?" Sie zeigte auf die mit Schimmel überzogene Kellerwand. „Was meinst du, Baan? Das ist die ideale Stelle." Sie nahm die Kohle und schrieb in schwarzer Farbe: *10 + 5 = Lilith.*

Baan lachte laut auf. „Das hat mein Vater oft auf eine der Kellerwände gemalt, nachdem er von den Jivaro-Indianern zurückkehrte. Richtig wäre *10 + 5 = Gott.* Du bist meine Göttin Lilith."

Er ging zum Stahlschrank und nahm eine kleine Schachtel in die Hand. „Ich habe etwas für dich."

„Was ist das?", fragte Katharina und zeigte auf die Dose.

Baan schwieg, sein Blick war finster und unheilvoll. Er reichte ihr eine kleine Portion zubereitete Peyote-Pilze. „Betrete mit mir den Wald der Dämonen", forderte er sie auf. „Vertraust du mir?"

„Ja."

In der darauffolgenden Stunde leuchteten im Wohnzimmer die Farben des Teppichs deutlich intensiver und greller: grün, blau, gelb, rot. Im Hintergrund hörte Katharina ein leises, konstantes Sirren. Verwundert starrte sie die Wände an, dann Baan, und ihre Gedanken drifteten immer weiter ab. Ein paarmal hörte sie ein ziemlich lautes Surren, als flöge ein Insekt dicht an ihr vorbei. Sie schloss für einen Moment die Augen und sah aus Rauten zusammengesetzte fraktale Muster, überwiegend in Blautönen, und flog wie ein Engel. Es kam ihr vor, als würden ganz tief im Inneren liegende Gefühle freigelegt werden. Als Baan sie wieder nahm, wechselten ihre Stimmungen immer schneller; ihre Gedanken formten sich zu monströsen nebelartigen Gebilden, aus denen sich ihre Lehrerin, ihre Mutter und ihr Vater zu verschlungenen Höllengestalten herausbildeten.

Das Geräusch eines vorbeifahrenden Autos fraß sich in Katharina hinein und war auf einmal ein Teil von ihr, nicht unterscheidbar vom Rest. Das Ganze entglitt ihr. Die Stehlampen drehten sich und schwankten vor ihren Augen. Baan atmete schwer. Sein Gesicht schien von farbigen Schlieren überzogen, als er mit einem gewaltigen Schrei kam. Stöhnend schloss er danach die Augen.

Katharina versank im wirbelnden Strom der Eindrücke von Baans immer wieder überraschendem, ekstatischem, beinahe schmerzerfülltem Gesichtsausdruck, als übersteige der Orgasmus seine wildesten Erwartungen. Sie wartete jetzt nur noch auf sein Seufzen, auf den zarten Abschied vom Akt.

Allmählich kam sie wieder zur Besinnung. Gleich würde sie sich anziehen und in den anderen Teil ihres Lebens zurückkehren und sich von all dem hier verabschieden. Später, nicht sofort.

Ihre Lider wurden schwer.

Da! Sie schlug die Augen auf, blinzelte.

Baan war ebenfalls erstarrt.

Er hat es auch gesehen.

„Was ist los?", fragte er.

„Ein Gesicht", flüsterte sie.

Baan zuckte zusammen. „Was meinst du damit?".

„Es ist keine Vision, Baan. Es ist da draußen, vor dem Fenster."

Baan wurde blass, seine Unterlippe zitterte. Er drehte sich herum.

Die Dunkelheit starrte sie beide durch das Fenster an.

„Du hast dich selbst gesehen", versuchte er sie zu beruhigen. Sein Ton klang beinahe bittend.

„Das hab ich auch erst gedacht." Noch immer starrte sie auf das Fenster, richtete sich auf und blickte in den Garten. Nichts. Dennoch krochen langsam Angstgefühle hoch.

„Verdammt! Ich habe es gesehen!"

„Das ist die Wirkung der Pilze", erwiderte Baan vorsichtig.

„Ich muss jetzt gehen", flüsterte sie unter Tränen.

„Bleib noch ein bisschen", bat er. „Ich fahre dich nach Hause."

Sie blieb noch.

Im Wagen war es eiskalt.

„Alles wieder in Ordnung?", fragte Baan.

„Nein!", sagte sie. „Ich habe ein Gesicht gesehen." In ihrer Stimme schwang ein dünner, schriller Unterton mit.

Baan drehte den Zündschlüssel.

Als der Motor nicht ansprang, befiel Katharina jähe Panik.

Sie starrte durch die Windschutzscheibe. „Dieses Gesicht ...
Die Augen ... Die Lippen ..."

Baan legte den Gang ein und ließ die Kupplung kommen,
als hätte er es plötzlich sehr eilig fortzukommen. Der Wagen
schoss auf die Straße hinaus.

Katharina sprach Worte, nuschelte.

„Was meinst du?", fragte er laut, während er den Wagen
über die Seestraße lenkte.

Stille. Das schwarze Wasser des Starnberger Sees zog an
ihnen vorbei wie ein Trauerflor.

Sie zuckte zusammen. Da war es wieder.

Das Gesicht. Die Stimme in ihrem Kopf. Wie ein trockenes
Flüstern, dicht an ihrem Ohr. Als sei es wichtig, dass niemand
sonst die Worte hörte.

Baan hielt vor der Villa und sah sie liebevoll an.

„Du hast es auch gesehen, Baan. Nicht wahr? Du hast es
auch gehört!"

Seine Augen glühten in der Dunkelheit. „Was?"

„Dass wir sterben werden."

Kapitel 25

Olinda, Brasilien, Dezember 2016

Wie ein buntes Spitzengewebe breitete sich über acht Hügel das Kolonialstädtchen Olinda aus, das nur sechs Kilometer von der Metropole Recife entfernt lag. Aus einer dichten Decke aus Palmen und anderen tropischen Bäumen lugten zahlreiche Kirchen und Kapellen aus der längst vergangenen Kolonialzeit der Portugiesen hervor.

Nach Sonnenuntergang verwandelte sich der „Alto" um die Igreja-Kirche zu einem Platz, wo Künstler musizierten, die Frauen Samba tanzten und die Kinder den Einheimischen ihre ersten Versuche der Capoeira-Akrobatik vorführten. Hier traf man sich, um über die Erlebnisse des zurückliegenden Tages oder den Ehezwist zu reden. Man erfuhr hier alles über die neueste Kakaobohnenzucht oder diskutierte über die Entscheidungen des Bürgermeisters. Es wurde gelacht, getrunken, geklatscht. Niemand lästerte über die leichten Mädchen, die an den Gästen vorbeiflanierten und so manchem Einheimischen in der Nacht wahre Vergnügen bereiteten. Und niemand achtete auf die finsteren Gestalten, die sich hin und wieder hierher verirrten und nichts Gutes im Sinn hatten. Die urigen Bars und rustikalen Kneipen luden nicht nur die Zechbrüder, die Pater Barnardos Zorn auf sich lenkten, sondern auch die zahlreichen Touristen zu einem feuchtfröhlichen oder manchmal auch stimmungsschweren Trinkgelage ein. Pater Barnardo drückte allerdings auf dem Platz vor seiner Kirche bei den Touristen ein Auge zu. Er kümmerte sich nur um seine „Schäfchen". Einer von ihnen war der Pensionsbetreiber Roberto Prado.

Sobald die Dämmerung hereinbrach, verließ Roberto, ange-
lockt vom Pinga – dem Zuckerrohrschnaps –, die Pension
Macaco und stürzte sich in das beschwingte Nachtleben im
Zentrum Olindas.

Er erklomm die steilen Kopfsteinpflastergassen, die nur
fünf Schritte breit waren, und an die sich romantisch weiße,
blaue und pastellfarbene Häuser reihten. Ihre Fenster waren
mit kunstvoll geformtem Schmiedeeisen vergittert, Palmen
und Bananenstauden zierten die kleinen Gärten hinter den
Häusern, die mit von Blumen und Sträuchern überwachse-
nen Gartenmauern umgeben waren. Geschnitzte Türen, Bilder und Skulpturen rundeten die Idylle ab. Nur die Fernseh-
antennen störten den Atem vergangener Jahrhunderte.

Am alten Sklavenmarkt sah sich Roberto kurz um, begrüßte
einige Händler, die – wie er fand - ihren Vorgängern auf den
alten Stichen in seinem Haus glichen. Dann betrat er die Bar
Trapaceiro, wo seine Freunde ihn bereits angetrunken und in
ausgelassener Stimmung erwarteten. Der Pinga floss, wie
immer um diese Zeit, in Strömen. Dabei schimpften die
Männer über ihre Ehefrauen, schwärmten von den zauber-
haften Händen der leichten Mädchen und diskutierten heftig
über die Politik und die Korruption des neuen Gouverneurs
von Bahia.

Stunden später und vom Zuckerrohrschnaps umnebelt,
führte Robertos Heimweg auch heute am Haus der schönen
Viola mit ihrer samtigen Karamellhaut vorbei, die sich bereits
am Nachmittag in verführerischer Pose aus dem Fenster gelehnt und bedeckt von wenig Stoff ihre üppigen Brüste feil-
geboten hatte. Roberto mochte diese Aufforderung zur Sünde, ihre prallen Rundungen, ihre saftigen Mangos, wie er ihre
Brüste nannte, die auf dem Fenstersims wie auf einem Tablett ruhten. Er liebte ihren sinnlichen Mund, ihren lockenden
Blick, der ihm pure Leidenschaft versprach und der in ihm
eine lodernde Gier nach einer heißen Nacht entfachte.

Wenig später lag er in ihrem Bett und gab sich ihrer zügel-
losen Leidenschaft hin. Manchmal glaubte er, ihre und seine
Lustschreie wären selbst in der Pension Macaco noch zu hö-

ren. Es störte ihn nicht. Seine Frau Rosabella war ohnehin mit dem Boot zu ihrer Mutter unterwegs. Auch vergaß er in diesem Moment den seltsamen Fremden, der seit Tagen auf dem Alto-Platz oder in der Bar herumlungerte und bei dessen Anblick Roberto unbehaglich geworden war. Er spürte, dass die Gestalt nichts Gutes im Sinn hatte.

Später torkelte Roberto wieder nach Hause – mit Lippenstiftspuren auf seiner behaarten Brust, die dank des offenen Hemdes sichtbar waren. Er hatte kein schlechtes Gewissen, wenn er auf dem Heimweg an seine Familie dachte. Schließlich konnten sie zufrieden sein. Rosabella und er hatten mit ihrer Pension ein gutes Auskommen.

Roberto führte mit seiner Familie ein gutes Leben. Er liebte wie jeder Brasilianer das ausschweifende Leben, seine Frau, seine beiden Mädchen, und Violas Körper. Er könnte glücklich sein, wäre da nicht dieses beklemmende und seltsame Gefühl von heraneilendem Unheil.

Unruhig wartete Baans Verwalter Raimundo im Wagen vor Robertos Haus auf den Einbruch der Dunkelheit, die in dieser Region schlagartig einsetzte. Er brauchte die Dunkelheit, sie war seine schützende Decke gegen das grelle Tageslicht. Nicht dass es seine Augen blendete, sehr wohl aber seine Seele, in der alles um Robertos Tochter Livia kreiste. Er dürstete nach ihr, seit er sie das erste Mal in der Pension gesehen und ihr fröhliches Lachen gehört hatte, das so ansteckend, so rein und klar war. Livia vermochte in ihm den Sturm unsagbar süßer Gefühle einer Heranwachsenden zu entfachen, die ihn ahnen ließen, wie entrückt vor Glück das Leben sein könnte. Livia war ein unberührter Engel, entrückt von der Sonne Brasiliens, perfekt für das Ritual. Alles war totenstill, kein einziger Vogel sang. Die Welt schien in einen Mantel des Schweigens gehüllt, als er in seinem Wagen auf Livia wartete.

Livia kam fast hüpfend die Treppe hinunter, betrachtete sich im großen Dielenspiegel und steckte sich wie ihre Mutter eine Blüte hinters Ohr.

In der Küche füllte sie eine Handvoll Erdnüsse in ein Plastiktütchen, das sie Ronaldo schenken wollte. Sie hatte sich heute am Abend mit ihrem Schulfreund auf der *Praça da Sé* verabredet, um auf der höchsten Erhebung Olindas den Musikern mit ihren Gitarren zuzuhören. Selbst Touristen verirrten sich ab und an den Platz zwischen der Kirche und dem Markt für Kunsthandwerk. Livia wollte ihnen Werbezettel für die Pension in die Hände drücken. Ihre Mutter stand am Sonntag mit ihrem kleinen Stand lieber am *Alto da Sé*, dem schönsten Aussichtspunkt von Olinda, und verkaufte dort ihre Erdnüsse, Kokoshappen und Maracujasaft. Nur von dort hatten Besucher einen traumhaften Blick auf das in der hügeligen Tropenlandschaft gelegene, malerische Olinda.

Plötzlich hörte Livia Schritte und blickte kurz über die Schulter. Ihr Vater kam wankend auf sie zu und sofort hatte sie das Gefühl, dass sie das bemitleidenswerteste Mädchen von ganz Olinda war, noch immer ein Kind, das des Schutzes bedurfte.

„Wo willst du denn in diesem Aufzug hin?" Seine Frage dröhnte durch die Diele.

Offenbar war ihr Vater wieder einmal dem Pinga verfallen. Sein Gebrüll war ein Zeichen dafür, dass der Abend mal wieder anders verlaufen würde, als sie sich erhofft hatte.

Livia zitterte innerlich von Kopf bis Fuß, zeigte ihre Angst jedoch nicht. Sie blieb aufrecht und reglos stehen, atmete kaum und wahrte die von ihrer Mutter geerbte herausfordernde Haltung. Im Allgemeinen war ihr Vater ein ruhiger und liebevoller Mensch, nicht aber, wenn er betrunken war. In seinem Rausch war er manchmal unerträglich. Die Familie fürchtete ihn dann gleichermaßen. Sonyá, ihre jüngere Schwester, und sie schwiegen in solchen Situationen, um ihren Vater mit keinem Wort und keiner Geste zu einer unbedachten Handlung herauszufordern.

Livia hoffte inständig, dass ihre Mutter bald nach Hause kommen würde. Nur sie konnte ihren Vater zügeln. Wenn er im Pinga-Rausch war, wütete er wie ein Amazonas-Gewitter durchs Haus. Dabei zerschlug er in seiner Unberechenbarkeit hin und wieder so manche Cafezinho-Tasse, die ihre Mutter mit viel Liebe getöpfert hatte.

Noch vor ein paar Tagen hatte sie ihren Vater, volltrunken und mit einem dämlichen Grinsen im Gesicht, auf den Pflastersteinen an der Toreinfahrt gefunden und war kläglich bei dem Versuch gescheitert, ihn ins Haus zu bringen. *Ohne Mama schaffe ich es nicht, ihn ins Bett zu bringen*, dachte sie.

Aber das war nicht der einzige Grund. Neuerdings glaubte sie, beobachtet zu werden. Anfangs hörte sie nur das leise Rascheln eiliger Schritte, die sich aus dem Gebüsch unter dem Fenster ihres Schlafzimmers entfernten. Wenn sie aus dem Fenster blickte, sah sie oft einen Schatten durch den Garten huschen. Das Licht des Mondes ließ ihn zwischen den Bäumen tänzeln. Es waren die Konturen eines Mannes.

Ein Geräusch auf der Treppe ließ Livia hochblicken. Eine Sekunde später stand die zarte Gestalt ihrer elfjährigen Schwester Sonyá unbeweglich auf der obersten Stufe und musterte den Vater, als fiele es ihr schwer, seinen Zustand zu erfassen. Aber nur eine Sekunde lang. Dann kam Sonyá in ihrem Nachthemd scheinbar seelenruhig die Treppe hinunter, nur wenige Stufen, bis auch sie den Zuckerrohrschnaps ihres Vaters in der Nase haben musste.

„Geh ins Bett, Papa, dann kannst du dort deinen Rausch ausschlafen", sagte Sonyá mit fester Stimme. „Du hast uns versprochen, den Pinga nicht mehr anzurühren." Ihre Augen funkelten vor Wut. „Du hast uns wieder belogen. Lass Livia in Ruhe und geh endlich ins Bett. Los!"

Livia stockte der Atem. So hatte sie ihre Schwester noch nie erlebt. Sie war dankbar, dass Sonyá ihr beistehen wollte.

Gleich wird Papa explodieren, dachte sie. Aber Livia irrte sich.

Roberto ignorierte Sonyás Aufforderung. „Sonyá, meine Menina, mein kleines Mädchen", sagte er mit lallender Stimme. Dann warf er wieder einen scharfen Blick auf Livias kurzen Rock. „Wo glaubst du, wo du bist? In einer Bar?" Er schnalzte nach jeder Silbe. „Möchtest du, dass aus deinem Leben ein Fiasko wird? Wenn du den Respekt der Leute haben möchtest, dann zieh dir etwas anderes an."

Er torkelte an seinen Töchtern vorbei und lag wenig später im Ehebett, um seinen Rausch auszuschlafen.

Die Mädchen liefen erleichtert die Treppe hinauf. Livia schloss die Tür von Sonyás Zimmer und warf sich auf ihr Bett. Ihre Schwester zögerte einen Moment und legte sich dann neben sie.

„Bestimmt wird Papa später ein Bad nehmen. Und morgen hilft er Mama in der Pension. Ganz bestimmt", sagte Livia. Sie konnte die Wutausbrüche ihres Vaters nicht begreifen, wollte sich aber auch nicht gegen ihn stellen. Er war ihr Vater, ihr Beschützer, und trotz Pinga ein wahrer Freund. Aber selbst ihre Mutter fürchtete sich, ihn an den Zuckerrohrschnaps zu verlieren.

Sonyá stützte sich auf die Ellenbogen. „Ja, ja, klar, und dann ist er bald ein ganz neuer Mensch." Sie tippte sich an die Stirn. „Papa hat 'ne Schraube locker, das weißt du doch. Er hatte vorhin eine richtige Gockelfratze."

Livia lachte. „Hörst du das?" Sie hielt inne. „Er schnarcht wie ein großer Bär. Furchtbar."

Sonyá hielt sich mit den Händen die Ohren zu.

„Ich bring noch frische Handtücher in die Gästehäuser und dann treffe ich mich mit Ronaldo", sagte sie. „Papa schläft bestimmt ein paar Stunden und dann ist Mama wieder da."

Sonyá war auf dem Bett eingeschlafen. Der Anblick ihrer Schwester beruhigte sie ein wenig. Nichts konnte Sonyá aufwecken, sobald sie eingeschlafen war. Weder ein ohrenbetäubendes Gewitter noch das jähzornige Gebrüll ihres Vaters. Sanft strich Livia ihr über das dunkle Haar.

Dann schaute sie aus dem Fenster und lächelte. Affen huschten durch den Garten und schälten die Bananen, die sie ihnen eine Stunde zuvor hingelegt hatte. *Macaco* bedeutete *Affe*, und davon gab es hier reichlich – im Garten überall. Das Licht der Gartenbeleuchtung ließ die Tiere zwischen den Bäumen tänzeln. Irgendwie erinnerten die Äffchen Livia an ihren Pinga-Papa, wenn er wankend durch den Garten zum Haus torkelte. Sie verließ das Haus und machte sich auf den

Weg zum *Praça da Sé,* wo Ronaldo bereits auf sie wartete.

Das kleine abgelegene Gästehaus der *Macaco*-Pension war bestens geeignet für Raimundos Vorhaben. Am Morgen hatte er sich unbefugten Zugang zum Gästehaus verschafft. Noch einmal checkte er die Gegenstände, die er in Olinda eingekauft hatte. Messer, Stahlbehälter, Beil, Skalpell, Plastikschürze und Gummistiefel lagen auf dem Tisch bereit.

Draußen war es schon dunkel. Raimundo ertastete die Spritze in seiner Jackentasche. Er hatte sich den ganzen Tag mental auf Livia vorbereitet und jetzt bereits eine Stunde auf sie gewartet. Als das Mädchen am Abend endlich die Pension verließ, war er ihr wie ein Schatten gefolgt.

Das erste Mal war Livia nur das Geräusch aufgefallen, dann der Schatten. Dann die Gestalt, die auf dem Boden nach etwas zu suchen schien. Nervös schaute sie sich immer wieder um. Vielleicht irrte sie sich. Vielleicht lief ja nur zufällig jemand hinter ihr her. Doch dann beschleunigte der Mann seine Schritte.

Schweiß trat auf ihre Stirn. Nur noch wenige Minuten, dann war sie am Eingangstor der Pension Macaco. Livia erhöhte ihr Tempo, lief schneller und schneller. Nur noch wenige Meter bis zum Tor.

Aber es war zu spät. Ein Kälteschauer lief ihr über den Rücken, als eine Hand ihre rechte Schulter berührte. Sie drehte sich um und sah das Böse. Es war das Gesicht des Fremden, der neulich durch ihr Schlafzimmerfenster geschaut hatte, als alle anderen im Haus schliefen.

Livia spürte den Stich einer Nadel in ihrem Arm und wusste, dass ihr Leben bald vorbei sein würde. Ihre schwachen Hilferufe wurden von dem Gekreische der Affen und der Vögel übertönt.

„Egal wie du dir das hier vorstellst", flüsterte der Fremde, „es wird schlimmer werden."

Später heulte und schrie der Tod, als er ein Leben qualvoll auslöschte und Livia mit Haut und Haaren verschluckte. Er hatte es dabei nicht eilig gehabt. Danach war die Nacht über der Pension Macaco schwarz, still. Auch Olinda schlief. Die Stille war Raimundo fremd. Er vermisste Baan.

Erst in den frühen Morgenstunden brach Raimundo auf.

Er musste sich beeilen. Bald würde der Vater aufwachen, die Mutter nach Hause kommen. Sie würden sofort nach der Tochter suchen.

Kapitel 26

Anna

Da war etwas in der Ecke ihres Zimmers, im Dunkeln. Ein Schatten.

Anna wusste, was es war. Sie erkannte die Umrisse und sah kein zweites Mal hin. Aber danach konnte sie nicht mehr schlafen. Sie lag im Bett, die Decke hochgezogen bis zum Kinn und fürchtete sich. Es war mitten in der Nacht, und morgen – nein, heute, um genau zu sein – würde sie sich mit Mathilda treffen. Unter normalen Umständen sah sie fern in diesen langen, fahlen Nächten, in denen der Schlaf fernblieb und Max nicht bei ihr war.

Lasse dich nicht in einem unkontrollierbaren Gedankenstrom treiben, Anna. Aber sie hatte es nicht mehr unter Kontrolle, welche Bilder und Gedanken ihren Kopf betraten.

Als sie wach geworden war, hatte sie gehofft, dass nicht gerade Wolfsstunde war – die schlimmste Zeit zwischen drei und vier Uhr in der Nacht. Wenn sie um die Zeit erwachte, dann klebten die dunklen Gedanken an ihr wie Blutegel. Ging es nicht vielen Menschen so? Zu dieser Stunde war die Nacht am kältesten, der menschliche Körper arbeitete langsamer, träge. Blutdruck, Stoffwechsel, Körpertemperatur – alles war um diese Zeit heruntergefahren. *Zwischen drei und vier Uhr nachts sind wir dem Tod am nächsten*, dachte Anna. Kein Wunder, dass um diese Zeit die meisten Menschen starben. Sie wandte den Kopf. Die Ziffern auf dem Display ihres Radioweckers bestätigten ihre Vermutung. *Kurz nach drei, natürlich.* Sie schluckte schwer.

Wolfsstunde. Sie war mit ihr vertraut, kannte sie nur allzu gut. Doch heute war etwas anders. Noch dunkler, noch tiefer. Sie hatte das Gefühl, dass der Schatten in der Ecke sich rührte. Sie sah *ihn* nur aus den Augenwinkeln: Jasper, Katharinas Teddybär starrte sie aus seinen schwarzen Augen an.

Obwohl sie wusste, dass es ihre Tochter war, die das Viech in ihr Schlafzimmer gebracht hatte und im Zimmer nebenan friedlich schlief, war da plötzlich der Geruch von Verwirrung, von Angst und von Blut. Von Tod.

Jakob hatte viele Opfer hinterlassen. Darunter auch ihr damaliger Psychiater, Jörg Kreiler, der mit ihrer Schwester liiert gewesen war. Er hatte versucht, sie mithilfe von Hypnosen glauben zu lassen, sie sei Katharina. Als wäre sie eine scheue Katze, die er locken wollte. Jörg hatte ihr diesen Irrsinn eingeflößt, weil sie ihrer Schwester äußerlich ähnlich sah, weil er aus ihr eine zweite Katharina hatte machen wollen, weil auch er den grausamen Tod ihrer Schwester nicht überwinden konnte und selbst dem Wahn verfallen war. Als Medium hatte er immer wieder einen getupften Teddybär benutzt, und sogar versucht, ihre damals sechsjährige Tochter mit dem Stofftier zu manipulieren. Seitdem hasste Anna Teddybären, aber ihre Tochter liebte diese verdammten Biester noch immer.

Anna versuchte sich zu beruhigen. Nur noch ein paar Stunden, dann wurde es hell und mit dem Anbruch des Tages verabschiedeten sich in der Regel ihre finsteren Gedanken. Sie sagte sich, dass sie das schon schaffte. Sagte sich, dass Jakob in seinem Grab ebenso unter Druck stand wie sie, vielleicht sogar noch mehr. Jakob hatte eine Menge zu verlieren, sie hingegen nichts.

Aber an ihrer Angst änderte es nichts.

Es gab Menschen, die sie für absolut verrückt halten würden, wenn sie wüssten, dass sie das Tuch ihrer Schwester an einen Baum in der Nähe von Jakobs Grab angebracht hatte, um die Wünsche eines Dämons zu erfüllen. Um den Dämon zu vertreiben. Sie glaubte an diese Dinge, obwohl Max deswegen manchmal an ihrem Verstand zweifelte. Dabei war ihr selbst klar, wie widersprüchlich sie sich manchmal verhielt.

Sie knipste das Licht auf ihrem Nachttisch an, als könnte sie die düsteren Gedanken so vertreiben. Wickelte sich fest in ihre Decke ein und fror dennoch. Wieder wanderten ihre Gedanken in die Vergangenheit, zu Jakob.

Dienstag ... Samstag? Sonntag? Ich weiß es nicht ...

Sie versuchte, nicht an die Schwärze zu denken, an die seltsamen Zeichen an der Kellerwand, an die Glasbehälter mit den formlosen Monstern darin.

Jakob streckte die Hände aus und massierte ihre Brüste, bis die Warzen hart waren, dann beugte er sich herab und nahm eine in den Mund. Sie reagierte sofort. Er hatte etwas an sich, dem sie nicht widerstehen konnte, etwas ganz und gar Körperliches. Er saugte mit bestimmender Männlichkeit an ihrer Brust. Es schmerzte nicht mehr.

Sie hob ein Bein, wollte genommen werden, doch er legte ihr die Hand auf die Hüfte und hielt sie zurück. Sein Mund gab ihre Brust frei.

„Jetzt nicht", sagte er.

Er streifte den Büstenhalter über ihre Arme.

Sie fühlte seine Brust, seinen Bauch, seine Härte und schlang beide Arme um seine Taille.

Er legte Handschellen um ihre Gelenke, drehte ihr die Arme auf den Rücken und befestigte die Handschellen an den Riemenklammern.

Sie kippte nach vorn.

„Jakob?", flüsterte sie.

Sie spürte, wie sie in die Höhe stieg und ihre Füße den Bodenkontakt verloren. Dann schaute sie nach unten und hatte das schwindelerregende Gefühl, auf den weit unter ihr liegenden Backsteinboden zu fallen.

Sie atmete tief durch und lächelte. Die Streifen um ihre Beine waren breit und gaben ihr einen bequemen Halt. So in der Luft zu hängen, Brust und Gesicht nach unten, fühlte sich an, wie auf einem endlosen schwarzen Ozean zu treiben.

Sie fühlte seine Lippen an ihrem Hals, seinen warmen Atem. Langsam glitten seine Hände über ihren Körper, über die Brüste, hinunter zu ihrem Bauch und zwischen die Beine.

Die Dunkelheit beschwor jetzt keine beängstigenden Bilder mehr herauf, sondern verschaffte ihr viel reinere Gefühle. Sie spürte die Beschaffenheit seiner Handflächen, seiner Fingerspitzen, eine raue Oberfläche hier, eine glatte dort; sie war sich jeder einzelnen Vertiefung und Linie bewusst, obwohl sie wusste, dass das unmöglich war.

„Du bist nass", sagte er. „Das Unbekannte ängstigt dich – aber es macht dich auch an."

Sie nickte erregt.

Jakob schob einen Finger in sie hinein, und dann noch einen zweiten. Dann spürte sie etwas auf ihrer linken Brust, das er am Büstenhalter befestigte und über ihre Brust schob. Das Gleiche machte er auf der rechten Seite.

„Ich will deine Milch", sagte er gepresst. „Ich will deine Unterwerfung – du hast mir nur einen Teil davon gewährt. Aber ich will mehr!"

„Meine Milch?"

„Ja."

Sie hörte, dass er die Milchpumpe anstellte. Das Vakuum zog an ihrer Haut, zerrte und riss an ihren Brüsten und an ihren Brustwarzen. Es war unangenehm, ein seltsames Gefühl, doch es tat nicht weh.

„Du wirst es wieder tun", sagte er; und dann spürte sie seinen Mund auf ihrem, seine Zunge in ihrem Mund und seine Finger wieder zwischen ihren Beinen. Sie streichelten und rieben, während das Pumpen an ihren Brüsten weiterging und das Vakuum ein schweres, ziehendes Druckgefühl erzeugte, das sich langsam sinnlich anzufühlen begann.

„Du wirst es tun", sagte er, und seine Worte vermischten sich mit einem feuchten, fordernden Kuss. Seine Zunge fuhr über ihre Lippen. Sie küsste ihn zurück und wollte, dass er sie nahm. Ja, das war es, was sie wollte. Nicht seine Liebe, sondern nur seine Männlichkeit in sich spüren. Sie verstand jetzt völlig, wie sie sich ihm unterwerfen müsste, wie ihre eigene Lust sich erst mit seiner vermischte, bis sein Verlangen ihr eigenes schließlich verdrängte.

Plötzlich spürte sie, dass sich die Geschwindigkeit der Pumpe erhöhte. Auch das Saugen verstärkte sich und zerrte stärker an ihren Brüsten. Seine Finger bewegten sich noch immer *in ihr.*

„Schon als Kind hat es mir wahnsinnig viel Spaß gemacht, an den Warzen meiner Mutter herumzuspielen, wenn sie schlief. Manchmal habe ich an ihnen gesaugt, wenn sie ihren Alkoholrausch ausschlief. Und das alles steckt auch in dir. Du bist ein Luder wie meine Mutter, nicht das sanfte Mädchen, und ich werde aus dir eine richtige Hure machen, die mich anfleht, meinen Schwanz lecken zu dürfen."

Sie hörte seine Worte, ihr Atem stockte und doch genoss sie im Drogennebel jedes Wort und jede Berührung.

„Ich möchte das Kind an deiner Brust sein", sagte er heiser, legte ihr die Hand auf den Bauch, an die Taille und ließ sie über ihren Hintern gleiten. „Du wirst es tun, nicht wahr?", fragte er.

Sie nickte. Seit der Injektion fühlte sie sich benommen vor Glück.

„Bist du hungrig?"

Sie dachte nicht ans Essen, sie dachte an seinen Schwanz, den sie in sich fühlen wollte. Sie spürte die Bewegung seiner Finger, die süße Quälerei seines Daumens und seine Verführung.

Die Pumpe pumpte und saugte sie blutig.

„Du wirst alles tun, was ich möchte", flüsterte er. „Eu so o mestro de sua salma. Ich bin der Meister deiner Seele."

Draußen krächzte eine Eule und holte Anna in die Gegenwart zurück. Als hätte jemand sie in eine Art Trancezustand versetzt, hatte sie die Zeit verloren. Sie konnte es kaum erwarten, dass der Tag endlich anbrach und sehnte sich nach dem Licht der Wintersonne. Langsam setzte sie sich auf, in den Schneidersitz. Wickelte die Decke um ihren Oberkörper wie einen Umhang.

In der dunkelsten Stunde der Nacht wärmte sie der Gedanke an einen tropischen Sonnenaufgang in der Karibik, wo von dunkelgrünen, fleischigen Blättern der Regen tropfte und die Lianen bis auf den Boden hingen. Wo Max sie berührte und seine sanfte Stimme ihr sagte, dass er verrückt nach ihr war, nach ihrem Haar, nach ihrem Mund, nach ihrem Lachen, ihrem Körper.

Da! Da war es wieder, am Rande ihres Gesichtsfeldes. Der Schatten in der dunklen Ecke ihres Schlafzimmers bewegte sich.

Sie nahm all ihren Mut zusammen, schwang ihre Beine über die Bettkante und ging mit unsicheren Schritten auf den Schatten zu, streckte die Hand nach ihm aus. Ertastete die weiß getünchte Wand. Doch die Ecke ihres Schlafzimmers war leer, nur ein leichter, modriger Geruch nach einem alten Teddy hing in der Luft.

Plötzlich hörte sie ein Geräusch, das aus dem Gästezimmer kam.

„Katharina?"

Aus dem Zimmer am Ende des Gangs kam Licht. Die Tür stand offen, sie ging hinein und blieb entsetzt stehen. Ihr stockte der Atem. Die Fenster waren mit roter Wachskreide vollgekritzelt. An den Wänden waren merkwürdige schwarze Zeichen angebracht. Sie glaubte, ein Wimmern zu hören, doch da war niemand.

Sie hockte sich in eine Ecke, dachte nach. Tränen liefen über ihre Wangen. Sanft berührte sie ihren Bauch. Auf dieses Kind wartete ein großartiges Leben, nicht dieses Grauen, diese Absurdität.

„Verdammt noch mal, Mom! Bist du jetzt komplett durchgeknallt? Schau, was du gemacht hast!" Katharina berührte ihre Schulter und sah sie entsetzt an.

„Das war ich nicht", flüsterte Anna. „Wieso starrst du mich denn so entsetzt an. Ich war das nicht!"

„Warum machst du so etwas, Mom?"

„Das war ich nicht."

„Aber hier ist niemand, nur wir beide, Mom."

Anna schluchzte heftig.

„Na schön, aber wenn du es nicht warst, wer denn dann, Mom?"

„Du warst das!", antwortete sie leise.

In Katharinas Augen loderte mit einmal brachiale Wut. „Du

hast diese Schweinerei angerichtet. Du bist ja völlig durchgeknallt!", schrie Katharina und verließ das Gästezimmer.

Doch an der Tür blieb sie stehen und drehte sich noch einmal um. Erst jetzt erkannte Anna das Stofftier in Katharinas Hand. Sie drückte das Viech fest an ihren Körper, den getupften Teddybär, der seine Hand nach ihr ausstreckte. Jasper, der Schatten der Nacht.

Ihre Tochter sah sie seltsam vergnügt an.

„Das wirst du noch bereuen", zischte Anna.

Katharina warf ihr einen letzten wütenden Blick zu und knallte die Tür zu.

Nachdem Anna sich beruhigt hatte, überlegte sie, was zu tun war.

Sie ging zum Fenster und klopfte an die Scheibe. Draußen vor dem Fenster blies ein bitterkalter Wind und sie verfolgte durch die Stoffvorhänge das Lichtspiel des Mondes hinter dem Vorhang.

Zögerlich schob sie den Vorhang beiseite und öffnete das Fenster. Eisige Kälte schlug ihr entgegen.

Entschlossen hob sie den Arm, krümmte die Finger zur Faust, klopfte laut an die Fensterscheibe. Dann sah sie unten im Garten den Schatten und öffnete ihren Mund zu einem Kreis. Der Schatten sollte glauben, dass er voller Kreise war und ihr Kopf auch.

Kreise und Kreise, du Widerling.

Sie begann wieder von Neuem.

Sehr langsam und bewusst trat sie ein paar Schritte vom Fenster weg und malte mit dem ganzen Arm einen großen bedächtigen Kringel in die Luft. Ein Teil von ihr kam sich dabei albern vor, doch sie *musste* das tun, weil er wissen *sollte*, dass sie ihn durchschaut hatte, dass alles eben nur *seine* Kreise waren. Kein Ritual, kein Hokuspokus. Sie drehte sich ein wenig und malte einen weiteren Kringel mit der Hand und fühlte sich noch besser. Also drehte sie sich noch einmal um, diesmal zum Schrank, und malte noch einen Kreis. Mit jedem Kreis, den sie in dem hellerleuchteten Zimmer in die Luft malte, fühlte Anna sich besser.

Wie hatte sie das bisher nicht merken können? Wie hatte sie das alles übersehen können? Es war doch genau vor ihren Augen! Hinter alldem steckte Katharina. Sie war *seine* Tochter. Seine Tochter, die Jakob von Tag zu Tag ähnlicher wurde.

Schließlich hielt Anna inne, wieder dem Fenster zugewandt – atemlos und euphorisch.

„Sie ist auch meine Tochter und ich werde sie vor dir beschützen! Hörst du?", schrie sie in die Nacht.

Einen Moment lang starrten sie und der Schatten einander an, in völligem Begreifen.

Als Max Gavaldo das Haus betrat, war das Licht aus, also machte er es auch nicht an. Anna war eine ruhelose Schläferin. Der Küchenboden war nass, die Waschmaschine lief. Offensichtlich hatte Anna zu einer größeren Aktion angesetzt. Er wusste, dass die nächsten Wochen chaotisch sein würden, während Anna das Haus auseinandernahm und es noch sauberer wieder zusammensetzte.

Es könnte schlimmer sein, dachte er. Mit einem hormonell bedingten Putzanfall konnte er umgehen. Und vielleicht wurde es im Verlauf der Schwangerschaft ja besser. Er lebte seit Jahren in der Hoffnung, dass alles besser werden würde.

Max wusste, dass er angetrunken in ihrem gemeinsamen Bett nicht unbedingt willkommen sein würde – nicht einmal ganz am Rand seiner Seite der Matratze. Anna hasste den Geruch von abgestandenem Zigarettenqualm und Alkoholausdünstungen. Auch wollte er seine Frau mit seinem Gepolter jetzt nicht aufwecken. Also öffnete er mit einem Seufzer die Tür zum Gästezimmer und machte das Licht an.

Schlagartig war er stocknüchtern.

Alles war mit Farbe bedeckt. Mit schwarzer Farbe. Er erkannte die Dose auf der Kommode als eine von mehreren Farbdosen wieder, die ein paar Jahre lang im Kellerregal gestanden hatten.

Anna hatte riesige Kreise an die Wände gemalt, jeden mit dem Radius ihrer eigenen Armlänge. Ganz schief und krumm und schlampig; überall waren Tropfen auf dem Boden und auf den Möbeln. Drei Kreise füllten die eine Wand, und der vierte zog sich bis auf die nächste hin. Sie hatte die Kommode verrückt, um Platz für den letzten zu schaffen, und auch auf der waren überall schwarze Handabdrücke.

Da begriff er, dass sie nicht einmal einen Pinsel benutzt hatte. Er betrachtete die Kreise und sah die unverwechselbaren Spuren von Fingern und Handflächen. *Verdammt!* Seine Frau hatte ihre qualvollen Erinnerungen an den Wänden dokumentiert. Es sei denn, jemand anders hatte das hier getan.

Plötzlich erschien es auf grauenhafte Weise möglich, dass irgendein Wahnsinniger ins Haus eingebrochen war, während er fort gewesen war, womöglich über seine Frau hergefallen war und dieses Zimmer verwüstet hatte.

Hatte Anna die Haustür offen gelassen?

Max stürzte ins Schlafzimmer und knallte seine Faust auf den Lichtschalter.

Anna schreckte hoch, blinzelte.

„Was ist?", stieß sie hervor. „Was ist denn los?"

Mit einer schwarzen Hand schirmte seine Frau ihre Augen gegen das Licht ab.

Später trafen sie beide die Entscheidung, keine Polizei einzuschalten.

Seine Aufmerksamkeit richtete sich auf das hell erleuchtete Fenster im Obergeschoss der Villa, wo Anna Gavaldo heftig gestikulierend stand. Das Spektakel, das sich seinen Augen bot, amüsierte Baan.

Ursprünglich hatte er sie im Schlaf überraschen wollen, doch sie musste aufgewacht sein. Sie stand am Fenster und starrte ihn an. Formte mit ihren Händen Kreise.

Zunächst noch weit entfernt und kaum hörbar, drangen ihre Worte jetzt zu ihm durch.

„Du kannst deine Tochter nicht beschützen", flüsterte er.

Als hätte sie sein Flüstern vernommen, stand sie immer noch fröstelnd am Fenster, das dünne Nachthemd über dem schmalen Körper zusammengezogen.

„Du weißt, wer ich bin. Ich werde dich für alles büßen lassen."

Kapitel 27

Katharina

In einer Nische auf dem Flur stellte Selma Wagenknecht sich Katharina in den Weg. Ihre Augen loderten. Katharina wunderte sich nicht darüber, dass ihre Lehrerin mit weiteren Attacken rechnete und kampfbereit war.

Aber nicht nur du, dachte Katharina. Sie hatte nach dem Gespräch mit Baan viel Zeit gehabt, sich mental darauf vorzubereiten.

„Gehen Sie mir aus dem Weg!", fauchte sie. „Sie waren krank? Irgendetwas mit Ihrem Kopf, Frau Wagenknecht?"

„Vielleicht. Mit den Irren dieser Welt kennst du dich ja aus."

Nein, dachte Katharina. *Sie wird es nicht wagen, meine Mutter hineinzuziehen.* Dies hier war etwas zwischen dieser alten Schachtel und ihr. „Sie halten sich wohl für eine Komikerin, was?"

Selma blinzelte. „Ach, Mädchen. Du bist eine hässliche, erbärmliche kleine Kuh. Glaubst du, ich lasse mir das gefallen? Es war das Paradies im Vergleich zu dem, was dich jetzt erwartet!"

„Ach Gottchen ... Was reden Sie wieder für ein wirres Zeug. Ich dachte schon, dass Sie Angst haben, sich allein mit mir anzulegen."

„Ich hab keine Angst vor einer Missgeburt wie dir", flüsterte Selma.

Katharina lächelte und fing an, schnalzende Geräusche zu machen. „Das sollten Sie aber. Ich mache Sie fertig, wenn Sie mir weiterhin schlechte Noten verpassen", zischte sie.

Selma verschränkte die Arme. „Okay, mach mich fertig."

Noch immer glühte der Zorn in Katharinas Augen. Aber sie musste auf der Hut sein. So hatte sie ihre Lehrerin noch nicht erlebt. Selma Wagenknecht hatte den Kopf einzuziehen und um Gnade zu winseln, statt auszusehen, als ob ihr das alles Spaß machen würde, weil sie es genauso haben wollte.

Beherrsch es, Katharina, hörte sie Baan in ihrem Kopf flüstern. *Du brauchst keine Gewalt. Du kannst sie mit bloßen Worten vernichten.*

Wieder schnalzte sie mit der Zunge. „Sie haben mehr Mumm, als ich dachte."

Die Lehrerin lächelte. „Es war ein großer Fehler von dir mich anzupissen."

Katharina lief rot an. „Ich weiß nicht, wovon Sie sprechen."

„Du hast einen schweren Fehler begangen, Schätzchen! Ich werde zwar nicht zur Polizei gehen, noch nicht, aber ich habe eine DNA-Bestimmung meiner Kleidung veranlasst. Damit bist du fällig."

Katharinas Verwirrung nahm zu. „Wovon reden Sie?"

„Außerdem habe ich für kommende Woche einen Termin mit deinem Vater vereinbart. Das wird ein interessantes Gespräch über dich. Mal sehen. Ich überlege, ob ich vorher jemand bitte, hier vorbeizukommen, um dein hübsches Gesicht in die Mangel zu nehmen. Mein Freund leistet gute Arbeit. Weißt du, er ist sehr gut mit seinen Fäusten. Wenn er mit dir fertig ist, wird dich niemand mehr ansehen wollen."

Katharina wurde blass.

„Oh, keine Angst, Schätzchen. Es geht schnell."

Katharina kochte vor Wut. „Halt die Klappe, du alte Schachtel. Du bist nur neidisch auf meine Jugend. Schau dich doch an!"

„Habe ich dir erlaubt, mich zu duzen? Vielleicht verzichte ich aber auch auf meine Überlegung. Ich glaube, dass ein Gespräch mit deinem Vater effektiver sein wird. Danach wird dich niemand mehr für etwas Besonderes halten." Selma machte eine Pause. „Es ist nicht so, dass ich dich hasse. Nein, ehrlich gesagt, habe ich Mitleid mit dir."

„Ich habe gesagt, du sollst die Klappe halten!"

„Nimm's nicht so schwer, Katharina. Also wirst du dich benehmen oder den Kampf mit mir fortführen? Wenn mein

Freund zuschlägt, finden die Jungs dich danach nicht mehr hübsch. Na ja, mehr oder weniger. Und das bleibt auch bestimmt noch eine Weile so. Ein paar Monate jedenfalls."

Sie starrten einander an.

Katharina wollte ihre Lehrerin schlagen, andererseits am liebsten weglaufen. Sie hielt die Arme verschränkt, atmete ruhig und konzentrierte sich auf ihre Wut. Fühlte ihre Macht schwinden. Und spürte, dass es bei einem Kampf vielleicht um Leben und Tod gehen könnte.

Sie machte einen Schritt auf ihre Lehrerin zu. „Also, wenn Sie mich verprügeln wollen – nur zu. Jederzeit, wo Sie wollen. Ich freu mich drauf."

„Du bist eine beschissene Missgeburt", sagte Selma. Dann drehte sie sich um und marschierte davon.

Katharina blieb stehen. Die Schlacht war vorüber. Sie hatte gewonnen. Doch plötzlich bekam sie Angst. Sie war allein, verletzlich und hilflos. Es drängte sie, Selma Wagenknecht nachzulaufen und sie um Verzeihung zu bitten.

Nein! Das bin ich nicht. Das kann ich nicht. Ich kann es nicht!

Ihre Knie zitterten. Am liebsten hätte sie geweint. Sie brauchte Baan und ihre Wut. Baan würde sie beschützen. Die Wut würde ihr Kraft geben. Mit ihr konnte sie alles sein, was sie sein wollte.

Das Zittern ließ nach. Sie atmete langsam durch und lauschte dem Pochen ihres Herzens, bis es allmählich verging. Sie verließ die Nische mit festem Schritt und hoch erhobenem Kopf.

Am Nachmittag erzählte sie Baan auf der Bank am Starnberger See von dem Vorfall. Sie verlor dabei sofort ihre Fröhlichkeit. Genau wie beim letzten Mal schäumte sie vor Wut über.

Dann streichelte Baan ihr übers Haar und drückte ihr einen Kuss auf die Wange. Immer noch wütend, erwiderte sie die Geste.

Sie schauderte und dachte auch daran, dass die Wagenknecht ihre Mutter angesprochen hatte. So eine Demütigung durfte sie nicht auf sich beruhen lassen. Wie sie an jenem Abend schweigend am Küchentisch neben den Eltern gesessen hatte, sich ihre Predigt über Benehmen angehört hatte und die Wut unterdrücken musste, die wie Säure in ihr fraß.

Auf Baan konnte sie sich verlassen. Er liebte sie. Das wusste sie so sicher wie ihren eigenen Namen.

„Ich liebe dich", hatte er gesagt. „Deine Schönheit, deine Stärke und deinen Mut. Kein Mensch darf dich verletzen. Das werde ich nicht dulden. Jeder, der es trotzdem tut, wird es früher oder später bereuen. Die Wagenknecht hat diese Erfahrung bereits gemacht.

Nun wird sie sie noch einmal machen, Katharina."

Die letzten Worte waren nur ein Flüstern gewesen.

Kapitel 28

Anna

Anna warf unauffällig einen Blick auf ihre Armbanduhr und fragte sich, ob es irgendeine Möglichkeit gäbe, „eine taktvolle", um Mathilda van Cleef dazu zu bewegen, ein bisschen schneller zu essen. Aber die gab es zugegebenermaßen nicht. Sie hatte Mathilda nach dem Frühstück angerufen und zum Essen eingeladen, obwohl sie wusste, dass Max heute von seiner Geschäftsreise zurückkehren würde und ein Abendessen mit ihrer besten Freundin ein zweistündiges Unterfangen war – mindestens. Aber sie musste mit irgendjemandem über ihre Befürchtungen sprechen. Außerdem tat ihr die Ablenkung gut. Mathilda plapperte ununterbrochen, während sie die wahren Gründe für ihre Einladung zum Essen zurückhielt.

Mathilda hob spöttisch eine Augenbraue. „Wie es aussieht, hat Christian Neumanns Ehefrau ihn gegen einen Finanzbeamten eingetauscht, und das bedeutet, dass er fortan über sehr viel Freizeit verfügen und sie demnächst pünktlich ihre Steuererklärung abgeben wird. Du erinnerst dich doch an den attraktiven Christian, Benedikts rechte Hand im Polizeipräsidium?"

„Aber sicher. Wie könnte ich diesen Ermittler vergessen? Er und Benedikt haben mir das Leben gerettet."

Mathilda zögerte einen Moment, weil Anna mit fast monotoner Stimme über ein schauriges Kapitel in ihrem Leben gesprochen hatte. Sie legte das Besteck beiseite.

„Sag mal, Schätzchen, was ist eigentlich los mit dir? Geht es dir nicht gut? Du wirkst ziemlich angeschlagen und so bedrückt. Diese spontane Einladung hat doch einen Grund, oder?"

„Ich wollte dich einfach mal wieder sehen." Annas Antwort

klang halbherzig.

Mathilda tippte sich an die Stirn. „Aha. Du wolltest mich also einfach nur sehen. Wir haben uns vorgestern gesehen, erinnerst du dich? Da hast du mir von deiner Schwangerschaft erzählt und dich für deinen plötzlichen Aufbruch während der Benefizveranstaltung entschuldigt."

Anna errötete und spürte einen Kloß in ihrer Kehle. „Ich … ich war neulich wieder am Grab meiner Schwester. Entschuldigung, Matti. Ich sollte mich eigentlich besser im Griff haben. Eine Ewigkeit ist seitdem vergangen, fast vierundzwanzig Jahre, seit diese Bestie sie getötet hat." Sie seufzte. „Als ich vor Katharinas Grab stand", fuhr sie fort, „hatte ich das seltsame Gefühl, beobachtet zu werden." Sie hob verzweifelt einen Arm, wie eine Frau, die den Glauben an das Glück verloren hatte.

Mathilda legte den Kopf schief und machte ein betroffenes Gesicht. „Oh, Anna! All die Jahre hattest du Ruhe vor den Dämonen der Vergangenheit. Gab es einen besonderen Anlass für dieses … eh Gefühl?"

Anna schüttelte den Kopf. „Nein. Doch! Die Benefiz. Damit fing alles an. Mit dieser Stimme, von der ich angenommen habe, dass sie mich bedroht hat. Klingt verrückt. Vielleicht habe ich es mir auch nur eingebildet, wie so oft in der Vergangenheit. Egal. Meine Tochter verhält sich mir gegenüber neuerdings merkwürdig und verdammt feindselig."

„Vielleicht weil du schwanger bist?", unterbrach Mathilda sie.

„Womöglich. Keine Ahnung. Neulich hat sie mich dermaßen provoziert, dass mir die Hand ausgerutscht ist."

Mathilda lächelte. „Puh … Aber ich könnte meinen beiden manchmal auch ein Pflaster auf den Mund kleben, wenn sie durchs Haus tollen und ihre schrillen Stimmen meinen Tinnitus ins Ohr locken."

„Und dann hatte ich das Gefühl, dass auch jemand in unserem Haus war. Aber das kann nicht sein, denn das Haus ist besser gesichert, als das Bundeskanzleramt." Sie lächelte tapfer, fast schon entschuldigend und holte tief Luft. „Erinnerst du dich noch an den Abend vor elf Jahren, als ich während eines Abendessens völlig ausgerastet bin?"

Mathilda winkte ab. „Und ob! Das war nach eurem Italienurlaub. Du hast uns einen gewaltigen Schrecken eingejagt. Mannomann, warst du damals schräg drauf. Du hast mir sogar gedroht." Sie machte einen Schmollmund und schüttelte ihre rote Haarpracht. „Aber ich habe dir verziehen, großzügig wie ich bin." Sie zwinkerte schelmisch.

Der Kellner kam an ihren Tisch und schenkte Wein nach. Anna spielte nervös mit ihrer Serviette.

„In Italien ist etwas mit mir geschehen, Matti. Ich habe dir das nie erzählt. Damals gab es für mich kein größeres Vergnügen, als mit meiner kleinen Tochter auf den Spielplatz zu gehen oder im Meer zu baden, aber in dieser ersten Urlaubswoche wurde alles anders, nachdem ich mit Max und Katharina zum ersten Mal eine Bar betreten hatte. An der Wand über der Theke hing das große Bild eines Erzengels, der mit seinem Schwert einen am Rand der Hölle liegenden Dämon niederstach. Vor dem Bild flackerte eine Kerze in einem roten Plastikbehälter. Die Augen des Dämons riefen Erinnerungen in mir wach, glühende schwarze Augen wie die von Jakob. Dieser …" Ihre Stimme versagte, wie so oft, wenn sie an diesen Mann dachte, der ihr Leben zerstört hatte. „Meine Tochter liebte es besonders, in diese Bar zu gehen und sich wie die Dorfbewohner auf den Barhocker zu setzen, dabei ein Eis zu schlürfen und dieses Bild anzustarren." Anna erschauderte. „Ich bekomme heute noch eine Gänsehaut, wenn ich daran denke."

„Was faszinierte Katharina denn so daran?"

„Es war dieser Dämon …", antwortete Anna.

„Dämon? Hm … Und Max? Wie hat er reagiert?"

Anna lächelte, konnte aber das Zittern ihrer Hände nicht verbergen. „Bei seiner Tochter versagte schon damals sein sonst so messerscharfer Verstand. Welche Abgründe sich seitdem plötzlich in mir auftaten, ahnte er erst, nachdem ich in der darauffolgenden Nacht unseren Hund Arko erschoss. Er lief durch den Garten. Ich hielt den Schatten für Jakob, empfand wieder diese Machtlosigkeit. Und so ging es mir auch auf dem Friedhof. Aber nicht nur dort: Ich spüre diese Bedrohung, fühle mich wieder beobachtet ..." Sie stockte. „... Ich komme nicht dagegen an, Matti."

Mathilda legte ihre Hand auf den Arm ihrer Freundin. „Anna, du musst einen klaren Kopf bewahren und nicht immer sofort aus dem Häuschen geraten, wenn in deinem Oberstübchen für den Bruchteil einer Sekunde eine Erinnerung aufblitzt. Du hast Schlimmes, nein, Grausames erlebt, aber es ist verdammt nochmal vorbei. Dieses Schwein ist tot! Mausetot! Er kann dich nie wieder quälen."

Anna wurde still. Das Restaurant hatte seine physischen Eigenschaften verändert. Es schien, als verlöre es seine Substanz. Sie atmete tief ein und aus. Wie konnte Mathilda auch wissen, dass Jakob sie noch immer in Gedanken verfolgte? Niemals würde sie vergessen, was in seinem mit den Zeichen des Todes übermalten Kellerraum geschehen war. Mathilda wusste nichts von alldem, denn Benedikt van Cleef hatte seiner Frau nie erzählt, wie er sie in diesem Keller vorgefunden hatte. Es war ein stillschweigendes Abkommen zwischen ihr und dem Leiter der Kripo München gewesen.

Aber wenn Erinnerungsfetzen sie jetzt wieder in diese Räume führten, was hatte das zu bedeuten? Was, wenn es Katharina doch nicht gewesen war? Ihre Tochter wusste doch von alldem nichts. Nein, sie wollte nicht darüber nachdenken. Nach einer langjährigen Psychotherapie hatte sie sogar geglaubt, dass die Zeit allmählich die Wunden heilen konnte, auch weil der Tod durch die Geburt ihrer Tochter Katharina verdrängt worden war. Aber es gab noch immer zu viele Nächte, in denen sie kerzengerade und schweißgebadet im Bett saß und die Bestie Jakob vor Augen hatte.

Mathildas grüne Augen musterten sie mit einem von Sorge erfüllten Blick. „Ich habe dich von Anfang an vor der Flüchtigkeit des Erinnerns gewarnt, Anna", fuhr Mathilda fort. „Indem dein Hirn das Erlebte verdrängt, schützt es deine Seele. Aber manchmal kommt eine Erinnerung wieder hoch und dass du dann durcheinander bist, ist absolut verständlich.

Aber du hast gelernt, damit umzugehen."

„Du hast natürlich recht, Matti. Aber dennoch war da etwas. Und dann das Verhalten von Katharina. Manchmal glaube ich, dass sie mich wirklich hasst. Ihr Verhalten treibt mich schier zur Verzweiflung."

„Das ist die Pubertät, Anna", warf Mathilda ein und entlockte Anna ein Lächeln.

„Katharina hat neulich mit mir über Sex diskutiert."

„Oh, interessant. Was gab die Göre denn so von sich?"

„Sie sagte, dass weibliches Begehren unterschätzt wird. Frauen suchen Abwechslung und finden Wege, sich diese zu verschaffen. Typisch männliches Sexualverhalten kann man in vier Worten zusammenfassen: Er kam – und ging. Frauen dagegen rücken beim zweiten Date mit dem Möbelwagen an. Der ewig lüsterne Mann trifft auf die vom Brautkleid träumende Frau, die ihre Sexualität lediglich einsetzt, um ihn an sich zu binden."

„Sowas gibt das Mädchen von sich?", fragte Mathilda erstaunt. „Hm … Das hat Katharina irgendwo gelesen. Diese Klischees werden ja auch von der Wissenschaft gestützt."

„Möchtest du noch ein Beispiel, Matti?"

„Immer!"

„Da kommt so ein Typ mittleren Alters, finster verheiratet, der neben Lebenserfahrung auch Schotter in der Tasche hat, und Ellen flippt aus. Lehrer und Novizin, sage ich da nur, Mom!"

Mathilda lachte laut auf. „Finster verheiratet? Eindeutig Katharina!"

Anna rollte mit den Augen. „Es geht noch weiter. Der Weg zum Herzen eines Mannes geht nicht durch den Magen. Das wäre viel zu hoch gezielt!"

„Klar. Da hat ihr wohl ein Freund eine Abfuhr erteilt. Dann machen diese Sprüche auch Sinn. Deine Kleine wird erwachsen, Anna!"

Anna schaute sich im Restaurant um und hob plötzlich ihre Hand zum Gruß. „Schau mal, da ist Katharinas Lehrerin."

Mathilda schaute in Selma Wagenknechts Richtung.

„Entschuldigst du mich einen Moment, Matti. Ich sage ihr rasch ‚Hallo'."

„Sie sieht irgendwie mitgenommen aus", sagte Mathilda, als sie an den Tisch zurückkehrte.

„Wenn alle Schülerinnen sich wie meine Tochter benehmen, dann wundert mich das nicht", antwortete Anna. „Meine Tochter macht es ihr auch nicht leicht. Sie zickt herum, meint die Wagenknecht. Übrigens, hast du gewusst, dass sie überfallen wurde? Nicht lustig, Matti."

Mathilda suchte nach einer passenden Antwort. „Woher weißt du das?"

„Katharina hat es mir erzählt."

„Hat sie Anzeige erstattet?"

„Keine Ahnung."

„Sag mal, du weißt doch, dass du es mir einfach alles sagen kannst, Anna? Alles! Ich spüre, dass es da noch etwas gibt, was du loswerden möchtest?"

„Nein, aber …", begann Anna, doch Mathilda unterbrach sie.

„Blödsinn. Ich kenne dich. Ahnt Max etwas von deinen Ängsten?"

Anna legte ihre Kreditkarte auf das Tablett des Kellners, ohne auch nur einen Blick auf die Rechnung zu werfen. „Max und mir bleibt einfach nicht genügend Zeit füreinander, und ich …" Sie brach ab.

„Du musst vermeiden, Anna, dass du wieder in einen Abgrund stürzt. Ein drittes Mal wird eure Ehe das nicht verkraften", beendete Mathilda den Satz für sie. „Ihr habt so viel durchgestanden, aber irgendwann wird es auch für Max zu viel."

„Ich weiß nicht, ob Max etwas ahnt, Matti. Nein, ich denke nicht. Oder Katharina hat ihm davon berichtet."

Mathilda riss erstaunt die Augen auf. „Wovon, Anna?"

„Ich bin neulich im Garten ausgeflippt, als ich dachte, etwas hinter den Büschen aufblitzen zu sehen. Katharina hat das wohl auch mitbekommen."

Mathilda schob ihre dominante Augenbraue wieder hoch

und brachte ihr Missfallen zum Ausdruck. „Und? War da etwas?"

Anna schüttelte den Kopf. „Nein. Aber ..."

Mathilda atmete tief ein. „Aber? Raus damit!"

„Katharina hat vor zwei Monaten ohne ersichtlichen Grund, die Weingläser meiner Großmutter zerdeppert. Und das mitten in der Nacht! Und in der vergangene Nacht ist auch etwas Merkwürdiges geschehen." Sie erzählte Mathilda in knappen Worten, was im Badezimmer vorgefallen war. „Ich habe einen halben Tag damit verbracht, diese Schweinereien zu beseitigen.

Mathilda lehnte sich empört zurück. „Das ist weniger lustig, Anna."

„Ich weiß, aber ich war auch nicht besonders nett zu meiner Tochter. Ich ertrage es nicht, in ihr Zimmer zu gehen, wo mich diese Stofftiere anstarren. Ich wollte sie entsorgen und Katharina hat mich dabei erwischt. Deshalb hat sie die Gläser zerdeppert. Aber das mit den Zeichen im Bad ... Ich habe sie beschuldigt und ..."

„Stopp, Anna. Sie kennt deine Geschichte nicht! Sie kann es also nicht gewesen sein. Das darfst du nicht vergessen", unterbrach Mathilda sie.

Niemand kennt meine wahre Geschichte, dachte Anna.

Mit einem Mal lachte Anna. „Ich kann es meiner Tochter nicht einmal verübeln. Wer hat schon eine Irre zur Mutter!" Urplötzlich raste ihr Herz. „Es war aber jemand im Haus, Matti. Ich bin mir absolut sicher! Ich konnte es spüren! Jemand war im Haus! Ich habe diese Sauerei nicht veranstaltet."

Mathilda strich sich eine rote Haarlocke aus dem Gesicht. „Beruhige dich. Das mag ja sein, aber es war sicher nicht deine Tochter oder ein von den Toten auferstandener Jakob. Sprich mit Max und ruf Benedikt an."

Anna zuckte mit den Schultern. „Ach, weißt du, dein Mann hat im Polizeipräsidium schon zu viel Psychopathenscheiß um die Ohren."

Mathilda gab sich mit der Antwort nicht zufrieden. „Dann

Christian Neumann. Der hat eine Menge Junggesellenzeit zur Verfügung. Er könnte sich doch mal in eurem Haus mal umsehen."

Anna winkte nach der Rechnung. „Du bist so ein Schatz, Matti, und eine wunderbare Freundin!" Anna täuschte Erleichterung vor.

Mathilda nickte zufrieden „Ich weiß, Liebes! Und jetzt fährst du nach Hause und machst dir einen schönen Abend mit Max", sagte sie und ließ es wie ein Befehl klingen. „Wenn du Max liebst, was du, wie ich weiß, tust, musst du es ihm erzählen."

Der Kellner kehrte mit Annas Kreditkarte zurück. Sie gab ein großzügiges Trinkgeld, unterschrieb den Beleg und warf auch jetzt noch keinen Blick auf die Summe.

„Ich habe dich immer beschützen wollen, Anna", fuhr Mathilda mit ernster Stimme fort und nahm Annas Hand. „Als wir noch klein waren, habe ich dir deine Ängste genommen. Später habe ich immer einen Seitenblick auf die Monitore geworfen, als du im Krankenhaus im Koma gelegen hast, in der Hoffnung auf spontane Ausschläge. Im Laufe der Zeit kamen mir die Wellen wie die Notenlinien deiner Seelenpartitur vor. Ich möchte das nicht noch mal erleben. Niemand möchte das. Hörst du, Liebes? Ich werde auf dich Acht geben, aber du wirst auch mit Max sprechen. Versprich es mir!"

„Ich verspreche es dir, Matti", gab Anna nachdenklich zurück.

Sie verließen das Restaurant und traten hinaus in den dunklen Abend. Jetzt war es Mathilda, die verstummte.

„Ich möchte, dass es dir gut geht, Anna", seufzte Mathilda in dem Augenblick, als ihr das Schweigen selbst zu lange dauerte. „Wenn ich dir irgendwie helfen kann, ruf mich bitte an, ja?"

„Findest du nicht, dass ich dich in den letzten Jahren schon oft genug um Hilfe gebeten habe, Matti?"

„Stimmt", erwiderte Mathilda, wobei sie das Wort so betonte, dass sie beide lächeln mussten. „Aber ich bin für dich da. Das war schon immer so. Uns verbindet mehr als nur

Freundschaft. Wir sind Seelenverwandte, hast du früher immer gesagt, und die passen auf einander auf. Was immer du brauchst, lass es mich wissen." Plötzlich lachte sie. „Apropos Katharina. Grüß sie von mir und sag ihr, dass sie sich mit einem Wuschelkopf in ausgelatschten Turnschuhtretern anfreunden soll. Dieser Typ Mann benimmt sich nicht wie ein Krokodil vor einem Schweinefilet!"

Anna grinste. „Ach, Matti. Was würde ich ohne dich machen?" Sie umarmte ihre Freundin herzlich, stieg in den BMW und ließ den Motor an. Der Wagen rollte vom Parkplatz.

Da! Da war es wieder. Ein Schatten huschte an ihr vorbei. Sie zuckte erschrocken zusammen. *Nein! Reiß dich zusammen!*

Mathilda hatte recht. Jakob existierte nicht mehr. Er war mausetot; von Benedikt van Cleef außer Gefecht gesetzt. Vor sechzehn Jahren erschossen. Sie war frei. Das war das Einzige, was zählte. Sie atmete langsam aus und dachte an das Überleben, mit dem sie sich auskannte. Mit Jakobs Schatten hätte es niemals eine Zukunft für sie gegeben; so viel stand fest. *Löse dich von ihm! Mach dich frei!*

Sie blickte in den Rückspiegel. Und wiederum glaubte sie, wie damals seinen bewundernden Blick zu sehen. Anstatt den direkten Heimweg anzusteuern, bog sie rechts ab und fuhr langsam durch die Straßen der schlafenden Stadt.

Niemand konnte etwas für sie tun.

Niemand konnte sie vor ihren Dämonen schützen, die sie neuerdings wieder heimsuchten.

Auch Mathilda nicht.

Kapitel 29

Selma

Der Traum nahm kein Ende. Darin ging das Mädchen jetzt zu Bett. Es hörte, wie sich der Vater unten von seiner Mutter verabschiedete. Danach fiel die Tür ins Schloss. Kurz darauf hörte es draußen das Auto starten und fortfahren. Jetzt waren sie allein. Seine Mutter schaltete den Fernseher ein. Dem Mädchen fiel ein, dass seine Mutter gefragt hatte, warum es so gut wie nie mehr eine Schulfreundin mit nach Hause brachte? Das Mädchen hatte nicht gewusst, was es darauf antworten sollte, schließlich wollte es seine Mutter ja nicht traurig machen. Stattdessen war das Mädchen jetzt traurig. Es biss sich in die Innenseiten seiner Wangen, spürte den angenehmen Schmerz bis in die Ohren ausstrahlen und starrte auf die Metallstangen des Mobiles, das unter der Zimmerdecke schwebte. Stangen wie die Finger des Vaters in ihm.

Es stand es auf und trat ans Fenster.

Die Straßenlaterne ließ den Schnee im Garten glitzern.

Plötzlich sah das Mädchen im Fensterglas sein eigenes Spiegelbild. Es sah einsam aus. Im gleichen Moment kam der Mond hinter den Wolken zum Vorschein.

Das Mädchen erschrak, weil plötzlich faule Zähne vor dem Fenster aufblitzten. Und steinerne Augen. Und Stangenfinger. Unwillkürlich hielt es die Luft an und trat zwei Schritte zurück. Diese schwarzen Augen starrten nicht einfach nur die Hauswand an, sie sahen hoch zu dem Mädchen ...

Selma Wagenknecht schreckte um halb zehn vom schrillen Alarm ihres Weckers geweckt aus ihrem Albtraum auf. Sie war in Schweiß gebadet.

„Du verdammter Scheißkerl!", fluchte sie leise. Einen Moment dachte sie daran, den Wecker abzustellen und weiterzuschlafen, um in einen schöneren Traum abzutauchen, nicht mit dieser Erinnerung. Der Gedanke war verführerisch ...

Doch nein, so funktionierte das nicht. Disziplin war die einzige Möglichkeit, wenn sie heute die Arbeiten ihrer Schüler durchsehen und einen weiteren Brief an diese Schlampe schreiben wollte.

Sie zwang sich in eine sitzende Haltung, ließ die Beine aus dem Bett baumeln. Ihre Füße berührten kurz den Parkettboden, dann spürte sie die Kälte und zog sie reflexhaft wieder zurück.

Kaffee. Ich brauche Kaffee.

Als sie sich streckte, wunderte sie sich mal wieder, warum sie sich so verspannt und träge fühlte. Schließlich war sie erst vierzig. Sie warf einen flüchtigen Blick aus dem Fenster – ein typischer Dezembervormittag. Sie bekam unter dem dünnen Nachthemd eine Gänsehaut, stand auf, tappte ins Badezimmer und schenkte sich dort im Spiegel ein Lächeln. Sie sah gut aus. Ihre Liebe zu ihrem Freund wuchs mit jedem Tag. Anscheinend hielt das Leben für eine vierzigjährige Lehrerin noch mehr bereit als nervige Schüler. Ihr Freund wusste, dass sie ihren Beruf manchmal hasste, aber er verurteilte sie deswegen nicht. Aufrichtig sein, darauf käme es an. Das Richtige zu tun, sagte er, war ihre Entscheidung. Und wenn sie unbedingt Briefe an eine Schülerin verfassen wolle, solle sie das tun. Er hatte es zugelassen, dass sie ihm ihr Herz ausschüttete und danach gefragt, ob sie für ihn ihren Job an den Nagel hängen würde. Sie hatte „ja" gesagt.

Selma stand auf und ging zum Schreibtisch. Sie musste nicht in die Schule heute, doch Disziplin war der Schlüssel zu dem Leben, das sie inzwischen führte. Jeden Tag möglichst zur gleichen Zeit aufstehen, kein Schlendrian, kein Verschlafen. Sonntags bis freitags lief sie eine Meile. Heute war Samstag, der Tag der schmutzigen Worte und bösen Gedanken, der Geheimnisse. Sie nahm den Stift in die Hand.

Heute habe ich deine Mutter zufällig in der Stadt getroffen. Sie sieht nicht besonders gut aus. Naja, kein Wunder bei der

Tochter. Manchmal frage ich mich, was für ein Kind du warst und ob du deine Mutter auch ein ganzes Leben gedemütigt hast. Aber die Frage stellt sich anders: Bist du überhaupt je Kind gewesen? Jeder erwachsene Mensch war früher mal ein Kind und auf dieses Kind in uns selbst lässt sich alles zurückführen, was wir tun oder lassen, aber vor allem, wie wir mit dem Rest der Welt umgehen. Wie geht jemand durchs Leben, der mit dem Bösen angebändelt hat? Woher kommt dieses Bedürfnis überhaupt? Klar, wenn du Pech hast, erwischen sie dich eines Tages. Kein sehr angenehmer Gedanke. Knast ist wie eine Erkrankung, ein Leiden mit unschöner Prognose. So eine Krankheit ist einem auferlegt, der deine Neigungen hat. Das ist so und damit bleibt man für den Rest seines Lebens geschlagen. Vorbestraft. Makel. Schlechtes Führungszeugnis. Kein Job. Ist doch gar nicht so wild, wirst du sagen. Lässt sich trotz allem recht gut damit leben. Meine Eltern sind steinreich. Es gibt immer noch Schlimmeres.

Du kannst deine Launen und das Böse in dir nicht steuern, es nicht kontrollieren. Deshalb verspreche ich dir eines: Es gibt Schlimmeres. Ich werde das „Schlimmere" sein und eines Tages das Böse aus dir herausprügeln oder besser noch: herausschneiden. Denn gegen eine Krankheit wie das Böse helfen keine Pillen. Dieses Kreuz hast du schlichtweg zu tragen.

Du warst kein Kind, das man kuscheln konnte, hat deine Mutter mir mal anvertraut. Du bist auf jeden Schoß geklettert und hast Männer und Frauen in den Arm gebissen. Du warst damals schon verderblich, ein Gräuel.

Ich stelle dir die nächste Tracht Prügel in Aussicht. Bald und dann, wenn du nicht darauf vorbereitet bist. Du wirst mir vorher gestehen – auf einem Video – was du getan hast.

Ab sofort wirst du das tun, was ich dir sage und nur brav nicken. Denn ich will deine Sätze nicht verstehen und deine Stimme nicht hören. Diese merkwürdigen Ausdrücke, die Art, wie die Worte aus deinem Mund schleichen. Nur dein Schweigen bringt uns weiter. Du sprichst nicht, du brüllst deine Sprüche durch die Klasse, die Turnhalle, die Turnhalle. Und die Bedeutung soll ich erraten? Auf der Hand liegt bei dir immer nur eins: Es geht um Sünde, Strafe und Vergeltung. Du hast noch immer nicht begriffen, dass der Überfall auf mich die Tat einer Ertrinkenden ist. Du greifst nach jedem, buchstäblich jedem sich bietenden Strohhalm, um nicht in deinem Elend zu ersaufen. Du wirst so tief fallen, wenn du beim nächsten Mal eine verkehrte Entscheidung triffst. Kapiert. Du wirst Pech haben, einfach nur Pech.

Wenn ich das erste Mal mit dir fertig bin, wirst du danach am Rücken ein paar Narben haben. Sie stammen von den Tritten, in deren Verlauf ich die Beherrschung endgültig verliere. Ich werde dich vermutlich totschlagen, sofern der Tagesanbruch mich nicht davon abhält. Du verstehst nicht? Nun, ich werde im Freien so wild auf dich einschlagen, dass die Haut auf deinem Rücken aufplatzt. Und die Wunden sind danach so tief, dass Narben zurückbleiben. Mein erster verhältnismäßiger Vergeltungsschlag. Du warst unverhältnismäßig. Und mit deinem unverhältnismäßigen Verhalten hast du in mir einen Hass gesät, der mir selbst den Atem verschlägt. Einen Hass, den ich an manchen Tagen kaum noch unterdrücken kann. Einen Hass, der mich treibt, in dem ich den Drang verspüre, dich mit einer Brechstange grün und blau zu schlagen. Dir sämtliche Knochen zu brechen. Mein Folterwerkzeug auf dich niedergehen zu lassen. Zu sehen, wie du den Kopf einziehst und riesige Augen machst vor Angst, wie du Schutz suchst und schreist vor Schmerzen.

Ich schäme mich nicht für dieses Verlangen, dich totzuschlagen, Schätzchen.

Ein Klopfen an der Tür riss Selma aus ihren Gedanken. Sie runzelte die Stirn und legte den Stift beiseite.

Wer zum Teufel kann das sein?

Sie hatte keine Verabredung und ihr Freund wollte erst am Nachmittag vorbeischauen. Vielleicht hatte er es sich anders überlegt. Sie öffnete die Tür, ohne durch den Spion zu blicken. Und gleich darauf: Verwirrung, furchtbare Schmerzen, Dunkelheit ...

Selma wurde wach. Durch die Spalten in den Fensterläden glitt nur trübes Dämmerlicht und warf schattige Streifen auf das Bett. Wellen ließen ihren Körper erzittern.

„Wusstest du, Selma, dass ich dir im Schlaf dein Haar bürsten werde?"

Seine Hand lag auf ihrem Kreuz und rutschte dann weiter nach unten und noch weiter, bis er ihren Hintern umfasst hielt. Er drehte sie langsam herum und ließ seinen Blick über ihren nackten Körper gleiten.

Selma hob eine Hand und legte sie an ihren Hals, zog sie wieder zurück und sah, dass sie blutig waren, dass drei Finger fehlten. Aber sie spürte nicht den geringsten Schmerz.

Warum willst du mich umbringen?

Er träufelte Limonenöl in seine Hände, schnupperte den süßlichen Duft und massierte ihr die Füße. Dann umfing er ihre Knöchel und spreizte ihr die Beine. Er biss ihr in die Schulter, in ihre Brüste. Seine Küsse waren fordernd und widerlich, so wie Selma es von einem Vergewaltiger erwartete.

Als er sich auf sie presste, waren seine Berührungen grob und seine Hände schwielig wie die Stangenfinger ihres Onkels. Sein Mund bewegte sich auf ihrem Körper auf und ab, seine Zähne hinterließen Spuren. Als es vorüber war, hörte sie das Geräusch einer Brandung in ihrem Kopf und das Ticken einer Uhr. Oder war es der Hagel, der draußen aus den Wolken fiel?

Selma versuchte, sich zu bewegen, aber etwas Enges und unerbittlich Festes an ihren Handgelenken und Füßen hinderte sie daran. Sie wand sich unter den Stricken, drehte ihren Körper, versuchte, sich zu befreien. Ihr Mund öffnete sich, doch die Worte wollten nicht kommen. Sie schmeckte Blut. Der Schrei erklang nur in ihrem Kopf, die Lippen bewegten sich nicht. Sie konnte sie fühlen. Ihre Zunge lag betäubt auf dem Boden ihres Mundes. Sie drehte den Kopf zur Seite, blinzelte und versuchte an dem Licht vorbeizusehen, als sie einen leichten Druck auf ihrem Arm spürte. Es war nur ein dumpfes Gefühl, aber sie konnte sehen, wie eine Nadel ihren Arm durchbohrte. Sie schloss die Augen, spürte keinen

Schmerz. Diesmal wurde sie nicht vom Wasser getragen, diesmal flog sie zum violetten Horizont. Für immer, während die ersten silbrig glänzenden Fliegen sich auf den amputierten Finger niederließen und unruhig auf und ab liefen.

Kapitel 30

Anna

Der Abend war weit fortgeschritten, als Anna mit ihrem BMW die Abfahrt Starnberg verließ und das Fahrzeug in Richtung der Gavaldo-Villa lenkte, die auf einem sanften Hügel mit einer kurvenreichen Zufahrt lag. Das weiße Haus mit dem dunkelgrauen Dach war rundum in Flutlicht getaucht.

Max hatte die Villa nach ihrer Hochzeit vor siebzehn Jahren gekauft. Es war das Haus, in dem sie gelernt hatte, wie es war, alles und nichts zu sein: eine Ehefrau, eine Mutter und das Opfer eines Psychopathen, das von grausamen Albträumen geplagt wurde. Ein Ort, an dem sie aber auch wieder zu sich gefunden hatte.

Doch all das drohte plötzlich wieder einzustürzen.

Sie passierte das Eingangstor, fuhr über die von silbernen Laternen beleuchtete und von Bäumen gesäumte Einfahrt und lenkte den Wagen in die Garage. Sie stieg aus und holte die übervollen Einkaufstüten aus dem Kofferraum.

Während sie schwer beladen zur Haustür lief, hielt sie einen Moment inne und sah sich um. Nichts. Die Nacht lag still wie ein schwarzer Schleier über der Stadt. Wie so oft in den letzten Tagen wanderten ihre Gedanken in die Vergangenheit.

Schon vor siebzehn Jahren hatte sie oft gezögert, bevor sie den Schlüssel im Schloss umdrehte. Sie hatte innegehalten und versucht, das Dunkle abzuschütteln, um sicher zu sein, dass sie es nicht in das Licht und die Liebe ihres Hauses mitnahm. Siebzehn Jahre waren vergangen, seit Jakob sie geschändet und gequält hatte, dreiundzwanzig Jahre seit der Ermordung ihrer Schwester Katharina. Sie war ihm entkommen.

Nach einer mehrjährigen Therapie wachte sie in der Nacht nicht mehr schreiend auf, sie starrte nicht mehr auf Dämonenabbildungen, und fragte sich nicht mehr, warum das alles geschehen war. Sie wandelte nicht mehr mit tiefgefrorener Seele durchs Leben. Anna hatte gelernt, das Leben wieder zu genießen. Die Romantikerin in ihr wollte daran glauben, dass das Leben im Kreis der Familie schön sein konnte. Max war der perfekte Ehemann und Katharina ...

Aber jetzt drohte irgendetwas oder irgendjemand das alles wieder zu zerstören.

Anna öffnete die Haustür und fand vor, was sie erwartet hatte: die Ruhe und Stille eines verlassenen Heimes. Niemand war zu sehen, aber sämtliche Lichter brannten. Seltsam. Der Fernseher lief und der Geruch von exotischen Kräutern hing in der Luft. Sie lächelte beim Gedanken an das gestrige Nasi-Goreng-Gericht. Max war ein fabelhafter Koch. Wo steckte er nur?

Er kam jedes Mal zur Tür, um sie zu begrüßen, wenn er vor ihr zuhause war. Vermutlich hatte er noch einmal in die Firma gemusst. Oft setzte er seiner kleinen Familie eine köstliche Mahlzeit vor und lauschte geduldig, wie Katharina über ihre Lehrer schimpfte und stöhnte. Wie gern hätte sie noch mehr Kinder gehabt. Sie hatten viel Sex gehabt nach dem Ende ihrer Therapie, aber sie war nicht mehr schwanger geworden. Aber jetzt war sie schwanger. Vielleicht hatte die ungewollte Babypause aber auch zu ihrer mentalen Genesung beigetragen. Wer wusste das schon. Das Haus hatte reichlich Zimmer für Kinder. Das Leben mit einer halbwegs „normalen" Irren wäre mehr als eine Herausforderung gewesen. Es war anstrengend. *Armer Max.*

Die Dinge waren heute nicht mehr so wie früher, aber ihre Liebe war gewachsen. Max und Katharina bedeuteten für Anna „nach Hause kommen." Sie liebte ihren Ehemann, den sie seit ihrem zwölften Lebensjahr kannte, so sehr, dass es manchmal schmerzte.

Sie dimmte das Licht in der Diele und im Wohnzimmer und

ging in die Küche. An der Pinnwand hing eine Notiz von Katharina. *Schlafe schon. Dad kommt später. Im Kühlschrank steht für dich Tandoori-Hühnchen. Kuss Kathi.*

Anna lehnte sich einen Moment an die Wand und machte die Augen zu. Da … da war es wieder. Sie zitterte, ihr Herz pochte, ein jäher Ruck mit dem Kopf, und für die Dauer einer Sekunde spürte sie wieder die Lederriemen, die sie an die Pritsche im Keller seines Hauses gefesselt hatten, dazu einen stechenden Schmerz in der Brust.

Verdammt!

Sie holte tief Luft, wiederholte wenig überzeugt Mathildas Worte, dass er tot und alles vorbei sei, nahm ihr Smartphone und wählte Max' Handynummer.

Kapitel 31

Max

Max Gavaldo starrte blinzelnd auf den Aktenberg vor ihm auf dem Schreibtisch, aber es nützte nichts – trotz seiner besten Vorsätze spürte er wie ihm die Augen zufielen. Draußen vor den Bürofenstern gingen die Lichter an, und es wurde rasch dunkel; alles, was vom Tag noch zu sehen war, war ein grauer Streifen am Horizont.

Und doch lag die Hälfte seines Tagespensums noch unerledigt vor ihm.

In der Hoffnung, dass das helle Licht die Erschöpfung vertreiben würde, die die einsetzende Dämmerung mit sich gebracht hatte, knipste er die Schreibtischlampe an und rieb sich die Augen. Die Tür zu seinem Büro stand offen. Draußen im Korridor brannten noch ein paar Lichter, doch die Deckenbeleuchtung war schon lange ausgeschaltet, und vom Geplauder der nach Hause gegangenen Mitarbeiter war nicht einmal mehr ein Echo zu hören.

Max lehnte sich in seinem Sessel zurück und streckte sich – er musste wenigstens noch einige Dokumente für die morgige Marketingsitzung durchsehen, obwohl er Anna fest versprochen hatte, rechtzeitig nach Hause zu kommen. Mit den Fingern fuhr er sich müde durchs Haar und rieb sich abermals die Augen.

Fassungslos hatte er einen weiteren Abschnitt von Annas Tagesbuch gelesen. Niemand hatte ihm das ganze Ausmaß von Annas Martyrium erzählt. Er musste die Aufzeichnungen zu Ende lesen, denn nur dann konnte er Anna helfen. Oder war es ein Vorwand, um Annas geheime Wünsche zu erfahren?

Gerade als er sich wieder dem Inhalt der dicht beschriebenen Seiten widmen wollte, ging das harte Neonlicht in seinem Büro an. Max schaute hoch und sah den Hausmeister in der Tür stehen, die rechte Hand am Lichtschalter.

„Verzeihung, Herr Gavaldo, ich wollte Sie nicht stören. Das ist mein letztes Büro. Ich leere nur schnell Ihren Papierkorb aus und bin gleich wieder verschwunden."

Max deutete in die entsprechende Richtung. Er kannte den Mann nicht. „Sind Sie neu hier?"

Seine Frage wurde mit einem Nicken beantwortet. „Hab heute erst angefangen. Wollte Sie wirklich nicht stören." Er zog den Müllsack aus dem Stahleimer, trug ihn hinaus in den Flur und ersetzte ihn durch einen frischen Plastiksack. Im Aufrichten fiel sein Blick auf das gerahmte Foto, das seit letztem Sommer auf Max' Schreibtisch stand und Anna, Katharina und ihn am Strand zeigte. „Ihre Familie?"

Max, der den Typ eigentlich nur los sein wollte, nickte ohne hochzuschauen.

„Nett. Sehr nett", meinte der Hausmeister.

„Richtig", murmelte Max.

„Hübsches Mädchen."

Max, der sich jetzt auf seinem Stuhl zurücklehnte, bemerkte, dass sich der Blick des Mannes nun an einem anderen Foto festgemacht hatte: Katharina in einem getupften Sommerkleid.

„Sehr hübsch", sagte der Mann leise. „Wunderschön."

Max wollte gerade eine Bemerkung machen, als das Telefon klingelte und sie beide aus ihren Betrachtungen riss. Der Mann verließ mit einem knappen Nicken das Büro. Max nahm den Hörer ab.

„Gavaldo."

„Hallo, Liebling", hörte er Anna sagen. „Brauchst du noch lange?"

Er seufzte. „Ich habe noch zu viel zu tun. Morgen ist das Treffen mit dem Vorstand."

Anna schwieg ein paar Sekunden. „Stimmt, das hatte ich vergessen. Aber beeile dich bitte. Ich muss mit dir reden. Es ist wichtig."

Max setzte sich kerzengerade hin. Er sah Anna vor sich, wie sie versuchte, Haltung zu bewahren. „Okay. In einer Stunde bin ich da."

Anna ließ ein hohes Lachen hören. „Danke. Du bist ein Schatz."

Max schielte auf seine Arbeit. Wenn er den Fahrer rief, könnte er die Akten auf der Heimfahrt weiter durchsehen.

„Okay. Bis gleich."

Ehe er den Hörer auf die Gabel legte, hörte er sie noch „Ich liebe dich" sagen.

Er warf einen Blick auf das Tagebuch und las Annas letzte Aufzeichnungen.

Dienstag, Samstag? Sonntag? Ich weiß es nicht ...

„Hast du Angst?", fragt Jakob. Er ist erregt.

Ich nicke.

„Stört dich das Unbekannte? Gestern hat es dir doch gefallen. Wir haben eine Vereinbarung", flüstert er. „Du gehörst mir."

Er streift Jeans und Schuhe ab, steht nackt vor mir. Ich will ihn berühren, doch ich kann mich kaum bewegen und sauge mit den Augen seinen ausgeprägt männlichen Anblick ein, seinen gebräunten, schlanken Körper und das Selbstbewusstsein, das er ausstrahlt.

„Du wirst alles tun, was ich will", sagt er.

„Ja, ich werde alles tun, was du willst."

Er steht auf und malt in Windeseile Beschwörungskreise auf den Boden, die durch meinen Namen durchbrochen werden. Vier große Kreise, quadratisch angeordnet, in der Mitte mit einem zusätzlichen kleinen Kreis. Darunter einen weiteren kleinen Kreis voller Amplituden.

„Es ist das letzte und sechste Ritual: der Todeskreis. Wenn du es nicht sagst, werde ich dich töten." In seinen Augen lodert der Wahn. „Sag es!", zischt er.

Und ich sage die Worte, auf die er so lange gewartet hat.

„Du bist meine Sehnsucht, mein Prinz und schön wie die Lie-

be."
Er hat mich gebrochen.

Max starrte erschüttert auf die Zeilen. Sein Kopf fühlte sich wattig an, hinter den Lidern wirbelten seltsame Traumbilder und ein Meer an Tränen.

Dann klappte er das Tagebuch zu, schloss es in den Safe ein und machte sich auf den Heimweg. Morgen würde er das Tagebuch vernichten. Er konnte und wollte nicht mehr weiterlesen.

Im Wagen ging ihm der seltsame Mann in seinem Büro durch den Kopf. *Von dem geht nichts Gutes aus*, dachte er. *Ich werde ihn überprüfen lassen.*

Kapitel 32

Anna

Als der Schlüssel in das Schloss der Haustür gesteckt wurde und die Tür sich Sekunden später öffnete, durchzuckte Anna ein kleines Glücksgefühl. Sie stellte das Wasserglas zur Seite und stellte zu ihrer Überraschung fest, dass sie beinahe zur Tür *stürzte*.

Anna lächelte Max an. Er trug ein dunkles Jackett und eine cognacfarbene Hose, dazu ein weißes Hemd ohne Krawatte. Sein Haar war ein wenig zerzaust, doch er sah wie immer zum Anbeißen aus.

„Hey", begrüßte er sie, ein einziges Wort, durchtränkt von Wärme und unterlegt von einem breiten Lächeln. Er war genauso glücklich, sie zu sehen, wie sie über Max' Nachhausekommen war.

Sie legte den Kopf in den Nacken und stellte sich auf die Zehenspitzen für einen langen Kuss. „Wie schön, dass du schon da bist", sagte sie.

Max hob eine Augenbraue. „Du bist mir wichtiger." Er grinste, ging ins Wohnzimmer und warf sich aufs Sofa.

Anna reichte ihm ein Glas Wein. Ihr entging seine Anspannung nicht. Max hasste Schwierigkeiten in der Firma, aber da war noch etwas anderes, das ihn zu beschäftigen schien. Max nahm einen Schluck. Dann stellte er das Glas beiseite und sah sie an. Er kannte sie. Ein Blick in ihre Augen und Max wusste sofort, dass sie etwas bedrückte oder die Schatten der Vergangenheit sich wieder auf den Weg machten.

„Worüber wolltest du mit mir reden, Anna?", fragte er.

Sie antwortete nicht, sondern setzte sie sich zu ihm und legte die Füße in seinen Schoß. Es war ein unausgesprochener Wunsch nach einer Fußmassage. Bereitwillig begann Max ihr die Spannung wegzumassieren.

„Meine Güte, tut das gut", sagte sie leise. Ihr wurde bewusst, dass sie sich seit der Unterhaltung mit Mathilda nicht mehr vor dem Gespräch mit Max fürchtete. Sie war wieder klar im Kopf. Vor ihrer Psychotherapie in der Schweiz hatte sie zugelassen, dass Jakob sich überall einnistete. Dies war einer der großen Unterschiede zu früher. Sie ließ diese Kreatur nicht mehr in ihr Haus, nicht mehr in ihren Kopf und hielt ihn so fern von Max und Katharina.

„Ich habe so ein komisches Gefühl, dass jemand unser Haus beobachtet", begann sie und erzählte ihm ausführlich, was sich in den letzten anderthalb Tagen ereignet hatte. Er lauschte und nickte dann und wann – und das alles, ohne sie auch nur für eine Sekunde nicht anzusehen.

„Warum glaubst du, dass außerdem jemand im Haus war, Anna?", fragte er, als sie fertig war.

„Wenn ich nach Hause komme, habe ich das Gefühl, dass die Dinge nicht mehr an ihrem Platz liegen. Dass sie verlegt wurden oder sich etwas verändert hat. Es sind nur Kleinigkeiten."

„Bist du dir sicher, oder ist es eher eine Vermutung oder nur ein Gefühl?"

„Max, bitte! Ich führe seit Jahren ein Leben jenseits der Therapie. Ich bin mir sicher!"

„Schon gut. Sorry. Aber wir haben das alles schon mal erlebt, Anna, und ich habe es satt, immer nur einen kurzen Blick zwischen die Risse zu erhaschen. Ich wollte nur sicher gehen. Okay?"

Anna zwang sich zu einem Lächeln. „Da ist noch etwas. Ich war am Grab meiner Schwester. Auf dem Friedhof hatte ich auch das Gefühl, als ob jemand mich nicht aus den Augen lassen würde."

Max strich mit der Hand durch sein Haar. *Er ist nervös*, wurde Anna überraschend klar. *Mein Mann ist nervös. Also glaubt er mir nicht.*

Er erwiderte ihr Lächeln, doch es lag ein Ausdruck darin, den sie nicht einordnen konnte. Sie zog die Füße zurück. „Möchtest du mir irgendwas sagen, Max Gavaldo?"

Schweigen. Er lehnte sich zurück, blickte zur Decke und seufzte. „Ja."

„Und was? Du machst mir Angst, weißt du?"

Er bedachte sie mit einem sehr grüblerischen Blick, der nicht gerade dazu beitrug, ihre Nervosität zu lindern.

„Nun ... Ich weiß, dass Kompromisse zum Leben gehören, besonders, wenn man sein Leben mit jemandem teilt. Mein Problem ist, dass ich keine Kompromisse eingehen kann, niemals, wenn es um Aufrichtigkeit geht. Wir haben in der Vergangenheit immer wieder Probleme deswegen gehabt. Mathilda hat mich vorhin im Auto angerufen und mir von eurer Unterhaltung erzählt. Daraufhin bin ich zum Friedhof gefahren. Ich habe dich dort vermutet, nicht in unserem Haus, weil niemand hier abgehoben hat. Auf dem Friedhof habe ich das hier gefunden." Er holte das verschmutzte, blaue Seidentuch, das sie vor Tagen an einem Baum befestigt hatte, aus seiner Jackentasche.

Anna spürte, wie das Blut in ihre Wangen schoss.

Max schüttelte den Kopf. „Da ist mir klar geworden, dass ich dir etwas sagen möchte. Dass ich dir etwas sagen muss." Er zuckte die Schultern. „Es ist eine Frage der Aufrichtigkeit, weißt du."

Ihr Magen zog sich zusammen und machte Flickflacks wie ein Bodenturner. Sie näherte sich einer ausgewachsenen Panikattacke.

„Dann sag es einfach, Max."

Er atmete tief durch und sah ihr in die Augen. „Ich glaube dir, Anna. Mir sind diese Dinge auch aufgefallen. Ich glaube dir, dass irgendjemand in unserem Haus war. Bislang habe ich dir das verschwiegen, weil ich dich nicht beunruhigen wollte." Ein weiteres Schulterzucken, ein wenig schwächer diesmal.

Anna war sprachlos. Sie räusperte sich. „Oh Max. Ich ... ich ... bin so erleichtert, dass du mir glaubst. Ich bin nicht verrückt."

Anna bedauerte ihre Worte sofort. Ihr wunderbarer Ehemann hatte ihr soeben gesagt, dass er ihr glaubte und das war alles, was ihr dazu einfiel? *Blöde Kuh!*

„Oh, Max, es tut mir leid. Das war so dämlich."

Er verblüffte sie wieder, indem er lächelte. „Entspann dich! Mir ist klar, dass du eine Weile brauchst, um zu verdauen, dass ich dir ohne Wenn und Aber glaube."

„Du hast mir das noch nie gesagt, seit …" Anna stockte.

„Dass ich dir glaube? Du hast dich in den vergangenen Jahren stabilisiert, Anna. Ich weiß, dass da immer etwas sein wird, das versucht, dich in den Abgrund zu ziehen. Aber du bist stark. Und ich werde nicht zulassen, dass irgendjemand dich jemals wieder bedroht. Nicht einmal ein Dieb, der durch unser Haus spaziert."

Anna sah ihren Mann an und überlegte ihre nächsten Worte mit Bedacht. Sie wusste, dass sie sehr, sehr wichtig waren. Letztendlich entschied sie sich für die gute altmodische Wahrheit, nichts als die reine Wahrheit. Sie nahm seine Hände in die ihren. Sie wollte den Körperkontakt.

„Max … ich habe das Tuch dort angebracht, damit der Geist dieses Mannes nicht in unser Haus dringt. Es klingt verrückt, aber Ich glaube an diese Dinge. Ich wünschte, es wäre nicht so, aber ich kann es nicht ändern. Das bedeutet nicht, dass ich … Es bedeutet nur …" Anna suchte nach Worten, die ausdrückten, was sie empfand. „Ich habe Angst."

Max führte ihre Hände an seine Lippen und küsste sie sanft. Seine Augen waren so voller Wärme und Mitgefühl, wie sie es lange nicht mehr bei ihm gesehen hatte. Sie kannte den freundlichen Max, den wütenden, den ärgerlichen, den nachdenklichen, den liebevollen und den völlig verzweifelten Max. Jetzt war er voller Verständnis und Mitgefühl. Sie liebte diesen Mann mit jeder Faser ihres Herzens und hatte nie an dieser Liebe gezweifelt.

Seine Worte, sein Vertrauen, seine Liebe, all das raubte ihr den Atem. Tränen kullerten über ihre Wangen.

Max streckte die Hand aus und wischte sie mit dem Daumen so behutsam ab, wie er konnte. „Nicht weinen, Anna. Alles wird gut."

Sie drängte sich in seine Arme und heulte sich an seiner

Brust die Augen aus. Die Anspannung ließ langsam nach, während Max sie hielt, bis die Tränen versiegten und sich in ein Schniefen verwandelten. Er sagte nichts und streichelte ihr Haar. Schließlich löste sie sich von ihm und wischte sich mit dem Handrücken über die Augen.

„Und wie geht es nun weiter?", fragte sie mit rauer Stimme.

„Ich habe eine Firma beauftragt, die Alarmanlage zu überprüfen. Okay? Sie hat für übermorgen zugesagt. Und ich habe Benedikt van Cleef gebeten, sich unser Haus mal anzusehen. Polizisten sehen bekanntlich mehr."

Anna schaute Max lange Zeit an. „Danke." Ein tiefer Seufzer.

Er beugte sich vor und nahm ihr Gesicht in beide Hände. Er brachte seine Lippen auf die ihren. Der Kuss war tief, leidenschaftlich. Er machte sie atemlos und ließ das pure Glück in ihr aufwallen.

Max stand auf. „Was treibt unsere Tochter denn so? Schläft sie schon? Ich habe ihre pubertäre Zickenlaune vermisst."

„Sie schläft ihren Dornröschenschlaf. Hat sich heute mal wieder mit ihrer Freundin Ellen über Kommunismus gefetzt. Im Moment favorisiert sie Karl Marx!"

„Karl Marx? Hm … Okay. Aber auf ihr Taschengeld will sie sicher nicht verzichten, oder?"

Anna brachte ein Lächeln zustande. „Ich glaube trotzdem, es hat etwas Gutes. Sie setzt sich damit auseinander und treibt sich nicht herum."

„Solange Lilith kein Gesetz plant, das noch zwei Schritte links von Karl Marx steht."

„Nenn sie bitte nicht mehr so."

Plötzlich musste er daran denken, wie Anna in den ersten Wochen ihrer Ehe gewesen war. Wie nervös es sie gemacht hatte, in einem so großen Haus die Hausherrin zu spielen. Welche Höllenqualen sie durchlitten hatte, weil sie vor lauter Schüchternheit nicht wusste, wie sie mit den Angestellten umgehen sollte. Bei jeder Kleinigkeit hatte sie ihn um Rat gefragt und sich von ihm leiten lassen. Bis zu dem Tag, als Katharina zur Welt kam. Anna tat alles für ihre Tochter: Sie wusch und flickte ihre Kleidung, bereitete jede Mahlzeit für sie zu, putzte Katharinas Zimmer, obwohl der Haushälterin zwei Putzhilfen zur Seite standen. Die Art, wie sie Katharina auch heute noch jeden Wunsch von den Augen ablas, hatte etwas Devotes, zugleich aber auch etwas sehr Besitzergreifendes. Dabei hielt Anna alle anderen auf Distanz, wie eine nervöse Vogelmutter, die ein besonders zartes Küken zu beschützen hatte. Es schien ihr noch nicht aufgefallen zu sein, dass Katharina keineswegs mehr schutzbedürftig war. Er hatte Verständnis für Annas Fürsorge, trotzdem machte ihm die Intensität dieser Liebe Sorgen.

„Okay. Komm, lass uns schlafen gehen! Wir können im Bett weiter über die Diktatur des Proletariates diskutieren."

Anna musste lachen. „Da wüsste ich etwas Besseres!"

Kapitel 33

Anna

Draußen herrschten eisige Temperaturen. Durch die offene Haustür drang die Kälte ins Haus, als Katharina hereinkam. Sie küsste ihre Mutter flüchtig und hängte ihren Mantel an die Garderobe, ging in ihr Zimmer und wärmte sich vor dem Kaminfeuer auf.

Anna setzte sich zu ihr aufs Sofa. „Hattest du wirklich einen schönen Tag, Katharina?"

„O ja. Eine Doppelstunde Chemie und eine Latein. Was könnte schöner sein?", antwortete Katharina.

„Na ja, die ganze Schule ist ziemlich zweitklassig, aber ich werde trotzdem versuchen, das Beste daraus zu machen."

Anna musste innerlich schmunzeln. In dem neuen Kleid, das sie Katharina gekauft hatte, sah sie richtig elegant aus.

Draußen auf dem Gang knarrte eine Bodendiele. Obwohl nur das Haus ein wenig ächzte, rechnete Katharina fast damit, dass gleich ihr Vater hereinstürmen und sie umarmen würde. „Hast du dich im Ort mit Beatrice angefreundet, Katharina?"

„Nein."

„Was ist mit dieser jungen Frau in der Bäckerei? Ihr seid heute Nachmittag zusammen nach Hause gegangen. Ich hab dich gesehen."

„Das heißt noch lange nicht, dass ich mit ihr befreundet bin, Mom."

„Sie ist sehr hübsch."

„Und sehr verzogen. Ich hätte viel lieber meine Ruhe, aber sie scheint auf meine Gesellschaft Wert zu legen, und ich kann sie ja nicht einfach ignorieren. Schließlich backt sie mein Frühstücksbrötchen.“

Anna lachte laut auf. „Ja, ja. Mach nur so weiter.“

„Ach Mom, sie hängt nur bei mir ab, weil sich keine Jungs für sie interessieren.“

„Puh …“

„Eifersüchtig? Du hast doch 'nen Kerl!“

„Aber sicher.“ Sie strich Katharina eine Haarsträhne aus der Stirn. „Ich breche ihr sämtliche Knochen, wenn sie mir einen Jungen ausspannt …“, fuhr sie kalt fort.

„Beruhige dich.“

Katharina nickte. „Du magst mich doch noch, oder Mom?“

„Natürlich. Was für eine Frage.“

„Warum?“

„Weil es so ist!“

„Ist das der einzige Grund?“

„Nein.“

„Warum noch, Mom?“

Anna fühlte sich plötzlich ein wenig betrübt.

„Mom?“

„Ich mag solche Fragen nicht!“

„Schon gut.“ Für einen Moment trat statt Katharinas betrübten Blicks ein Lächeln an seine Stelle. Beruhigend und tröstlich wie eine Umarmung.

„Ich liebe dich, Kathi“, sagte Anna schließlich. „Weißt du das denn nicht?“

Anna sah sich einen Moment im Zimmer um, das sehr geräumig war und einen wunderbaren Blick auf den Garten hatte. An einem Erkerfenster stand ihr alter Schreibtisch, den sie Katharina überlassen hatte. Sie wusste, dass eine seiner Schubladen mit dem Geheimfach verschlossen war.

Anna deutete darauf. „Ich bin neugierig. Was bewahrst du denn in dem Geheimfach auf?“

„Nichts.“

„Warum ist es dann abgeschlossen?“

„Ist es das, Mom?“

„Das müsstest du doch wissen. Du hast schließlich den Schlüssel.“

„Ich kann sie gerne offen lassen, wenn du das möchtest, Mom."

Anna grinste. „Das liegt ganz bei dir."

„Mir ist es egal."

„Mir auch. Jeder Mensch hat seine Geheimnisse."

„Ich nicht. Jedenfalls nicht vor dir."

Während sie Katharina ansah, musste sie an ihr eigenes Geheimfach denken. Auch sie hatte immer in ihrem Zimmer ein Versteck gehabt. Hin und wieder öffnete sie die Blechdose, die sie in ihrem Kleiderschrank aufbewahrte und las ihre düsteren Visionen.

Irgendwann aber ließ sie es bleiben. Man sollte die Vergangenheit ruhen lassen.

Katharina strahlte sie an. Dieses Lächeln schob ihre trüben Gedanken wie von Zauberhand beiseite. Wahrscheinlich wusste Katharina das, denn niemand kannte sie besser als ihre Tochter.

Aber auch sie kannte ihr Mädchen so gut wie niemand sonst. Egal welche Geheimnisse es auch vor ihrer Mutter haben mochte. Zwischen ihnen gab es keine Störungen, die diese Bindung wirklich trüben konnten.

Bist du dir da wirklich sicher, Anna Gavaldo?, meldete sich ihre innere Stimme.

„Gute Nacht, Mum. Ich hab dich lieb."

Sie nahm Katharina fest in den Arm.

Als sie am nächsten Morgen Katharinas Zimmer aufräumte, betrachtete sie den Schreibtisch. In einem Monat wurde sie siebzehn und war damit in den Augen vieler bereits eine junge Frau. Auf jeden Fall war sie längst nicht mehr das fünfjährige Mädchen, das schon in jungen Jahren Albträume hatte durchleben müssen.

Katharina brauchte sie auch jetzt noch, daran hatten die Jahre nichts geändert. Vielleicht war die Art und Weise eine andere geworden, aber die Tatsache an sich blieb bestehen.

Ihr Bein streifte die Schublade mit dem Geheimfach. Vorsichtig zog sie am Griff, weil sie hoffte, dass sie aufgehen würde, aber sie war immer noch verschlossen.

Kapitel 34

Anna

Das Entsetzen kam an einem Dienstag – in einem Taxi. Es gab keine verdächtigen Hinweise. Nichts, das Anna gewarnt hätte. Vielleicht, hätte sie genauer hinsehen sollen: Katharinas seltsames Benehmen und ihre Feindseligkeit.

Mathilda und sie hatten sich auf einen Kaffee getroffen. Mathilda war wegen ihrer Schwangerschaft völlig aus dem Häuschen, rief ständig an und hatte ihr im Café zwei Strampelanzüge geschenkt.

„Größe 62. Rosa und blau, für alle Fälle." Mathilda schlürfte genüsslich ihren Cappuccino. „Ich glaube, es werden Zwillinge."

Anna grinste. „Nicht jeder bekommt Zwillinge, Matti. Wie kommst du nur darauf?"

„Keine Ahnung. Reine Spekulation", antwortete sie und lächelte geheimnisvoll. „Mit Max' Baby schwanger zu sein, deinem Mann ein Kind zu schenken, liegt weit abseits eines gefährlichen Terrains, Süße", fügte Mathilda rasch hinzu und berührte dabei zärtlich ihren Bauch.

Mathilda geriet immer völlig aus dem Häuschen bei guten Neuigkeiten. Anna fand das sehr liebenswert und es fiel ihr leicht mit ihrer Freundin über die Schwangerschaft, Max, Katharina, ihr Misstrauen und ihre Ängste zu sprechen. Sie vertraute Mathilda und konnte sich keine bessere Freundin vorstellen.

Anna war aber auch sicher, dass Mathilda sich auch aus anderen Gründen immer wieder nach ihrem Wohlbefinden erkundigte. Denn ihre Schwangerschaft war auch ein symbolischer Affront gegen Jakob. Und gegen ihre Tochter, gegen deren pubertäre Bosheit sie sich schützen musste.

Max und sie könnten mit Katharina über die Feiertage vielleicht ein paar Tage nach Italien fahren. Sie hatte Italien schon immer geliebt, auch wenn die Dämonen sie einst bis dorthin verfolgt hatten. Aber das war lange her. Das Land erinnerte sie heute vielmehr an die unbekümmerten Tage ihrer Jugend, an ihren Großvater Alexe, an seine Obstgärten, an Blumenwiesen, an das Kloster Convento do Carmo und seine Gärten, an Pater Mateo, und daran, wie die Dinge früher gewesen waren, vor der Dunkelheit.

Wenn sie an ihre Jugend dachte, versuchte sie dabei stets, den Gedanken an ihren Peiniger zu verscheuchen, aber es gelang Anna nicht immer. Unschöne Gedanken blieben unweigerlich an ihm hängen, wie an einem klebrigen Fliegenfänger.

Nach dem Plausch hatte sie Mathilda wie immer herzlich umarmt und war in ein Taxi eingestiegen, das nun in die Münchener Straße einbog. Anna drehte sich kurz um und musste schmunzeln. Mathilda winkte ihr ausgelassen zu. Ihre Wangen waren von der Kälte gerötet, ihr Schal hing bis auf den Boden. Anna musste zwangsläufig bei dem Anblick schmunzeln. Doch dann bemerkte sie plötzlich den schnittigen, dunkelbauen Wagen, der hinter dem Taxi herfuhr. Anna sah genauer hin, ihr Herz pochte.

Nein das kann nicht sein.

Sie drehte sich noch einmal um, begann auf den Fahrer zu achten, weil sie wissen wollte, ob sie halluzinierte. Aber die Fenster des Wagens waren zu stark getönt, sie konnte kaum etwas erkennen.

In den ersten Jahren nach Jakobs Tod hatte sie immer intensiver davon geträumt, dass er sich aus seinem Grab erheben könnte, um sie weiter zu quälen. Ganz so, als wollte ihr Gehirn seinen Tod ignorieren, wie die Tatsache, ein Leben ohne diesen Bastard führen zu können und den Mangel an neuen Impulsen, den sie seitdem tagsüber erfuhr, in der Nacht wettzumachen. Ihre Träume waren damals wie schwarze Tinte auf einem Löschblatt mit winzigen Lichtblicken, die wohl ihre Genesung symbolisierten. Aber früher oder später tauchte er immer wieder auf. Das Böse nahm

Besitz von ihren Gedanken. Manchmal nur als vages Gefühl der Bedrohung, das sie nicht so recht greifen konnte, manchmal am Rande ihres Gesichtsfeldes, als Jakobs Schemen. Manchmal verfolgte das Monströse sie, wie jetzt, in dem Fahrzeug hinter dem Taxi. Jedes Mal, wenn sie das Monster direkt hatte ansehen müssen, war etwas in ihr gestorben. Jedes Mal. Sterben und aufwachen, nach Luft schnappend wie eine Ertrinkende. Also versuchte sie, sich nicht umzudrehen. Nicht einmal im Traum ertrug sie den Anblick seines finsteren Gesichts.

Also versuchte sie jetzt sich nicht umzudrehen, ruhig zu atmen, die Panik niederzukämpfen. Aber es fiel ihr unendlich schwer. Sie spürte, wie sich ihr Herzschlag beschleunigte, merkte, wie die Angst kam, ihr Atem immer hektischer wurde. Sie konzentrierte sich auf ihren Herzschlag, zählte ihre Atemzüge und richtete ihre Aufmerksamkeit auf das Ufer des Starnberger Sees, an dem das Taxi gerade vorbeifuhr.

Der Weg aus der Angst führt durch die Angst. Reiß dich zusammen, Anna Gavaldo! In Gedanken hörte sie Mathildas mahnende Stimme. *Du trägst jetzt die Verantwortung für das Baby in deinem Bauch.*

Verantwortung für unser Baby, für Max' Baby. Nur deswegen riskierte sie einen weiteren Blick auf das Fahrzeug hinter ihnen.

Der Fahrer hatte dunkles Haar. Er war jung. Eine Frau saß neben ihm, aber ihr Gesicht lag im Verborgenen.

Es fing an zu schneien. Der Taxifahrer fuhr jetzt langsamer. Achtete auf den Gegenverkehr. Nach dem anstrengenden Stadtverkehr wurde es über die Münchener Straße bis zur Villa nun etwas ruhiger. Es würde auch keine ungeduldigen Autofahrer geben, die zu dicht auffuhren oder den Taxifahrer mit der Lichthupe belästigen würden.

Es soll ein schöner Abend mit meiner Familie werden, wenn ich zuhause bin, dachte Anna, aber sie fühlte sich seltsam benommen. Es waren vermutlich die Hormone. Sie hatte das erste Ultraschallbild in ihrer Handtasche: keine Zwillinge meinte der Gynäkologe. Sie würde kochen, den Tisch decken.

Keine dunklen Träume, nachdem sie neben Max eingeschlafen war. Keine Monster heute Nacht.

Das Taxi bog in die Seitenstraße ein, das Licht der Straßenlaterne erhellte für einen Moment das Fahrzeug hinter ihnen, als er an dem Taxi vorbeifuhr.

Ihr Blick stellte sich in dem Moment scharf. Sie zuckte zusammen, blinzelte. Begriff es nicht. Aber sie sah ihn! Direkt vor sich! Und sie sah die Frau neben ihm lächeln.

Das kann nicht sein, das kann einfach nicht sein. Sie traute ihren Augen nicht, blinzelte erneut, hektisch, als könnte sie das Bild so vertreiben, doch es änderte nichts. Ihr Herz zog sich schmerzhaft zusammen. Ihre Welt erzitterte. Sie erkannte die Frau neben dem Fahrer. Sie erkannte den Fahrer. Sein Anblick raubte ihr in Sekundenschnelle alle Leichtigkeit.

Anna sah ihre Welt in die Tiefe stürzen – nicht in Zeitlupe, wie in Filmen, sondern rasend schnell. Wie aus einem Wolkenkratzer prallte sie auf den Boden, wirbelte den Schnee auf, der sich rot färbte. Es blitzte in ihrem Kopf, schmerzhaft und gleißend hell.

Anna stieg aus dem Taxi, gab dem Taxifahrer ein großzügiges Trinkgeld und betrat die Villa, wie in Trance. Alles färbte sich rot. Aus den Zimmern strömte das Blut wie ein reißender Fluss auf Anna zu. Sie griff sich ans Herz, alles drehte sich, ihr Bewusstsein flackerte.

Anna setzte sich in einen Sessel und wartete bis die Panikattacke vorbeiging. Sie hatte *ihn* gesehen: Jakob. Sie hatte *sie* gesehen: Katharina. Erschöpft schleppte sie sich die Treppe hinauf, legte sich einen Moment aufs Bett.

Dann hörte sie den Schlüssel im Türschloss. Schritte auf der Treppe.

„Mom!", hörte sie Katharina rufen. „Bist du oben, Mom?"

Steh auf! Rede mit ihr!, hörte sie Mathilda sagen.

Mit Mühe befolgte Anna ihren Rat, versuchte sich wieder zu fangen und schleppte sich zur Treppe.

„Mom, geht's dir nicht gut? Du bist so blass", sagte Katharina. Ihre Stimme klang besorgt. Sie stand unten an der Treppe, hinter ihr ein junger Mann.

„Mom, ich hoffe, du hast nichts dagegen, aber ich habe einen Freund mitgebracht." Katharina strahlte sie förmlich an.

Der Mann trat hinter Katharina hervor. Dunkle Locken fielen ihm ins Gesicht. „Guten Abend, Frau Gavaldo", sagte er mit tiefer Stimme. „Ich bin Baan Corelli."

Kapitel 35

Anna

Sie rührte sich nicht.

Das ist eine Halluzination. Solange du nicht in seine Richtung gehst, wird nichts geschehen.

Unter ihr war der weiche Teppichboden, einladend dick, dann die Treppe mit den verlockenden Stolperstufen, auf denen der Tod auf der Lauer lag, um sie Stufe um Stufe in die Arme zu schließen.

Wie von Drogen umnebelt, erreichte schließlich die Szene unten an der Treppe träge ihr Gehirn. Baan rührte sich nicht. Das Monster aus ihren Träumen starrte sie kalt und erbarmungslos an, als ob der Tod seinen Gast erwartete. Sie versuchte aus ihrer Starre aufzuwachen, endlich aufzuwachen. Zu sterben und wieder aufzuwachen, wie sie es immer in den vergangenen Jahren getan hatte, wenn sie das Monster im Traum vor sich gesehen hatte.

Anna kannte die Stimme. Sie hatte sie schon einmal gehört. Auf der Benefizveranstaltung.

Ein Abgrund tat sich auf.

„Mom, was ist mit dir?"

Verschwommen sah Anna, wie Katharina die Treppe heraufkam.

„Mamma!", rief Katharina.

Anna öffnete den Mund, kein Laut kam über ihre Lippen.

„Ich werde dich töten. Ich werde deine Familie töten", hatte die Stimme gesagt.

Die Melodie des Bösen hallte immer noch nach in ihrem Kopf, als Anna mit einem Tablett mit Cola und Gläsern ins Esszimmer zurückkehrte. Sie setzte sich, entschlossen, sich nicht wieder aus der Fassung bringen zu lassen.

Baan hatte sein freundlichstes Gesicht aufgesetzt. „Katharina hat mir so viel von Ihnen erzählt, Frau Gavaldo", sagte er. „Aber, wenn es Ihnen nicht gut geht ..."

Wenn sie nicht wüsste, dass er der Sohn Jakobs war, hätte sie ihm die Besorgnis in seiner Stimme abgenommen.

„Nicht nötig", sage sie kühl. „Sie dürfen gerne bleiben. Es ist immer gut, die Freunde meiner Tochter kennenzulernen."

Innerlich jedoch arbeitete es in ihr. Sie versuchte sich alles ins Gedächtnis zu rufen, was ihre Vergangenheit betraf. Aber der Schock saß tief, ihr Kopf war wie leer gefegt.

„Woher kommen Sie, Baan?", fragte Anna. „Wie haben Sie Katharina kennengelernt?"

Er erzählte es ihr und sie sah ihm dabei in die Augen.

Katharina nahm seine Hand. „Ich habe das Gefühl, dass Baan und ich uns schon eine Ewigkeit kennen, Mom."

Dein Vater hat meine Schwester getötet. Meine Schwester hieß Katharina.

„Sie haben ein sehr schönes Haus, Frau Gavaldo!", sagte Baan

Dein Vater hat mich hier mit Worten gequält, mich betäubt und mich dann verschleppt.

„Wo wohnen Sie, Baan?"

„Ich habe das Haus meines Vaters gekauft und es renovieren lassen. Nach den Semesterferien werde ich das Medizinstudium in München wieder aufnehmen."

Dein Vater konnte perfekt mit dem Skalpell umgehen.

„Kenne ich Ihren Vater?"

Seine dunklen Augen starrten sie an. „Ich glaube nicht. Er wurde vor 17 Jahren erschossen."

Er wollte auch mich töten.

Katharina beobachtete sie beide und Anna sah, wie unbehaglich ihr plötzlich zumute war. Das Leuchten in ihren Augen war verschwunden.

„Was ist damals passiert?", fragte Anna.

Benedikt hat diese Bestie erschossen.

„Darüber möchte ich nicht reden. Ich weiß es auch nicht genau. Ich war damals noch ein Kind."

Doch, du weißt es sehr wohl.

Sie hob nur kurz die Brauen, atmete tief aus. „Wie geht es Ihnen damit, Baan?", fragte sie.

Katharina sprang auf. „Mom, was soll das?" In ihren Augen loderte die Wut.

Baan schaute sie überrascht an, fing sich aber sofort wieder. „Was soll ich dazu sagen?", antwortete er und ignorierte Katharinas Ausbruch. „Ich weiß nicht, wie ich es jemandem, der diese Erfahrung nicht gemacht hat, beschreiben soll. Die Welt ist plötzlich sehr klein. Ich war ein einsames Kind. Meine Mutter hatte nie Zeit für mich. Aber ich habe es überwunden, Frau Gavaldo."

Hast du nicht!

„Schwer zu glauben, dass man so etwas Schmerzhaftes wie den Verlust des Vaters überwinden kann."

Baan lächelte. „Am Anfang war es sehr schmerzhaft, ja", antwortete er. „Aber es ist ganz erstaunlich, wie schnell ein Zustand, den man anfangs für unerträglich hielt, Normalität wird. Wir können uns mit allem abfinden, schätze ich. Schmerz. Hoffnungslosigkeit. Verlustangst, Rachegefühle ..."

Das ist es! Du willst Rache!

Anna gab sich Mühe, das Gespräch fließen zu lassen. Aber schließlich konnte sie seinen Anblick nicht mehr ertragen. „Würden Sie jetzt bitte gehen, Baan. Es geht mir nicht so gut und ich möchte noch ein wenig mit meiner Tochter plaudern."

Er warf ihr einen seltsamen Blick zu. „Aber sicher, Frau Gavaldo."

Soll er ruhig auf der Hut bleiben.

„Was vermissen Sie am meisten in Ihrem Leben, Frau Gavaldo?"

„Meine Schwester Katharina. Sie wurde auch ermordet." In ihrer Kehle stieg Sodbrennen empor. Die Schwangerschaftshormone machten ihr zu schaffen, selbst jetzt, selbst in dieser Situation, verdammt.

Baan zuckte zusammen, nickte, als wollte er sagen, dass er ganz genau wüsste, was sie meinte. Er stand auf. „Es hat mich gefreut, Sie kennenzulernen."

Anna unterdrückte ein Seufzen.

Katharina schwieg noch immer, als wollte sie damit ihren Unmut über die seltsamen Fragen ihrer Mutter zum Ausdruck bringen. Sie stand ebenfalls auf und begleitete Baan zur Tür. Anna fiel auf, wie ähnlich die beiden sich waren und wie schwer es für ihre Tochter war, sich Baans Präsenz zu entziehen.

Das hat er von seinem Vater, dachte sie. *Er ist wie Jakob.*

Aber war Baan auch ein Psychopath? An der Haustür drehte er sich noch einmal nach ihr um. Anna fragte sich, was er sah. Vielleicht die junge Anna von damals, in deren Seele auch er zerstörerisch eintauchen wollte? Sein Blick ruhte auf ihren Augen, wanderte hinab zu ihren Lippen, ihrem Hals. Ihr Herz schlug schneller, nicht vor Angst, sondern vor dem Wissen, dass dieser junge Mann nur eines im Sinn hatte: Vernichtung. Seine Freundschaft mit Katharina war nichts anderes als eine Drohung: Sie konnte Katharina nicht von ihm fernhalten. Das hatte er sie heute wissen lassen.

Katharina nahm ihre Jacke und den Rucksack von der Garderobe. „Ich übernachte heute bei Ellen, Mom."

Der Tiefschlag kam plötzlich und unerwartet – Anna spürte seltsame Gewissensbisse, als hätte sie ihre Tochter im Stich gelassen. Katharina war anscheinend außerstande, ihren Platz im Leben zu finden. Die von ihr angefangenen und wieder aufgegebenen Hobbys konnte man gar nicht mehr zählen: Gerade saß sie noch am Klavier, im nächsten Augenblick entwarf sie Kleidung, dann ein Ruderkurs, ein Pferd musste es sein, und vor drei Wochen wollte sie Mitglied der Kommunistischen Partei werden. Und jetzt war Baan in ihr Leben getreten. Sie himmelte ihn an und hatte keine Ahnung, dass er ihr Halbbruder war.

Ich muss mich auf das Schlimmste vorbereiten, dachte Anna. *Wie soll ich ihr beibringen, dass Max nicht ihr Vater ist? Wie soll ich Max sagen, dass ich ihn all die Jahre belogen habe?*

Anna wusste, dass das Vorspiel jetzt vorbei war. Es lag auf

der Hand. Rache wäre zu einfach.

Baan interessiert sich nicht für Katharina. Sie ist nur Mittel zum Zweck.

Sie schluckte hart und trocken.

Baan will mich.

Später saß Anna an ihrem Schreibtisch ...

Jakob

Ich versuche mich an den Gedanken zu gewöhnen, dass es nie so weit kommt. Ich werde nie in der Weise mit Baan abrechnen, wie ich es mir bei dir vorgestellt hatte.

Ich werde Baan nie so in die Enge treiben, dass du – wo immer du jetzt bist – nur noch nach Luft schnappen kannst.

Ich werde Baan nie solche Schmerzen zufügen, dass du nur noch schreist.

Ich werde Baan nicht totschlagen.

Aber war ich mir da so sicher? Dass ich nie dazu fähig sein werde, deinen Sohn zu töten? Dass es sich auszumalen vielleicht nicht mehr genug ist. Dass ich vielleicht deinen Sohn doch töten werde?

Baan hat mit mir an einem Tisch gesessen, mir einen kurzen Moment lang direkt in die Augen gesehen und dabei gelacht.

Du hast damals auch gelacht.

Damit bist du genau einen Schritt zu weit gegangen wie Baan, ihr habt beide die Grenzen überschritten. Manchmal geht etwas einfach von selbst einen Schritt zu weit. Dann kann es zu Unfällen kommen.

Ohnmächtige Wut kroch in mir hoch, als ich da auf dem Stuhl am Tisch ihm gegenüber saß. Alle Ohnmacht aus all den Jahren raste mir durch den Kopf und bahnte sich einen Weg in meinen Körper.

Was immer du aus mir machen konntest: eine missbrauchte Frau, ein Wrack, eine durchgeknallte Mutter, Baan wird mich wohl doch zur Mörderin machen. Ganz sicher.

Um Mord handelt es sich doch nur, wenn man die Absicht hatte, jemanden zu töten? Ich werde ihn töten, wenn du nicht damit rechnest ...

Anna faltete das Blatt Papier zusammen und holte ihre Blechdose aus ihrem Kleiderschrank. Sie legte ihre Zeilen zu den anderen düsteren Visionen.

Kapitel 36

Baan

Baan hatte seine Vorbereitungen im Keller abgeschlossen. Spiele dienten dem Vergnügen, und sein Spiel sollte ihm den höchsten Genuss bereiten. Wie der Beischlaf mit Katharina. Sie hatte viele Facetten, war klug und anschmiegsam, wie eine Perlenkette um den Hals einer Frau. Aber er wollte mehr. Er wollte Anna. Seit sie sich im Wohnzimmer gegenübergesessen hatten, war er verloren. So musste es seinem Vater ergangen sein. Er hatte erst in diesem Moment verstanden, warum Jakob so von ihr besessen gewesen war. Es war nicht so sehr ihre Schönheit, die ihn fasziniert hatte, sondern mehr ihre Ausstrahlung. Sie war eine Frau wie aus einer anderen Welt. Einer besseren Welt. Und er wusste, dass er sie genauso wollte wie sein Vater sie gewollt hatte.

Nach einer Dusche fühlte er sich wieder frisch, ging unruhig umher und stöberte in den Schränken nach Alkohol. Er fand eine Flasche Rotwein und schenkte sich ein Glas ein. Um vier Uhr nachts mit dem Trinken anzufangen, war verrückt, aber das war egal.

Die Mailbox zeigte zwei Nachrichten an. Die Bank hatte den Eingang eines größeren Geldbetrages aus Brasilien bestätigt und Raimundo hatte seiner Wut Luft gemacht, weil er, ohne den Verwalter zu benachrichtigen, das Land verlassen hatte. Baan wollte es nicht hören. Nach der Begegnung mit dem Jivaro war dieser Drang in ihm gewesen, die Frau zur Rechenschaft zu ziehen, die den Tod seines Vaters zu verantworten hatte. Aber jetzt war da diese Klarheit, keine Besessenheit mehr, nur noch die reine Liebe. Mehr Freiheit konnte er sich nicht vorstellen, nichts konnte ihn jetzt aufhalten, sich mit ihr zu vereinen.

Er löschte die Nachrichten, trank das Glas in einem Zug

halb leer und ging in die Küche: den Ort, wo alle Erinnerungen in einem Karton auf dem Küchentisch lagen.

Die Nacht draußen war so still, dass er das Tröpfeln des Regens unter den Bäumen und das Dröhnen eines fernen Flugzeugs hören konnte.

Baan öffnete den Karton und breitete die Aufnahmen seines Vaters auf dem Tisch aus. Dann schenkte er sich noch ein Glas Wein ein und fing an, die Fotos zu sortieren. Sie zeigten Jakob überwiegend im Kreis der Jivaro, furchtlos und stark.

Er nahm das Tagebuch seines Vaters und war wieder in Brasilien, in der Höhle. Er näherte sich dem Jivaro, leise und in Erwartung des Rituals, das auch sein Vater in seinen Tagebüchern beschrieben hatte ...

Die Vorbereitungen für das Ritual sind abgeschlossen. In der Ecke steht eine kleine Räucherkammer, die ich bei einem Händler in Manaus gekauft habe. Es ist mein Geschenk an den kleinen Häuptling, weil ich dem Ritual beiwohnen darf. Auf dem feuchten Boden liegt eine Plastikplane. Ich habe psychotrope Drogen besorgt. Außerdem Nervenreizmittel, Schwefel, Gifte, Apomorphine und Curare, sowie einigen Instrumente und das Nahtmaterial Safil Violet, 70 Zentimeter lange, resorbierbare Fäden für Ligaturen und Schleimhautnähte.

Die Tote auf dem Boden ist ein Mittel zum Zweck. Die Jivaro haben die junge Frau nach ihrem Tod in die Höhle geschleppt. Ich werde dem Häuptling assistieren, denn ich brauche die Tsantsa, um mit dem Schrumpfkopf das Leben einer Frau auszuhauchen, die mein Vater auf dem Gewissen hat, und, um für die Zukunft meinen inneren Frieden zu perfektionieren.

Der Jivaro legt den Körper der Frau auf den Rücken, dann auf die Seite, schließlich auf den Bauch, beugt sie über einen großen Stein – zuletzt legt er sie auf den ausklappbaren Tisch, den ich mitgebracht habe. So oder so, in welche Stellung er sie auch bringt, der kleine Mann behandelt sie immer so behutsam und zärtlich, dass allmählich der Eindruck entsteht, er könne sie am Leben lassen, würde sie noch leben.

Der Häuptling erteilt mir präzise Anweisungen. Das kochende Wasser und die Düfte der Räucherwurzeln dienen nicht dem Wohlbefinden. Sie sind zu Ehren des Jivaro-Stammes.

Auf ein kleines Vorspiel will der Häuptling nicht verzichten. Er injiziert der Toten ein wenig Schwefel. Dann klatscht er ihr mit der flachen Hand gleichzeitig auf beide Ohren. Das verursacht Risse im Trommelfell. Nur so kann er mit der Verflüssigung des bösen Geistes beginnen, die den Stamm bedroht. Auch das ist ein Teil des Rituals.

Ich flechte das blonde Haar zu einem Zopf. Das Fest kann beginnen. Präzisionssäge, Besteck und Nahtmaterial liegen sorgfältig angeordnet auf einem flachen Stein, der als Beistelltisch dient; auf dem Boden unter dem Kopfende des ausklappbaren Tisches steht eine Plastikwanne, die als Auffangbecken dient, daneben weiße Gummistiefel, Größe 43.

Äußerlich bin ich in meiner Einwegschürze, die Hemdsärmel hochgekrempelt, ruhig und gelassen, doch in mir brodelt unbändige Wut. Ich streife die weißen Chirurgenhandschuhe über, steige in die Stiefel und stelle mich ans Kopfende des Tisches. Der Häuptling gibt mir ein Zeichen.

Tote Augen sehen mich stumpf an. Ich ziehe den Körper der Frau so weit nach hinten, dass ihr Kopf von der Tischkante baumelt. Dann strecke ich ihren Hals, setze die Klinge direkt unterhalb des Schildknorpels an und durchtrenne mit sauberem Schnitt Haut, Sehnen und Gefäße. Blut sickert in das Auffangbecken. Ich trete einen Schritt zurück und werfe das Skalpell auf den Boden.

Mit der Linken halte ich unerbittlich den Kopf am geflochtenen Haarzopf fest, mit der Rechten nehme ich die federleichte Titansäge. Ich durchtrenne zunächst die Weichteile des weißen blutgeröteten Halses, schließlich die Wirbelsäule und den Rückenmarkskanal im Bereich des sechsten Halswirbels.

Für einen Moment pendelt der Kopf über der Plastikwanne. Noch immer schauen mich ihre toten Augen an. Ich küsse sie, und ihre langen Wimpern berühren dabei meine von der bra-

silianischen Sonne gebräunten Wangen. Schon immer habe
ich mir für das juunt namper, ,das große Fest', eine Tsantsa,
einen Schrumpfkopf, mit goldenem Haar gewünscht.

Neben mir klatscht der Jivaro in die Hände, lächelt und legt
den Kopf zum Ausbluten in das Waschbecken auf einen Stein.
Ich stülpe eine Plastiktüte über den Halsstumpf, werfe den
Corpus über meine Schulter und verlasse die Höhle.

Der Jivaro hat das Grab bereits vorbereitet. Sanft lege ich
den Körper auf den feuchten Boden, dessen Duft mir in die
Nase steigt. Ich glaube, die Stimmen von Sirenen zu hören,
die sich zu einem kraftvollen Gesang vereinen. Sie redeten
mir ein, das Mondlicht sei ein Zeichen des Schicksals, das
mein Tun und mein Vorhaben gutheißt. Ein warmer Wind
weht mir um Nase. Meine Gedanken kreisen um die Frau, die
eines natürlichen Todes gestorben ist. Einmal streicht etwas
über seine Wange. Vielleicht der Geist meines verstorbenen
Vaters? Ich werde erst aufatmen, wenn ich ihn gerächt habe.
Dafür muss ich in Europa zum Mörder werden.

Auf einem Steinhaufen neben dem Erdloch liegt eine weiße
Amazonaslilie, zart und wunderschön. Das Mondlicht hängt
blass und geisterhaft über ihm und der Blüte. Ich bette den
Körper der Frau in das ausgehobene Loch und betrachte ihn
still. Bei seinem Anblick wird mir kalt und heiß, mein Gaumen
wird trocken, und meine Kehle ist wie zugeschnürt. Ich gebe
Steine hinein, um Aasfresser abzuhalten, schaufle ein wenig
Erde darüber und schichte dann weitere Steine zu einer Grab-
stelle auf. Dann lege ich die Lilie auf das Grab und beschwere
den langen Stiel mit einem Stein. Bilde ich mir ein, dass sich
der Himmel plötzlich in Schleier hüllt und violett färbt? Das
Blut rauscht in meinen Ohren, mir wird ein wenig übel vom
Gestank des Todes.

Rasch gehe ich wieder zur Höhle und beobachte den Jivaro,
der den Schrumpfkopf bereits vorbereitet hat. Ich ekle mich,
und doch schaue ich fasziniert zu, wie sich die Haut im ko-
chenden Wasser auf etwa ein Drittel der ursprünglichen Grö-
ße zusammenzieht. Dann nimmt der Indianer ihn heraus. Die
Haut ist jetzt dick und ledrig. Rasch füllt er die Kopfhaut mit

heißen Steinen, damit sie weitere sechs Stunden schrumpfen kann.

Sechs Stunden später bin ich es, der unter Anleitung des Jivaro den unteren Teil der Tsantsa zunäht, ihn am Zopf packt und den Schrumpfkopf an einen Haken in der Räucherzelle hängt. Auf dem Fußboden verstreue ich mit den aromatischen Kräutern der Jivaro gemischte Räucherspäne. Dann schließe ich die Räucherzelle ab und schalte das Gerät ein. Die Haare der alten Frau werden weiter wachsen, hatte der Jivaro gesagt, auch in den nächsten Jahren, und sie werden länger, blonder und seidiger.

Danach lege ich mich auf den Boden und schlafe einen traumlosen Schlaf.

Als acht Stunden später das akustische Signal ertönt, nehme ich den Schrumpfkopf aus der Räucherzelle, modelliere die Gesichtszüge ein wenig nach und betrachte die Tsantsa voller Bewunderung. Sorgsam lege ich mein Heiligtum – es ist jetzt kaum größer als ein kleiner Ball – in einen Kühlbehälter. Die untrennbare Verflechtung zwischen meinem Vater und mir und meinem Vorhaben in Starnberg wird mit der Beschwörung zerfließen und mich auch vor der Freisetzung einer Racheseele schützen.

Erst mit dieser Tsantsa kann ich einen perfekten Rachefeldzug planen. Mein Glück ist vollkommen.

Das Handy in seiner Tasche holte Baan in die Gegenwart zurück. Es war eine SMS von Raimundo. *Sei bitte vorsichtig, bei allem, was du im Sinn hast.*

Er blieb lange Zeit still. Er hatte eine Entscheidung getroffen und verließ die Wohnung, um zum Haus der Gavaldos zu fahren. Die Tsantsa war gestern aus Brasilien eingetroffen. Das Spiel konnte beginnen.

Die Morgendämmerung würde bald einsetzen. Dann würde Anna Gavaldo sich zu Tode schrecken und wie ein kopfloses Huhn durch das Haus laufen. Hühner, denen man den Kopf abgehackt hat, rannten weiter auf dem Hof herum, bis ihr

Herz stehenblieb. Als ob die Triebkraft ihres Überlebensinstinkts blind gehorchend weiterfunktionierte, selbst wenn nichts mehr kontrollierbar war. Es war wie mit dem Geist, der nicht wusste, dass er tot war, und deshalb jeden Tag aufstand und sich die Zähne putzte und die Haare kämmte und seinen Geschäften nachging. Sich immer noch unter die Lebenden mischte.

Baan wusste nicht, ob die Sache mit den toten Hühnern nicht doch ein Ammenmärchen war. Er hatte noch nie ein Huhn ohne Kopf herumlaufen gesehen. Er hatte nur einmal einen Menschen mit einem abgehackten Kopf gesehen. In der Universitätsklinik. Er hatte Menschen gesehen, die auf unvorstellbare Weise verwundet waren – fehlende Gliedmaßen, abgeschälte Gesichter –, und immer war ihm aufgefallen, dass Menschen wie Hühner unfähig waren zu erkennen, wann die Sache ernst war.

Außer Anna Gavaldo.

Kapitel 37

Katharina

Sie hatte den Samstagmorgen mit Baan verbracht und mit ihm den Wald östlich der Stadt durchstreift. Katharina kannte sich dort bemerkenswert gut aus. Zum Schluss hatte sie Baan einen Pfad gezeigt, der bis zum Ufer des Starnberger Sees führte, aber fast in seiner ganzen Länge hinter Dickicht verborgen lag.

„Er wird von niemandem benutzt", hatte sie ihm erklärt. „Ich glaube, die Leute wissen gar nicht, dass es ihn gibt." Sie zeigte auf eine Bank, unweit des Ufers. „Dort werde ich morgen wieder auf dich warten", sagte sie zärtlich.

Baan wandte sich ihr zu. „Ich werde nicht kommen, Katharina. Wir können uns später sehen. Morgen fahre ich nach München."

Sie lachte. „Okay. Dann sehen wir uns später. Holst du mich ab?"

Er nickte, lächelte. „Was findest du bloß an diesem Job?"

„Auch eine Leiche hat das Recht, hübsch auszusehen. Wieso?"

Stille.

Plötzlich sprach aus seinem Blick keine Liebe mehr. Er lächelte sie weiter an und sah dabei aus wie immer. Trotzdem war etwas an ihm anders.

Katharina wusste es instinktiv, spürte die Veränderung mehr als sie sie sah: Seine körperliche Präsenz war nicht reduziert, die Aura der Unverwundbarkeit viel stärker als sonst. Er besaß mehr Mut als jeder andere Mensch, den sie kannte. Fürchtete sich vor nichts. Hatte vor niemandem Angst. Er war wie sie. Aber …

Aber ich habe plötzlich Angst, dachte sie. Da war etwas in seinen Augen, das sie zum ersten Mal sah, nicht die übliche

Kälte. Etwas, das sie schaudern ließ: Es war brachialer Hass.

„Nur so", antwortete Baan. „Komm, ich bring dich zu deiner Leiche."

Als Katharina die Tür aufschloss und das Beerdigungsinstitut von Lukas Käfer betrat, war ihre Welt sofort vollkommen still. Sie horchte auf die Töne der Stille, als wollte sie auf diese Weise ihre finsteren Gedanken um Baan abschütteln, aber ihr war kalt. Sie erschauderte. Da gab es etwas … Ungeheuerliches. Sie spürte es. Langsam ging sie durch den langen Gang zum Kühlraum und betrat den Raum der Toten.

Lukas Käfer hatte auch heute schon die Leiche aus dem Kühlfach geholt und für sie auf den Stahltisch gelegt. Dieses Mal war es eine männliche Leiche um die sechzig, schätzte sie. An seinem Fuß hing ein blauer Zettel: *Robert Unger.*

Katharina brachte sich vor dem Tisch in Position und zog das Laken von seinem Körper, während sie über Baan grübelte.

Was hatte er gesagt? *Du weißt nichts von mir, Katharina. Gar nichts. Aber deine Mutter kennt meine Geschichte. Frag sie!"*

Sie hatte ihn entsetzt angesehen. „M … Meine Mutter?"

„Ja. Es ging mir immer nur um deine Mutter."

Dann war er davongerast.

Sie hatte ihre Mutter sofort angerufen.

Heute Abend reden wir, hatte Anna geantwortet. *Ich muss dir etwas sagen!*

Was war das bloß für ein Scheißspiel? Was hatte Baan gemeint?

Es ging mir immer nur um deine Mutter …

Sie berührte die Hand der Leiche und spürte nichts. *Noch einmal!*

Wieder nichts. *Schade,* dachte sie. Eine Ablenkung ins Reich der Toten hätte ihr gefallen. Sie wusch den Körper, schminkte das Gesicht des Mannes und zog ihm den bereitliegenden Anzug an.

Plötzlich hörte sie ein Kichern, leise und weit weg. Sofort reagierte ihr Körper mit einer starken Anspannung. Sie schloss die Augen und gab sich der Vision hin, die sie in die Tiefe zog ...

In den frühen Morgenstunden schreckt meine Mutter aus dem Schlaf. Sie blinzelt und öffnet die Augen. Irritiert bemerkt sie das leere Bett um sich. Wo ist Max? Ihr fällt ein, dass er unterwegs ist, irgendwo im Ausland und dass ein anderes Geräusch sie aufgeweckt hat. Ein Geräusch, das sie nicht einordnen kann, das wie das Splittern von Glas klingt, hat sie geweckt. Sie frage sich, ob ich in der Küche mal wieder herumzicke und meine pubertäre Laune an ihren Gläsern auslasse, doch sie weist den Gedanken sofort zurück. Ich habe ihr versprochen, so etwas nie wieder zu tun. Genauso gut kann das Geräusch eine Täuschung sein.
Sie schläft wieder ein.
Nicht einschlafen, Mom.
Bitte nicht einschlafen. Cut.

Lautlos und leichtfüßig schwinge ich mich aus dem Bett, taste im Dunkeln nach dem Schalter der Nachttischleuchte und schleiche danach aus dem Zimmer. Auf dem Treppenabsatz bleibe ich stehen und lausche nach unten. Nichts ist zu hören außer einem leisen Surren der Klimaanlage. Kein ungewöhnliches Knarren oder Quietschen, nichts mehr, was auf gesplittertes Glas hindeutet.
Wahrscheinlich habe ich mich geirrt oder ich habe geträumt.
Geschmeidig und ohne ein Geräusch zu verursachen, bewege ich mich die Treppe hinunter. Unten angekommen überprüfe ich die sorgfältig verschlossene Haustür. Vor mir liegt das Wohnzimmer, dessen Terrassentüren ebenfalls verschlossen sind. Die Vorhänge sind nicht zugezogen. Ich spähe hinaus in den Garten. Alles still, dunkel, leer. Nächte sind nie ganz schwarz und für gewöhnlich kann man auch nachts etwas sehen. Heute ist der Nebel zu dicht. Er liegt wie ein Berg

aus dicker Watte über dem Garten und nimmt mir die Sicht auf die Grundstücksmauern. Einen kurzen Moment lang habe ich den gespenstischen Eindruck, ganz alleine und von allem und jedem verlassen auf der Welt zu sein. Aber dann rufe ich mich zur Ordnung: Blödsinn. Mom ist oben. Alles ist wie immer. Es liegt nur am Nebel.

Im Wohnzimmer lodert das Feuer im Kamin. Mit meinen Gedanken in der Nacht zu sitzen, erscheint mir irgendwie erträglicher, als ruhig in meinem Bett liegen zu müssen und über Baan zu grübeln. Immer wieder drängt sich mir sein Bild auf.

Da ist es wieder. Es klingt wie ein leises Knirschen und scheint aus der Küche zu kommen. Jemand hat auf Glassplitter getreten.

Ich stehe auf und bewege mich auf die Küche zu. Ich weiß, dass die Sicherung der Tür, die von der Küche zur Terrasse führt, defekt ist. Mom hat sich wegen des Sicherheitsrisikos oft beklagt.

Ich lausche, höre meinen eigenen Atem.

Da! Da ist etwas. Da ist jemand. Ich weiß es. Ich habe im Laufe der Jahre dieses untrügliche Gespür für drohende Gefahren entwickelt.

Jemand ist in der Küche.

Im selben Moment taucht aus der in tiefer Dunkelheit liegenden Küche ein Schatten auf. Es folgt ein heftiger Tritt in meinen Magen. Verzweifelt versuche ich, das Gleichgewicht zu halten. Stell dich dem Kampf, Katharina Gavaldo. Ich straffe mich, atme tief durch. Mit einmal weiß ich, dass ich lange auf diesen Moment gewartet habe. Jahrelang. Nun ist er da.

Ein zweiter kräftiger Schlag in den Magen lässt mich in den Knien einknicken, gleich darauf kracht eine Faust gegen meine Schläfe. Adrenalin schießt in meine Blutbahn. Mir wird schwarz vor Augen, nur einen Moment lang, aber lange genug, um zu Boden zu stürzen. Mir ist schwindelig, die Welt rotiert. Ich versuche, auf die Beine zu kommen. Ein dritter Tritt in meine Rippen hindert mich daran. Ich ringe nach Atem. Mein linkes Auge schwillt zu. Blut fließt aus meiner

Nase. *Kräftige Hände packen mich. Meine Arme werden nach hinten gezerrt und meine Handgelenke brutal gefesselt. Ein dünner Draht schneidet in meine nackten Fußknöchel. Cut*

Es ist dunkel im Raum der Toten. Irgendjemand hat das Licht ausgeschaltet. Dunkle Augen starren mich an. Kein Einbrecher. Das hier hatte etwas mit mir zu tun. Noch immer habe ich das Gesicht des Mannes nicht gesehen. Es ist ohne Bedeutung. Ich weiß, wer es ist. Eine Faust schießt auf mich zu und kracht gegen mein Kinn.

Stille.

Der Schmerz erreicht mich mit einer Zeitverzögerung. Sekunden später ist er kaum noch zu ertragen. Ich stöhne laut, versuche zu schlucken. Kopfschmerzen zermartern mein Hirn. Und das Wissen, dass ...

Ich kann fast nichts mehr sehen.

„W ... wa ...rum", stammle ich.

„Deine Mutter liebt dich", flüstert der Eindringling. „Ich werde alles zerstören, was sie liebt."

Ich wage nicht zu antworten.

Er starrt mich an. „Hast du wirklich geglaubt, sie kommt einfach so davon?"

„Ich ... weiß nicht ... wovon ... du sprichst."

Der Fremde wippt auf seinen Fußballen auf und ab. Dann trifft mich sein Stiefel erneut, diesmal in den Bauch. Ich ringe um Atem, lehne mich nach vorne und spucke Blut auf den Fußboden.

Er wird mich umbringen. Das ist der einzige Grund, weshalb er hier ist.

„Bitte, sag mir doch ..." Ein Flehen.

Tritte gegen mein Schienbein. Stiefel mit Spikes lassen meine Haut aufplatzen. Gleich darauf trifft seine Faust meine gebrochene Nase, mein geschwollenes Auge, meinen Mund. Wieder und wieder kracht sie in mein Gesicht.

Ich sterbe. Mama, ich sterbe, ich sterbe. Eine Ohnmacht ist mein einziger Wunsch in diesem Moment.

Ich glühe vor Schmerzen, zittere und bekomme kaum noch

Luft. Meine Gedanken kreisen um meine Eltern. Ich werde nie wieder meine Mom umarmen können. Sorry Mom, für die Sache mit den Gläsern. Tränen laufen mir über die Wangen.

„Es ging mir immer nur um deine Mutter", zischt er. „Du bist bedeutungslos."

Ich weine, ich tobe. Soll diese Kreatur vor mir doch sehen, wie sehr ich leide.

Cut.

Katharina öffnete die Augen, blinzelte, taumelte. Auf der Stelle zog sie ihre Hand zurück. Sie starrte auf den Leichnam von Robert Unger.

Kein Albtraum. Das hier war Realität. Ihre größte Herausforderung. Aber sie hatte die Kontrolle völlig verloren. Beschämt und gedemütigt zu werden, von allen abgelehnt, dachte Katharina. Das erwartet mich – beim Blick auf die Leiche.

Verschwinde von hier.

Fluchtartig verließ sie den Kühlraum.

Es schneite schon wieder. Die Straßen waren durch die Stürme mit Herbstlaub übersät und gefährlich glitschig geworden. Lukas Käfer kam nur langsam voran. Als er vor dem Beerdigungsinstitut parkte und ausstieg, kam ihm ein vertrauter Geruch entgegen. Sein Herz begann wild zu hämmern. In der Regel hörte Katharina Musik, wenn sie eine Leiche für die Aufbahrung vorbereitete. Aber es war alles ruhig. Viel zu ruhig, fand er.

Die Außentür stand offen, überall brannte Licht. Er rief ihren Namen: „Katharina?"

Im vorderen Teil des Kühlraumes fand Lukas Käfer die Leiche von Robert Unger völlig entblößt auf dem Boden. Der Geruch, den er schon draußen wahrgenommen hatte, war der des geronnenen Blutes. Robert Unger lag in einer großen purpurfarbenen Lache. Blicklos starrten seine Augen an die Decke.

Er zwang sich hinzusehen und kämpfte gegen die Übelkeit

an. Auf den Oberkörper der Leiche war ein großer Kreis geritzt, in seiner Mitte weitere seltsame Zeichen. *Beschwörungszeichen*, dachte er.

Käfer taumelte und rannte zur Toilette, wo er sich mit einem Schwall erbrach. Dann stieß er die Tür zum Innenhof auf, sodass die schneidende Kälte in seine Knochen stach. Er stolperte und fiel laut stöhnend auf die Knie.

War das Mädchen vollkommen durchgeknallt? Hatte er ihr vielleicht zu viel zugemutet? Verdammt!

Er atmete tief ein und aus und wählte schließlich den Notruf der Polizei.

Kapitel 38

Baan

In derselben Nacht

Niemand bemerkte den Wagen, der über die Seestraße fuhr und später in den Seehang bog. Niemand sah, wie der Wagen dort hielt und eine finster blickende Gestalt ausstieg, seine Wollmütze tief über die Stirn gezogen. Niemand hörte das Flüstern, als die Gestalt die Tasche aus dem Kofferraum hob und am Ufer des Starnberger Sees entlangging bis zur Gavaldo-Villa.

Baan konnte von der Grundstücksmauer mit seinem Fernglas ins Haus hineinsehen. Selbst um halb zwei in der Nacht. Normalerweise tat er das nicht bei fremden Häusern, es war ja auch sehr indiskret und gehörte sich nicht. Aber hier wollte er es. Denn dieses Haus war *ihr* Haus. Das Haus der Familie Gavaldo. Gebaut nach modernsten Standards, alles schön hell, Wohnzimmer mit Schiebetüren aus Glas zur Terrasse, Küche, Elternschlafzimmer nach hinten, Bad, Gästetoilette, viele Kinderzimmer ohne Kinder. Zwei Schwimmbäder, innen und außen, vermutlich auch eine Sauna. Viele Menschen träumten von einem solchen Haus. Es war wirklich besonders, genau wie die Familie, die dieses Haus bewohnte. Im Wohnzimmer, das einen aufgeräumten und gepflegten Eindruck machte, brannte eine Stehlampe, die ihren Lichtkegel auf den Couchtisch warf. Die Doppelflügeltür zum Flur stand offen. Alles strahlte eine gewisse Behaglichkeit aus. Doch Baan wusste, dass der Schein trügen konnte.

Auch er hatte sich immer eine Familie gewünscht: Einen Vater, der mit ihm Fußball spielte und ihm im Erwachsenenalter zur Seite stehen würde. Und eine Mutter, die sich liebevoll um ihn kümmerte, die Schorfwunden an seinem Knie mit

Pflaster und gezielten Küssen verarztete und die Geister unter dem Bett mit einem bewährten Zauberspruch verjagte. Er hatte dieses behagliche Familienleben förmlich vor Augen. Sah, wie hinter dem Fenster das bläuliche Licht des Fernsehers schimmerte. Wie sein Vater nach Hause kam, sich die Schuhe auszog und die Füße ausstreckte. Wie der Vater dem kleinen Sohn übers Haar strich, während er mit Legosteinen spielte, oder mit ihm badete, er bis zum Kinn unter duftendem Schaum in der Badewanne versunken war – in einem Haus für eine normale Familie, die ihr kleines, privates Glück lebte. All das hatte ihm Anna Gavaldo genommen. Nicht sein Vater hatte den Sohn in seinem bunten Pyjama mit den kleinen Elefanten drauf nach oben ins Kinderzimmer gebracht, ihn aus seinen Armen ins Bett gleiten lassen und liebevoll zugedeckt. Es war immer nur der Verwalter Raimundo gewesen, der das zottelige Zebra genommen hatte, um es Baan aufs Kopfkissen zu legen, direkt neben sein Gesicht. Nur Raimundo hatte ihm mit ruhiger Stimme „Gute Nacht" gewünscht und Baan einen Kuss auf die Stirn gedrückt.

Es war still, der Schnee, der im Garten zu einer zentimeterdicken Schicht verdichtet war, schluckte Baans Schritte. An der alten Eiche inmitten des Gartens, die von einem kleinen Spot angestrahlt wurde, blieb er stehen und ließ seinen Blick über die schweren Äste schweifen, die fast den Boden erreichten. Über ihm zogen graue Wolken am fahlen Mond vorbei. Sein Licht sickerte durch die Äste und warf gespenstische Schatten. Er schloss einen Moment die Lider und zitterte vor Kälte, trotz seiner dicken Daunenjacke.

Plötzlich flog ein Vogel mit schwarzen Schwingen dicht über Baans linke Schulter hinweg. Er schreckte zurück, ging in die Hocke und hätte beinahe das Gleichgewicht verloren. Die schwere Tasche in seinen Armen entglitt ihm und fiel mit hartem Aufschlag auf den Rasen. Einen Moment lang blieb er geduckt hocken und zuckte zusammen, als der Rabe zurückkehrte. Doch dieses Mal flog der Vogel kreischend höher und war schon bald aus seinem Blickfeld verschwunden. Er fragte sich, was es zu bedeuten hatte, dass ein Rabe ihm so nahe kam.

Sei vernünftig. Denk keine verrückten Sachen über Vögel.

Er ließ sich auf den feuchten Boden sinken. *Anna Gavaldo* ... Er konnte immer nur an sie denken und an das, was ihn für immer mit dieser Frau verband: eine einsame Kindheit und eine Jugend ohne Vater. Und den Tod seines Vaters. Seit er dem Jivaro zum ersten Mal in der Höhle begegnet war, wusste Baan, dass er die vergangenen Jahre mit Jakobs Vermächtnis gelebt hatte. Dass seine Visionen einen Sinn ergaben. Dass er Vergeltung wollte.

Er beobachtete Anna Gavaldo seit einigen Tagen und spürte, dass ihr unbehaglich zumute war. Sie ahnte, dass etwas vor sich ging. Zu oft hatte sie sich nach einem vermeintlichen Verfolger umgeschaut, als wüsste sie, dass er nur wenige Meter hinter ihr gegangen war. Sie wusste, wer er war. Aber das spielte keine Rolle. Irgendetwas plante sie und er war fast sicher, dass sie ihre Erinnerungen wie Alpträume tief im Schlaf vergrub. Das würde er heute Nacht ändern. Was sein Vater mit ihr gemacht hatte, interessierte ihn nicht. *Nur, dass du für seinen Tod verantwortlich bist.*

Baan hatte nach einem Ort Ausschau gehalten, nach einer Stelle gesucht, an der die Vergangenheit ihr sofort ins Auge stechen würde. Die alte Eiche in ihrem Garten war eine solche Stelle. Er wappnete sich für den nächsten Schritt und öffnete seine Tasche. Ein abscheulicher Geruch wehte ihm entgegen: widerlich stinkende Fäulnis und Verwesung. Seine Hände in den Lederhandschuhen waren schweißnass, als er nach dem in Plastik eingewickelten Gegenstand griff und ihn an einem Ast befestigte, so dass der Wind damit spielen konnte. Danach trat er zurück und betrachtete die Tsantsa aus verschiedenen Blickwinkeln. Genau so hätte sein Vater es gewollt.

Als er sicher war, dass Anna die Tsantsa vom Haus aus sehen konnte, nahm er seine Tasche und ging über den Rasen den Weg zurück. Niemand bemerkte, wie er in den Wagen stieg, um wieder geräuschlos in die Dunkelheit der Nacht einzutauchen.

Nach einigen Kilometern kehrte er um und fuhr noch einmal zur Villa.

Kapitel 39

Anna

Anna wachte auf und war sich sicher, dass es im Haus spukte. Nicht im konventionellen Sinn, es war nicht der Geist eines längst Verstorbenen. Was hier spukte, war die gemeinsame Erinnerung an ein Ereignis, das sich vor sechzehn Jahren ereignet hatte, als Max gerade fünfundzwanzig Jahre geworden war. In Annas Augen war es das Ereignis in ihrem Leben, das alles irreparabel verändert hatte. Es war an einem Dezembertag geschehen, der kaum anders gewesen war als dieser.

Sie hatte sich zwar körperlich davon erholt, aber bis zum heutigen Tag trug ihre Seele die dunkle Energie dieses Ereignisses in sich. Lautlos stemmte sie sich vom Bett hoch und ging auf Zehenspitzen ins Gästezimmer, schloss leise die Tür hinter sich und lehnte sich für einen Moment tief atmend gegen die Wand.

Im Gästezimmer öffnete sie ein Fenster und starrte hinaus in die Dunkelheit. Wie ruhig es draußen war. Wie kühl! Sie dachte an das Restaurant, in dem sie mit Mathilda zu Abend gegessen hatte. Auch dort hatte sie *ihn* gespürt. Erahnt. Deshalb hatte sie nichts so sehr ersehnt, wie dieses furchtbare Restaurant wieder verlassen zu können.

Plötzlich hörte sie ein leises Knirschen, als würde jemand über den Schnee laufen. Die Außenbeleuchtung warf Baumschatten auf die Terrassenfliesen und ins Haus, um dann wie Krallen durch das Zimmer zu kriechen, einen Lichtfleck unter der Tür fanden und ihn berührten.

Und dann sah sie es und ihr Herz blieb stehen. An der alten Eiche baumelte etwas. Sie wich vom Fenster zurück. Eine Erinnerung an Jakob flackerte auf. Sie schloss die Augen, öffnete sie wieder und sah genauer hin. *Ein Schrumpfkopf.*

Voller Panik ließ sie ihren Blick durchs Zimmer wandern –

über die Wände, das Gästebett, den Kleiderschrank. Überprüfte jede Ecke, jeden Riss im Putz. Jede einzelne Stelle, an der der Geist von Jakob hereinkriechen könnte.

Sie wusste mehr über *ihn* als irgendjemand sonst. Und jetzt war er durch Baan aus den Sümpfen des Amazonas zu ihr zurückgekehrt, in anderer Gestalt, um sein Werk zu vollenden. Eine Tsantsa galt als Rache aus dem Jenseits. Die totale Vernichtung.

Sollte sie Max erzählen, dass Jakob ihr seinen Sohn geschickt hatte, um sie zu töten? Max würde sie wieder in die Psychiatrie einweisen lassen, wenn er ihre Gedanken auch nur erahnte. Davor hatte sie viel zu viel Angst. *Jakob* war wieder überall – in der Gestalt von Baan. Das wusste Anna, seit sie Katharina neben ihm im Taxi gesehen hatte.

Sie blinzelte, sah noch einmal hin.

Es war still da draußen. Dieser Kopf … Sein Schatten bewegte sich kaum – doch genug, um den Lichtfleck zu verschieben. Sie konnte jetzt fast etwas atmen hören. Sie wollte nicht weinen, aber das durfte nicht sein.

Vorsichtig und geräuschlos schob sie ihre zitternde Hand unter ihr Nachthemd und fuhr mit den Fingerspitzen über ihre Brüste. Sie ertastete die Narben der Bisswunden, die Jakob dort hinterlassen hatte. Die Erinnerung an seine Folter schmerzte und dieser Schmerz war stärker als alles, woran sie sich erinnern konnte. Schlimmer als sein Kind aus ihrem Bauch zu pressen.

Jakob hatte die Ränder ihrer Seele gepackt und sie so auseinandergezerrt, dass sie sich von ihrem Körper gelöst und sich weinend ihm entgegengewunden hatte. Mitunter rissen und bluteten die Narben, aber sie lebte, machte weiter. *Ich schaffe das.* Noch war ihre Seele kein tropfendes Wachs.

Anna atmete ein paarmal tief durch, ging die Treppe hinunter in die Küche. Sie öffnete das Fenster und sah auf die Straße. Kontrolliert und ruhig. Noch einmal richtete sie sich auf, stolz und trotzig, unerschütterlich und tapfer. Ihre Seele glitzerte im Licht der hellen Außenleuchten. Von der anderen Straßenseite wehte ihr der Geruch verborgener Orte entgegen, modriger Untergrundstaub, den die Dunkelheit verströmte und der sie an den Raum erinnerte, in dem Jakob sie vor vielen Jahren eingeschlossen hatte. Die Geräusche der Nacht waren wie der unheilvolle Klang seiner Stimme.

Ihr Körper nahm aber heute feinste Anpassungen vor, glich jede Veränderung ihres Geistes in Geschwindigkeit und Richtung aus, wenn die Erinnerungen aufzuckten wie Blitze. Ihr Gehirn hatte sich über all die Jahre aus Jakobs frostiger Umklammerung befreit. Das wurde Anna plötzlich klar. Es hatte schon oft Momente gegeben, in denen ihr Kopf sich absolut rein anfühlte. Das war den Schmerz der Erinnerung wert, das Gefühl, diese süße, verschwommene Erlösung. Daran würde auch keine Tsantsa in ihrem Garten etwas ändern.

Sie dachte an Max, der noch mit Geschäftspartnern unterwegs war. An Katharina, die heute bei ihrer Freundin Ellen übernachtete. Warum sie beide mit einem hysterischen Anruf behelligen? Morgen konnte sie sich dieses Ding mal genauer ansehen, die Polizei anrufen und mit Benedikt van Cleef sprechen.

Ich lasse mich nicht mehr kleinkriegen. Ich werde die Schatten der Vergangenheit für immer begraben. Und ich weiß auch wie.

„Ich werde den Kampf gegen dich aufnehmen, wer immer du auch bist!", flüsterte Anna.

Sie schloss das Küchenfenster, ging ins Wohnzimmer, kippte in Windeseile mehrere Gläser Cognac hinunter. Zog sich danach im Schlafzimmer an. Rief ein Taxi, das sie nach München in die Stadtwohnung brachte, wo sie in Ruhe über die merkwürdigen Vorkommnisse nachdenken konnte.

In der Wohnung angekommen warf sie zwei Schlaftabletten ein. Legte sich aufs Bett. Schlief eine halbe Stunde später tief und fest.

Kapitel 40

Katharina

Das Licht der Außenbeleuchtung vor dem Beerdigungsinstitut brach eine Schneise durch die Finsternis und den Regen, der allmählich wieder in Schnee überging. Ihr war kalt.

Mit steifen, ungeschickten Fingern drehte Katharina den Schlüssel im Fahrradschloss herum. Die Kette klemmte.

Sie versuchte es noch einmal, starrte in die Dunkelheit. Nichts.

Immer dichter werdende Schneeflocken rieselten auf den Boden, der Wind pfiff.

Dann waren plötzlich Lichter vor ihr, Rücklichter. Ein Wagen hielt an und kam rückwärts auf sie zu. Baan stieg aus …

Katharina wusste gar nicht, warum sie so geschockt war. Sie hätte damit rechnen müssen – aber der eine Satz von Baan hatte sie vollkommen unvorbereitet getroffen. Sie spürte, dass sie wankte und musste sich am Rahmen der Außentür festhalten, um nicht komplett das Gleichgewicht zu verlieren.

„Sag es noch einmal", stieß sie hervor.

„Ich habe die alte Schachtel getötet. Das war es doch, was du wolltest", wiederholte Baan. „Und ich habe deiner Mutter einen Schrecken verpasst mit den Zeichen des Arkanum. Du konntest es ja nicht, weil die Ärmste schwanger ist. Ist doch alles gut verlaufen."

Dann drehte er sich um, als wäre die Sache damit erledigt.

„Ach ja, mein Verwalter hat angerufen!", sagte er noch. „Süße Grüße! Er erwartet uns."

Seelenruhig, als wäre sie gar nicht da, stieg er wieder in sein Auto.

Wutentbrannt wollte Katharina weinen, aber sie war zu

müde oder zu wütend oder beides, um zu weinen. Dann verdrängte die Wut alles andere. Sie kam wieder zur Besinnung und stürmte auf sein Fahrzeug zu.

Er kurbelte das Fenster herunter. „Was gibt es denn noch?"

„Sag mir, was du sonst noch alles vorhast, worum ich dich nicht gebeten habe. Ich wollte Mom nur einen Streich spielen, aber sie nicht zu Tode erschrecken!", schrie Katharina.

„Ich bin dir keine …", begann er.

Sie unterbrach ihn. „Warum?", schrie sie ihn an.

Er schüttelte verständnislos den Kopf. „Warum was?"

„Warum magst du mich nicht mehr?"

„Es ging mir immer nur um deine Mutter, Lilith." In seinen Augen blitzte es spöttisch. „Hast du nicht das Muttermal unter meinem rechten Arm gesehen!"

„Doch, aber …" Katharina stockte.

„Ach ja? Das ist das Erbe meines Vaters, du dumme Kuh!", brüllte er. „Und du hast genau das gleiche Mal."

Sie sah es in seinem Gesicht, sah, dass er sich gleich in ein wildes, unkontrollierbares, entfesseltes Etwas verwandeln würde.

„Aber Katharina", sagte er mit einem seltsamen Lächeln und betonte jedes Wort. „Du weißt es. Seit wir miteinander geschlafen haben, weißt du es. Ich bin dein Halbbruder! Mein Vater war auch dein Vater. Frag deine Mutter. Nicht Max. Der Typ ist ein Einhorn. Der pinkelt nur Regenbogen."

„Du lügst. Du bist nicht mein Bruder!" Ihre Stimme überschlug sich, ihre Schläfen pochten.

Baan schaute sie seelenruhig an. „Bist du jetzt fertig? Dann verschwinde. Kapier es endlich! Es ging mir immer nur um deine Mutter!"

Ein paar Sekunden stand Katharina noch da, dann stürmte sie so schnell sie konnte davon und hatte Glück. Der Fahrgast am Taxistand hatte zufällig denselben Heimweg wie sie und nahm sie mit.

Kapitel 41

Katharina

Eine halbe Stunde später war sie zu Hause. Beim Öffnen der Haustür stieg ihr ein merkwürdiger Duft in die Nase. *Hoffentlich hat Mom den Herd ausgeschaltet,* dachte sie und ging sofort in die Küche. Alles schien in Ordnung zu sein. *Gott sei Dank,* dachte sie. *Für heute reicht es mir.*

Sie musste sich ausruhen. Die Visionen hatten ihr zu sehr zugesetzt. Und Baan.

Es ging mir immer nur um deine Mutter ...

Und die Leiche von Robert Unger.

Habe ich den Toten in Trance geschändet?

Nein! Unmöglich. Der Tod war das Einzige, vor dem sie Respekt hatte. Warum aber diese grauenvolle Vision? Warum hatte ihr Fahrrad gestreikt?

Baan ... ihr Bruder ... ihr Halbbruder ... Sie hatte mit ihm geschlafen.

„*Es ging mir immer nur um deine Mutter ...* "

Das Haus lag im Dunkeln. Sie wollte sofort mit ihrer Mutter sprechen, aber die war vermutlich wieder mit Mathilda unterwegs.

Ihr Wagen steht vor der Garage. Komisch. Papas Wagen auch. Wieso hatten ihre Eltern bei dem Wetter ihre Fahrzeuge nicht in die Garage gefahren?

Sie musste in aller Ruhe über die merkwürdigen Vorkommnisse nachdenken. Aber ... Sie war in Panik davongerannt, hatte im Beerdigungsinstitut alles stehen und liegen lassen.

Ich muss Lukas Käfer anrufen.

Stattdessen döste sie auf dem Sofa ein. Und wieder suchte sie eine Traumvision heim ...

Ich bin Lilith, ein Nachtdämon. Ich will nicht beschützt werden vor der Unfassbarkeit dessen, was da in den Bäumen ist. Ich bin weder abergläubisch, noch habe ich schnell Angst. Nur Mom soll das sehen.

Baan steht auf der Lichtung und stützt sich mit einer Hand gegen den Stamm eines Holunderbaums. „So ist es perfekt. Sobald deine Mom aus dem Fenster schaut ... " Er kichert.

„Es muss nach Absicht aussehen", erwidere ich.

„Nein, Lilith, nach Zufall."

Ich friere. Es ist kalt und ich trage nur ein schwarzes, kurzärmeliges T-Shirt, darüber eine dünne Jacke, als wäre mir warm. Ich zeige auf den Schrumpfkopf. „Wie alt war sie?"

„Zwölf. Sie stammte aus Olinda."

„Olinda ... War sie hübsch?"

„Raimundo meint ja. Er erwartet uns, sobald es vorbei ist, Lilith", sagt Baan.

Ich seufze. „Wir sind fertig, Baan. Lass uns gehen." Ich höre Schritte.

„Warum tut ihr mir das an ...?", höre ich meine Mutter sagen und drehe mich um. „Mom?"

Meine Mutter klappert mit den Zähnen, die Haut um ihren Mund ist blau vor Kälte.

Baan löst sich vom Baumstamm und dreht sich um. „Anna ....." Seine Stimme ist voller Zärtlichkeit. Langsam geht er über den Rasen auf meine Mutter zu.

Entsetzen liegt in meinen Augen. „Du bleibst hier, Baan!"

Baan streckt eine Hand aus, um Anna die Sicht zu versperren. „Lilith wollte dir nur einen Schrecken einjagen, Anna. Ich konnte sie leider nicht davon abhalten."

„Baan! Stimmt doch gar nicht." Ich recke den Hals. „Baan, du lügst!"

Baan wirft mir einen wütenden Blick zu. „Anna, Schatz, bitte. Geh doch ins Haus. Wir möchten nicht, dass du das siehst!".

Aber meine Mutter hat bereits einen Blick darauf geworfen. „Oh nein." Kreidebleich legt sie die Hand auf ihren Mund.

Baan nimmt sie bei den Schultern und dreht sie mit sanfter Gewalt zum Haus um.

„Hör zu. Geh zum Wagen, Lilith", sagt er zu mir.

Nach einer ganzen Weile nicke ich wie betäubt. Irgendwo kreischt eine Krähe, die Zweige rascheln im Wind. Ich drehe mich um und starre die Abscheulichkeit noch einmal an. Schmeißfliegen werden vom Geruch des Todes angezogen, landen auf dem Schrumpfkopf und blieben sitzen. Wahrscheinlich legen sie Eier.

Baan steht wieder neben mir. Ich hebe langsam den Kopf, sehe den Wahn in seinen Augen.

„Es war immer nur deine Mutter, Lilith", flüstert er.

Dann spüre ich seine Faust, er schlägt auf mich ein. Eine Explosion aus Schmerzen, so heftig, dass ich drohe, das Bewusstsein zu verlieren. Ich höre Schreie, meine Schreie.

Dies ist das Sterben, ich spüre, wie das Leben aus ihr hinausfließt, ein endloses Fallen. So leicht wie der weiß funkelnde Schnee, bis er sich rot färbt.

Der Schmerz strahlt von meinem Gesicht in meinen ganzen Körper aus. Ich spüre Blut im Mund, süß und warm, dann sein Gewicht auf mir. Ich sträube mich, flehe um Gnade.

Er erstickt meinen letzten Schrei, ich höre seine letzten Worte. „Es war immer nur Anna, die ich gewollt habe …"

Mein Blick verschleiert sich. Ein weiterer Schlag trifft meinen Kopf. Ich atme panisch, hastig, immer schneller. Der Schmerz verebbt, als der Tod mich in die Tiefe zieht.

Katharina wachte schweißgebadet aus ihrem Traum auf, fühlte sich einsam und eingesperrt.

„Es war immer nur Anna, die ich gewollt habe…"

Sie starrte in die Dunkelheit, nahm die Vorhänge und die Jalousie im Wohnzimmer wahr, und glaubte das Trippeln von Schritten zu hören, *Mom ist wieder da …*

Doch dann hörte sie ein anderes Geräusch, ein Kichern wie vorhin im Kühlraum. War das Einbildung? Ihr Herz raste.

„Mom. Bist du das?"

Keine Antwort.

Katharina versuchte sich aufzusetzen, doch der Raum kippte zur Seite weg. Sie stürzte und schlug mit der Schulter auf den Boden. Verdammt. Einen Augenblick lag sie keuchend da.

„Scheiße!" Sie biss sich auf die Zunge, schmeckte Blut.

„Mom! Wo steckst du?", schrie sie.

Plötzlich fiel es ihr wie Schuppen von den Augen. *O Gott! Die Vision.* Ihr Magen krampfte sich zusammen: Sie hatte Schreie gehört, weit entfernt. Qualvolle Schreie!

Es ging mir immer nur um deine Mutter ...

Sie schaute sich um. Und dann glaubte sie es zu sehen: An der Heizung, an den Wänden und auf dem Boden – überall war Blut.

Sie blinzelte, sah genauer hin. Kein Blut. Kein Albtraum. Nur eine weitere Vision.

Sie streckte die Arme aus, stand auf. Grauenhafte Bilder schossen ihr durch den Kopf, während sie die Treppe hinaufging.

„Reiß dich zusammen", murmelte sie. „Mom?"

Keine Antwort, nur Totenstille.

„Hört mich denn niemand?" Ihre Stimme klang hohl.

Nichts. Nichts. Oh Gott.

Sie spürte Tränen und weinte mit einem Mal wie ein verlassenes Kind. „Mom, Papa ... Wo seid ihr denn?"

Katharina bebte am ganzen Körper, als sie oben ankam. Da war wieder das Geräusch. Es kam aus dem Bad.

Sie hielt den Atem an. Plätscherte da Flüssigkeit in die Badewanne? Mit voller Wucht stieß sie gegen die Badezimmertür.

Der Boden war feucht. In einer Aufwallung von Panik und Verzweiflung begriff Katharina ihren grausamen Irrtum.

Es war still im Haus, totenstill, kein Geräusch, kein Stimmengemurmel, nichts, nur das Brummen der Fliegen in der Badewanne.

„Papa", murmelte sie zitternd, „Papa ..."

Max drehte sich um und streckte ihr seine Hand entgegen.

Kapitel 42

Baan

Es war kalt gewesen und vollkommen still, als Baan Max Gavaldo niederschlug. Seine Gefühle hatten an der Oberfläche getrieben, als hätten Kraken all das Hässliche, was dort begraben gewesen war, aus unergründlichen Tiefen aufgescheucht. Er hatte es genossen, Max Gavaldo über den Boden des Badezimmers kriechen zu sehen. Danach hatte Baan viel Zeit gehabt, um mit dem Wagen nach Hause zu fahren. Er war über die Seestraße gefahren und hatte über den Wipfeln der Uferbäume eine weitere Schlechtwetterfront aufkommen sehen. In Starnberg hatte dann heftiger Schneefall die Stadt erstickt und alle Anzeichen von Leben ausgelöscht. Hier in der Seitenstraße lag der meiste Schnee unberührt da, es gab kaum Fußspuren und kein einziger Pfad war freigeschaufelt worden. Die Nacht war totenstill. Nur der Wind war stärker geworden, fegte lockeren Schnee vom Boden und peitschte ihm ins Gesicht. Er hob die Hand und beschirmte die Augen.

Der Mond strahlte am Nachthimmel, wurde aber immer wieder von Wolkenfetzen verdunkelt.

„Ich liebe diese Frau. Mehr als Piranhas das Blut lieben, Papa. Mehr als du ...“

Ein Flüstern in die Nacht.

Kapitel 43

Anna

Im Traum nahm Anna ihr kleines Mädchen an die Hand, ging mit ihm in die Bar, kaufte ihm ein Eis. Katharina setzte sich auf den Barhocker, zwinkerte dem Dämonenbild an der gegenüberliegenden Wand zu …
Jakob entstieg dem Bild, hob das Mädchen hoch und tauchte mit ihm ab in Dantes Höllenbildnis.

Anna wachte mit einem Schrei auf. Verdammt! *Sie sollen sich alle von Katharina fernhalten. Sie gehört mir!* War sie wach oder träumte sie noch? Das Schlimmste war, dass sie nicht einmal mehr wusste, was in diesem Moment in ihrem Leben vor sich ging.

Dass ihr Kopf schlimmer dran war, als sie zunächst geglaubt hatte, war ihr erster Gedanke, als sie plötzlich ein lautes Hämmern wahrnahm. Es war hell im Schlafzimmer. Der Wecker zeigte ihr doppelte Ziffern an.

Alles was geschehen war, kehrte mit einem Schlag in ihr Gedächtnis zurück, als ob ihr eine Speicherkarte mit Gewalt in den Kopf gepresst wurde. Sie hatte die Villa fluchtartig verlassen, um in der Stadtwohnung zu übernachten. Sie schloss ihre Augen. Sie wollte nicht wach sein. Nicht nachdenken müssen. Niemand wartete auf sie. *Doch, Max und Katharina warten.*

Wieder höre sie ein lautes Klopfen. War das an der Haustür? Warum drückten sie nicht die Klingel?

„Öffnen Sie die Tür! Polizei!" Die Stimme klang laut durch den Korridor.

Jetzt war sie hellwach. *Katharina!* Es war etwas mit Katharina geschehen. Hatte sie nicht angerufen, um mit ihr über Baan zu sprechen? Diese verdammten Schlaftabletten hatten ihr Hirn umnebelt.

Mit einer Eile, die ihr Körper nicht zu schätzen wusste, zog sie den Morgenmantel über. Trotz der Sorge und Angst um ihre Tochter, blickte sie zuerst durch den Türspion, um sicher zu sein, dass Baan nicht schon wieder versuchte in ihr Leben einzudringen.

Zwei Beamtinnen. Eine Frau mittleren Alters, die Hände in ihre Hosentaschen gesteckt, und eine jüngere Beamtin, die mit ernstem Gesicht geradeaus starrte. Sie öffnete ohne Zögern die Tür.

„Sind Sie Anna Gavaldo?" Graue Augen unter dunklen Brauen sahen sie an.

Anna nickte. „Ist etwas mit Katharina?" Ihr Atem war flach. Sie bekam kaum noch Luft, so sehr quetschte die Angst ihre Brust zusammen. Baan war zu weit gegangen. Er hatte sie …

„Kripo München. Mein Name ist Sigrid Stollerts", sagte die ältere Polizistin, „und das ist meine Kollegin, Diana Will. Dürfen wir hereinkommen?"

Ohne weitere Umschweife gingen beide an ihr vorbei.

„Ist sie …?" Es war wie ein Szenario aus einem Film. Gleich kam der Standardsatz. Sie wollte es nicht hören. Nicht wissen. Sie presste ihre Hände auf ihre Ohren. Stollerts Blick aus ihren grauen Augen drückte weder Unbehaglichkeit noch Verlegenheit aus. Er war eher abschätzend.

„Können Sie uns sagen, wo Sie in der vergangenen Nacht gewesen sind, Frau Gavaldo?"

„Ist Katharina etwas zugestoßen?", stieß sie aus. Ein Blick wurde ausgetauscht. Verständigung? Oder die Erlaubnis, die schlechte Nachricht zu überbringen? „Verdammt. Sagen Sie doch etwas. Katharina, meine Tochter. Sie ist doch in Ordnung?" Sie blickte die Polizistinnen abwechselnd an. *Sie reagieren nicht.*

„Würden Sie uns bitte sagen, wo Sie gestern Abend waren, Frau Gavaldo?" Stollerts Stimme war nun weniger barsch.

„Hier." Kein Zögern in ihrer Stimme. Niemand musste von der Tsantsa wissen, nicht bevor sie mit Max gesprochen hatte.

„Wann haben Sie Ihren Mann und ihre Tochter das letzte Mal gesehen, Frau Gavaldo?"

Sie wusste es. Baan steckte hinter all dem. Was hatte er getan? Sah denn niemand das Gesicht hinter der Maske? Nein! Niemand wusste von Baan. Niemand kannte ihn. Nur sie und Katharina.

Warum war sie nur in diese Wohnung geflüchtet? Sie war die Einzige, die Katharina schützen konnte. Max wusste nicht, dass es ihn gab. Warum hatte sie Max nicht sofort angerufen? Sie machte einen Fehler nach dem anderen, wie damals, vor siebzehn Jahren.

Sigrid Stollerts hob eine Augenbraue, sie hatte sie wohl eine Weile angestarrt. *Hat sie mir eine Frage gestellt?* Sie war verwirrt.

„Sie sollten uns jetzt begleiten, Frau Gavaldo. Sie haben das Recht zu schweigen. Alles, was Sie sagen ..."

Sie geriet in Panik. „Aber warum? Was ist denn los?"

Phrasen, die sie aus Fernsehserien erkannte, drangen an ihr Ohr. Sie begriff, dass sie sie verhören wollten. Wozu?

„Ich verstehe das nicht."

„Ziehen Sie sich bitte an. Wir warten bis Sie fertig sind." Sigrid Stollerts sah sich um und setzte sich dann auf einen der Esszimmerstühle.

„Ist etwas mit Max?" Ihre Frage klang verzweifelt.

Die Polizistin, die sie bis dahin stillschweigend beobachtet hatte, zauberte ein Lächeln auf ihr Gesicht. „Kann ich Ihnen vielleicht beim Anziehen behilflich sein?"

Sie starrten einander für eine Weile an, bis Anna erkannte, dass keine weiteren Informationen kommen würden.

„Wenn Sie mich entschuldigen?" Sie schlich in ihr Schlafzimmer. *Wo waren Sie gestern Abend?*

Die Frage deutete etwas an, das ihr erst jetzt auffiel. Sie hatte Max gestern Abend nicht gesehen. *Richtig?*

Sie wusch ihr Gesicht mit kaltem Wasser. Erst jetzt sah Anna das Blut auf ihrem Nachthemd, an ihrem Körper, der auch mit Blutergüssen übersät war. Woher hatte sie, woher das viele Blut? Eilig zog sie Jeans und Pullover an, ging wieder ins

Wohnzimmer. Ein paar Minuten später warteten die beiden Polizistinnen, bis sie ihre Haustür abgeschlossen hatte und fuhren mit ihr im Aufzug hinunter.

Draußen atmete Anna die frische Luft ein. Im Polizeifahrzeug versuchte sie fieberhaft ihre Erinnerungen zu durchforsten, die irgendwo unter dem Schleier eines Alkoholrausches verborgen lagen. Nur wann hatte sie getrunken? Nachdem sie die Tsantsa im Garten gesehen hatte?

Sechs große Gläser Cognac. Und die Schlaftabletten, meldete sich ihre innere Stimme.

„Woher kommt das Blut an Ihrem Nachthemd, Frau Gavaldo?"

Die dritte Frage von Sigrid Stollerts hallte in ihrem Kopf nach.

Kapitel 44

Polizeipräsidium München

Die Hände der jüngeren Polizeibeamtin tasteten jede Unebenheit ihres Körpers ab. Ihre Hände auf ihrer nackten Haut fühlten sich kalt an. Selbst die Bügel ihres BHs wurden gründlich untersucht, an dem Verschluss wurde gezerrt. Jeder Millimeter ihres Körpers wurde berührt. Sie wollte ihre Finger wegschlagen – niemand durfte ihren Körper ohne Erlaubnis berühren, Jakob hatte es in der Vergangenheit zu oft getan. Nie mehr.

Anna konnte nur noch an die vergangene Nacht denken. Sie war betrunken gewesen, als das Taxi vor der Wohnung gehalten hatte, war im Haus und in der Wohnung drei oder vier Mal gestürzt, hatte sich dabei verletzt. Ihre Haut war an einigen Stellen aufgeplatzt. Daher stammte das Blut.

Anna krümmte sich vor Schmerzen und wandte sich von Diana Will ab. Die Polizistin presste ihre schmalen Lippen zusammen, gab Sigrid Stollerts, die Anna die ganze Zeit mit ihren grauen Augen beobachtet hatte, ein Zeichen.

Sie packte Anna und hielt sie in Schach, während Schmallippe sie weiter abtastete. Es war wie eine Wiederholung der Vergangenheit. Anna wollte es nicht fühlen, nicht sehen und vor allem nicht noch einmal erleben. Für sie gab es nichts Schlimmeres, als nicht über ihren eigenen Körper bestimmen zu können. Ihr kam es vor wie Stunden, bis die Polizistinnen endlich ihre Arbeit beendet hatten.

Anna ließ Diana Will währenddessen nicht aus den Augen und fragte sich, ob Frauen Polizistinnen wurden, weil sie die Dominanz genossen. Die Macht.

Noch immer fixierte Wills Kollegin mit beiden Händen ihre Arme. Anna fühlte sich nackter als je zuvor. Sie widersetzte sich nicht meh, aber es war schwer, sich in diese schreckliche Lage zu fügen. Wann war die Show endlich vorbei? Sie hatte nichts getan, hatte nichts zu sagen, würde auch nichts sagen. Was sollte sie ihnen denn erzählen? Dass Jakobs Sohn dabei war, ihr Leben auf den Kopf zu stellen? Dass Baan seine Macht behauptet hatte, indem er Katharina zu beeinflussen versuchte?

Diana Will nahm jetzt ihre Kleidung in Augenschein und durchsuchte sie gründlich. Dann bekam Anna sie zurück. Auf dem Tisch lag eine Plastiktüte mit ihren persönlichen Sachen. Alles hatten sie an sich genommen: ihr Handy, ihre Uhr, ihre Schlüssel, ihren Schmuck, alles wurde eingetütet.

„Was passiert jetzt?", fragte Anna.

„Warten Sie es ruhig ab", antwortete Will.

„Wo bringen Sie mich hin?"

„Das werden Sie schon sehen."

„Was wollen Sie denn wissen? Warum bin ich hier? Was ist denn passiert? Ich möchte Benedikt van Cleef sprechen! Und meinen Anwalt anrufen!"

Jede Frage wurde ignoriert.

Sie werden ausgebildet, keine Auskunft zu geben. Wieder packte Stollerts ihren Arm. „Kommen Sie."

Die Polizistin ging vor. Sie hatte ein Pflaster auf die Ferse ihres Fußes geklebt. *Blasen in ihren Dienstschuhen?*, dachte Anna. Es war ein erster menschlicher Zug. Vielleicht war sie gar nicht so übel und machte nur ihren Job.

Eine Tür wurde geöffnet.

Was werden sie mit mir machen?

Eine graue Verwahrungszelle, etwa drei mal drei Meter groß, mit einer Betonbank und einer Toilette aus Stahl.

„Hinein", befahl Stollerts.

Die Tür fiel mit einem dumpfen Schlag hinter Anna zu und wurde verriegelt. Die Bank zwang sie fast, sich zu setzen, aber sie weigerte sich, dem nachzugeben. Wenn sie als ein identitätsloses Objekt eingesperrt wurde, musste sie sich dem beugen, aber sie zwingen, das zu tun, was sie wollten, ging Anna zu weit.

Sie war allein mit ihren Gedanken, die immer wieder um

die eine Frage kreisten, die immer wieder gestellt wurde: *Wo waren Sie gestern Abend?*

Wie konnten sie jemanden grundlos verhaften, auf eine derart scheußliche Weise abtasten lassen und dann wie einen Verbrecher einsperren? Wieso war Max nicht hier, um sie aus dem Loch zu befreien?

Sigrid Stollerts hatte etwas von Gefahr im Verzug gefaselt. Wieso? Wann würden sie herausfinden, dass sie nichts getan hatte? Ihr war nicht einmal klar, was sie sich selbst angetan haben könnte. Wogegen sie sich verteidigen müsste.

Hatte Baan sich etwas ausgedacht, um sie zu quälen? Hatte sie nicht genug gelitten?

Es fraß sie auf, alles so glasklar vor Augen zu haben, aber gleichzeitig nicht zu wissen, was sie von ihr wollten. Sie starrte auf die geschlossene Tür. Verrückt, auf der Innenseite war kein Schlüsselloch. Seltsam.

Die Stunden vergingen und waren leerer als die Zelle. Sie hatte sich schließlich doch auf die eiskalte Betonbank gesetzt. Ihr Leben war aufs Warten reduziert. Sie war nicht mehr selbstbestimmt, konnte nichts mehr selbst entscheiden. Ihr Leben wurde für die Außenwelt weggesperrt, und die Frage war, wann und ob sie jemals wieder den Schlüssel dafür bekommen würde.

Wie spät war es? Abend? Vielleicht Nacht? Fragen ohne Antworten. Nichts, woran sie sich klammern konnte. Sie konnte sich nicht einmal mehr daran erinnern, wie spät es war, als sie zu Hause abgeholt worden war. Ihr Körper, der in der Regel ein Gefühl von Hunger oder Schlaf signalisierte, war ruhig.

Auf dem Gang hörte sie Geschrei. Ein Mann stieß Flüche aus, die Anna noch nie gehört hatte. Die Aggression hinter seinem Reden ließ sie erschaudern. Sie gehörte nicht hierher. Wann würden sie das endlich begreifen?

Plötzlich hörte sie schnelle Schritte. Dann Stille. Sie konnte nichts sehen, hatte keine Ahnung, was außerhalb dieser kleinen Zelle passierte.

Dann schwang die Tür auf. Zwei junge Polizisten standen in

der Türöffnung. Endlich! Mit einem tiefen Seufzer stand sie auf.

„Mitkommen!"

Wartet! Habt ihr euren Fehler nicht erkannt?

„Was geschieht jetzt?" Ihre Stimme hallte durch den Gang. Auch diese jungen Polizisten kannten sich mit Antworten nicht aus.

„Warum bin ich hier, verdammt nochmal?"

Die Männer sahen sie nicht einmal an.

Erst als sie in einen Polizeibus gepfercht wurde und in einem kleinen, geschlossenen Bereich hinten im Bus saß, wusste sie, dass es noch nicht vorbei war.

Anna spähte durch die Ritzen nach draußen. Es war dunkel. Der Bus verließ München. Ansonsten war nicht zu erkennen, wohin sie sie brachten.

„Gewiss dein erstes Mal?", sagte ein Mädchen mit zerzausten schwarzen Haaren, das in einer anderen Teilzelle saß. Ihr Make-up war zerlaufen, ihre Augen funkelten hell im schwachen Licht, das von der Straßenbeleuchtung ins Innere schimmerte.

Anna nickte nur. Sie verspürte keinerlei Lust, mit ihr zu reden. Sie gehörte nicht dazu.

„Diese Bastarde sagen dir nichts. Alles nur schmutzige Taktik. Ich habe gelernt, dass Schweigen deine einzige Waffe ist", fuhr das Mädchen fort.

Folglich schwieg Anna und starrte nach draußen, wo das Leben weiterging.

Kapitel 45

Die blechernen Klänge der Schließanlagen wurden mitunter von den Schreien der anderen Gefangenen begleitet. Seit ihrer Verhaftung mussten Stunden vergangen sein. Sie war unendlich müde, konnte sich aber nicht dazu durchringen, sich hinzulegen. Die gelb-grünen Wände waren voller Schlieren. Das Betonbett, auf dem eine, mit einer Kunststofffolie umhüllte Matratze lag, sah unbequem aus. Das gestärkte Laken kratzte und war vollkommen ungeeignet, um sich damit zuzudecken.

Anna fühlte sich noch kränker als vor ihrer Verhaftung. Wieder erfasste sie eine Welle von Übelkeit ihren Magen und sie krümmte sich vor Schmerzen. Sie spuckte ein wenig Galle, aber das Würgen war unglaublich quälend. Als die Magenkrämpfe nachließen, kauerte sie sich in eine Ecke gegen die Wand. In der Zelle hing der säuerliche Geruch von Erbrochenem, aber Anna weigerte sich, eine Wache zu rufen.

Sie hatte keine Ahnung, was noch alles passieren würde. Bei der Ankunft war sie abermals untersucht worden, wieder hatte es keine Antworten gegeben. Wieder eine Zelle, wenn sie dieses Sechs-Quadratmeter-Loch so nennen durfte. Die unverwüstliche Stahltür war mit einer Sichtluke versehen und einer Durchreiche für die Mahlzeiten. Wie für Schweine, die danach auch dankbar grunzen sollten?

Es war seltsam kein Zeitgefühl zu haben. Noch schlimmer war, dass ihr nicht zugehört wurde. Nichts durfte sie, auf nichts konnte sie Einfluss nehmen. Auch einen Anwalt gestatteten sie ihr nicht mitten in der Nacht. Deshalb hatten sie das Procedere hinausgezogen. Das Einzige, was sie tun konnte, war das Ganze hinzunehmen bis Max kam.

Dennoch fragte sie sich immer wieder, ob irgendjemand sie zum Narren halten wollte oder ob dies die übliche Vorgehensweise nach einer Verhaftung war. Sie versuchte sich zu erinnern, ob Robert Pack, der Anwalt der Familie, manchmal mitten in der Nacht angerufen wurde? Hier galten Regeln, die ihr nicht bekannt waren.

Wie wütend Anna auch war, es hatte überhaupt keine Bedeutung. Sie würde warten müssen, krank wie ein Hund, durstig wie ein Schwamm, bis sie wieder etwas von ihr wollten.

Deine einzige Waffe ist das Schweigen, rumorte ihre innere Stimme. Aber ihr wurden selbst keine Fragen gestellt, wozu sich also über das Schweigen Gedanken machen?

Eine Zelle weiter wurde eine Luke geöffnet. Ihr schriller Klang hallte wie ein Echo durch die Stille der Nacht. Der Nachbar schrie nach einer Zigarette. Die Beleidigungen, die er den Gang hinunter brüllte, waren voll von Irrsinn. Er bekam keine Antwort.

Für einen Moment war es wieder still, bis die nächste Luke geöffnet wurde. Es war eine wiederkehrende Melodie, die stündlich am Anfang des Korridors ertönte. Stündlich? Vielleicht.

Nach den endlosen Wiederholungen der metallischen Geräusche, war der Nachbar an der Reihe. Er verlangte ein weiteres Mal nach einer Zigarette. Die Luke wurde kommentarlos geschlossen. Das methodische Ignorieren entfesselte seine Wut. Was er im Moment in der Zelle veranstaltete, war ihr ein Rätsel. Es gab absolut nichts, was sich hier auseinandernehmen ließ. Die Edelstahltoilette hatte nicht einmal eine Klobrille.

Der tobende Häftling in der Nachbarzelle erinnerte sie an Jakobs Brutalität und erschreckte Anna zutiefst, weil sie selbst eingesperrt und machtlos war. Sie zuckte zusammen, als ihre Luke geöffnet wurde, blieb aber vollkommen ruhig, saß zusammengekauert auf dem Boden und weigerte sich emporzublicken. *Ich bin nicht da.* In der darauffolgenden Stille hielt sie ihren Atem an. Angenommen, sie würde sterben, würden diese Wachleute sie dann einfach hier liegen lassen? Wer stand hinter der schrecklichen Luke und starrte sie an? Was ging in den Köpfen dieser gnadenlosen Wachleute vor, wenn sie sie in der Ecke sitzen sahen? Oder fanden sie gar nichts dabei? War sie in ihren Augen womöglich kein Mensch, sondern nur ein schmutziges, unansehnliches Objekt, bei dem sie hin und wieder gucken mussten, ob es noch atmete? Ein Schauder lief über ihren Rücken und sie zuckte unwillkürlich zusammen. Das reichte. Die Klappe rastete ein. Sie war wieder allein.

Sie konzentrierte sich auf das Waschbecken und wünschte sich ein Stück Seife. Es war erstaunlich, wie man sich nach so einfachen Dingen sehnen konnte, aber sie fühlte sich in der Tat wie ein mit Schmutz behaftetes Ding. Ihre Kleidung roch nach Panik, nach Schweiß und das letzte Mal duschen schien Jahrhunderte zurückzuliegen.

Sie lehnte sich über den Rand des Edelstahlbeckens, aber der dürftige Wasserstrahl aus dem Hahn reichte kaum, um ihr Gesicht zu befeuchten. Darüber hinaus kam kein Wasser, sobald sie die Druckschalter losließ.

Wo blieb Max? Und Katharina? Sie kamen bestimmt um vor Sorge.

Das Ganze war eine Aneinanderreihung von Schikanen. Als wollten sie die Gefangenen mit simplen, aber effektiven Tricks brechen. Alles war erlaubt, wenn es half ein Verhör zu verkürzen, damit sie wieder beizeiten zu ihrer Familie nach Hause gehen konnten. *Gesteh alles, aber zügig. Und vergiss nicht, wir sind im Recht. Oder wir verschaffen es uns.* Sollte sie etwas gestehen? Ihre Augen brannten. Müdigkeit? Sie sehnte sich plötzlich nach Schlaf; die Stunden zerschlagen, indem sie mühelos in einen tiefen Schlaf floh.

Ihr Körper protestierte, als Anna sich auf dem Betonbett ausstreckte. Doch selbst das kalte Licht, das die Verlorenheit ihrer erzwungenen Behausung betonte, konnte ihr nichts anhaben. Obwohl sie einen Lichtspot auf sie gerichtet hatten, war sie ganz bei sich, sobald sie die Augen schloss. Auch wenn die Fragen auf einmal in unterschiedlichen Lautstärken durch ihren Kopf kreisen. Ein heftiges Aufstoßen ihres verwirrten Gehirns? Was machte sie in einem Gefängnis? Aber noch zwingender: Wie kam sie hier wieder raus? Sobald sie wieder drohte abzutauchen, begann eine neue Lukenrunde. Klappe auf, Klappe zu. Immer näher. Ihr Nachbar schrie, dabei waren sie noch weit von seiner Zelle entfernt. Seine Rufe nagten an ihr. Sie wollte schlafen, um dieser gottvergessenen Hölle voller wertender Augen zu entkommen. Es ging hier nicht um Schuld. Es ging um Durchhaltevermögen, um Ausdauer, um Unbeirrbarkeit. Das war völlig eindeutig.

Wann würde sich diese Tür endlich öffnen, damit ihr jemand sagen konnte, dass sie einen Fehler gemacht hatten? Stattdessen tickten nur die unaufhörlich vorwärtsrückenden roten Sekundenzeiger in ihrem Kopf, und mit jeder weiteren Sekunde wurde es schlimmer, weil nichts geschah.

Erst am nächsten Morgen saß ihr Sigrid Stollerts gegenüber. Diana Will tippte mit zwei Fingern jedes Wort, das sie sagte, in den Computer ein. Ihre Finger fanden die Buchstaben auf der Tastatur nur mit Mühe, dabei machte sie den Eindruck, als interessierte sie sich nicht mehr für das Verhör. Mit Mühe hielt Anna eine abfällige Bemerkung zurück.

„Es tut uns leid, Frau Gavaldo", sagte Sigrid Stollerts. „Wir haben gestern einen anonymen Anruf erhalten." Sie sah ihre Kollegin mit irritierend ruhigen Augen an. „Darin wurden Sie beschuldigt, ein Verbrechen begangen zu haben. Wir mussten der Sache zuerst auf den Grund gehen und haben einen Streifenwagen zu …"

Bleib ruhig, mahnte ihre innere Stimme.

„Mir wird übel von diesem Computerkram", brummte Will. „Soll ich uns Kaffee holen?"

Durst. Es war ein Wort, das kaum hinlänglich beschrieb, wonach Anna verlangte. Sie kam fast um vor Durst.

„Ja, bitte, und bring Frau Gavaldo auch eine Tasse mit." Sigrid Stollerts sah sie prüfend an. „Dass wir Sie so einfach mitgenommen haben und in die Verwahrung verbringen mussten, tut mir wirklich leid. Aber so lauten nun mal die Vorschriften. Wir mussten die Blutspuren auf ihrem Nachthemd erst überprüfen. Könnten Sie uns einige Fragen beantwo ..."

Anna sprang auf. „Fragen beantworten?", unterbrach sie die Polizistin. „Was für Fragen? Wozu? Was ist denn eigentlich geschehen?"

Sigrid Stollerts wurde blass. „Wissen Sie das denn nicht? Hat man Ihnen noch nichts gesagt? Das tut mir leid. Das wusste ich nicht. Es geht um Ihren Mann, und um ihre Tochter."

„Sagen Sie es mir. Bitte!", flehte sie.

Sigrid Stollerts Augen waren plötzlich voller Wärme. In dem Moment wusste Anna, dass die Wahrheit die lästige Eigenschaft hatte, meistens das letzte Wort zu haben.

„Ihr Mann kämpft im *Klinikum Rechts der Isar* auf der neurochirurgischen logischen Intensivstation um sein Leben. Er wurde brutal zusammengeschlagen."

Eine Woge der Erschöpfung und ein höllischer seelischer Schmerz überrollten sie wie ein Laster, viel zu schwer und mit solcher Wucht, dass ihre Augenlider sich schlossen, ohne dass sie es verhindern konnte.

„Und Katharina?"

„Wir konnten sie noch nicht erreichen. Sie ist spurlos verschwunden."

Anna zuckte zusammen, kippte auf dem Stuhl zur Seite, schrie. Dann fiel sie in tiefe Dunkelheit.

Als Anna aufwachte, lag sie auf einer Liege auf dem Rücken und wusste nicht, wo sie war, wusste nicht, was geschehen war. *Katharina, Max ...*

Ihre Seele brannte. Vorsichtig drehte sie den Kopf nach links zum Fenster und sah vergilbte Vorhänge. Sie berührte eine Decke, die jemand ihr über ihren Körper gelegt hatte.

Sie versuchte, die Wahrheit zu verdrängen. Nur noch einen Moment die Nachwirkungen der Beruhigungsspitze zulassen. Keine Gedanken erlauben. Keine Gefühle. Nur das Nichts fühlen.

Es gelang ihr erneut einzudösen. Als sie Sekunden später die Augen wieder öffnete, bemerkte sie eine Gestalt neben der Liege.

„Ich bin Stefan Frey, Polizeiarzt. Wie fühlen Sie sich? Geht es wieder? Haben Sie Schmerzen?"

Anna versuchte festzustellen, ob es eine einzige Stelle in ihrem Körper gab, die nicht wehtat, aber es war weniger ihr Körper, der schmerzte, sondern ihre Seele. Ein einziger Verbund schmerzhafter Zellen.

„Es geht schon", sagte sie leise. „Die Schmerzen sind seelischer Natur."

„Bleiben Sie bitte noch einen Moment liegen. Diese Polizistinnen benehmen sich manchmal wie Tölpel. Da ist wohl einiges schief gelaufen in Sachen Kommunikation, Frau Gavaldo. Es tut mir sehr leid."

Hinter Annas Augen sammelte sich ein Meer an Tränen. Sie wollte nicht weinen. Noch nicht. Nicht hier.

„Es tut so mir leid, Frau Gavaldo", wiederholte er. „Ich möchte mich bei Ihnen für das Benehmen meiner Kolleginnen entschuldigen. Eine Streife wird Sie gleich in Ihre Wohnung bringen. Leider können Sie noch nicht in ihr Haus. Die Spurensicherung hat ihre Arbeit noch nicht abgeschlossen."

Es kam ihr vor, als wären sie beide Teil eines surrealistischen Theaterstücks, dessen Text und Ende nur sie nicht kannte. Sie musste erst einmal die Realität akzeptieren.

Sie nickte. „Ich möchte sofort zu meinem Mann. Sofort!"

„Natürlich." Der Arzt betrachtete sie mit ernster Miene. „Ich verschreibe Ihnen ein leichtes Beruhigungsmittel."

„Nein, danke." *Ich brauche einen klaren Kopf.* „Sie haben bestimmt viel zu tun", sagte Anna und stand von der Liege auf. „Ich möchte Sie nicht länger aufhalten."

Erleichterung flackerte in seinen Augen auf. „Viel Kraft, Frau Gavaldo und mein aufrichtiges Beileid."

Die warme Stimme des Arztes berührte sie und plötzlich spürte sie einen Kloß im Hals. Sie suchte nach Worten. *Ärzte – auch Polizeiärzte – machen nur ihren Job*, dachte sie.

Sie blieb still, als er das Zimmer verließ, sah aus dem Fenster. Der Himmel schimmerte schwach und wolkenverhangen durch die Vorhänge und kündigte wieder Schnee an. Sie betrachtete ihn, als hätten sie beide etwas zu bedauern. Es kam ihr vor, als führten sie ein Zwiegespräch, in dem die Wahrheit ans Tageslicht kam: *Baan.*

Eine Erinnerung flackerte plötzlich auf. Sie hatte ihn in jener Nacht im Spotlicht der angestrahlten Eiche im Garten gesehen, in seine leeren Augen geblickt, in denen weder Trauer noch Freude gewesen waren, keine Tränen und kein Lachen. Diese Augen hatten sie nur von oben bis unten gemustert und mit unerbittlicher Festigkeit gewartet. Vielleicht bis zum Übergriff auf Max?

Katharina ... Lilith – ein Nachtdämon, hatte Max sie genannt.

Die Zukunft mit ihr kam ihr vor wie ein klaffendes, schwarzes Loch, aber dem würde Anna sich später stellen. Sie musste zu Max in die Klinik. Als sie das Polizeipräsidium verließ, schluchzte Anna.

Auf ihr Schluchzen folgten Tränen. Stille Tränen für das Unverzeihliche.

Kapitel 46

Anna

In der neuro-chirurgischen Intensivstation des *Klinikum Rechts der Isar* herrschte durch das gedämpfte Licht so etwas wie ewige Nacht. Sigrid Stollerts hatte Anna in die Klinik gefahren und die zulässige Geschwindigkeit mehrmals überschritten. Sie zeigte Verständnis für ihre Situation und ihren Wunsch, Max so schnell wie möglich nah zu sein. Und sie hatte Anna gegenüber ein schlechtes Gewissen.

Jetzt wartete sie in einem Raum gegenüber dem Eingang zur Überwachungsstation und sah sich um. In dem fensterlosen Wartezimmer brannte eine Lampe auf einem Tisch in der Ecke. Das Mobiliar wirkte hastig montiert und lieblos hingestellt – wie vorübergehend.

Anna schloss die Augen, unterdrückte ihre Tränen. Sie rutschte auf dem Stuhl hin und her, blätterte lustlos in einer Frauenzeitschrift und legte sie wieder weg. Sobald sich die Automatiktüren mit der Aufschrift *Eintritt verboten* öffneten, sprang sie auf. Eine freundliche Ärztin hatte ihr zugesichert, dass sie sie gleich zu Max bringen würde.

Hinter einer dieser Türen lag ihr Ehemann. Fremde Hände kämpften um sein Leben. Sie brauchte so sehr einen Funken Hoffnung. Und eine Schulter zum Anlehnen, jemanden, der ihre Tränen trocknete und ihr sagte: *Alles wird gut.*

Dass das medizinische Team ihn operiert hatte und sich seit vielen Stunden um Max kümmerte, musste ein gutes Omen sein und konnte nur bedeuten, dass Hoffnung bestand. Sie hatte mehrmals versucht Katharina anzurufen, aber sie nahm nicht ab.

Wo bist du nur? Du solltest hier sein, wenn dein Vater um sein Leben kämpft.

Das Sitzen wurde zu einer einzigen Qual. *Katharina … Max*

231

...

Die Wut explodierte förmlich in ihr. Warum hatte Baan das getan? Warum hatte sie Benedikt van Cleef nicht sofort von Baan erzählt? Hätte er davon gewusst, hätte er ... Nein, auch Benedikt hätte Baan nicht aufhalten können. Niemand hätte das gekonnt.

Reiß dich zusammen, Anna. Du brauchst deine Kraft und deine Nerven.

Max hatte die Nacht überlebt. Das war mehr, als sie erhofft hatte. Einmal war Anna aus dem Halbschlaf hochgeschreckt. Benedikt und Mathilda hatten versucht, sie zu erreichen, aber sie hatte die Anrufe weggedrückt. Auch hatte sie sich geweigert, mit der Polizei zu sprechen. Es gab nichts zu sagen, solange Max um sein Leben kämpfte.

Und danach ...?

Der Plan für ein Danach reifte in ihrem Kopf.

„Max ...?"

Anna wollte ihm so vieles sagen, aber nur sein Name kam über ihre Lippen. In dem kalten Überwachungsraum der Intensivstation lag Max im künstlichen Koma, wurde beatmet. Sein Brustkorb hob und sank sich schwer. Sein Gesicht war stark geschwollen und mit Blutergüssen übersät, seine Augen waren geschlossen.

„Einatmen, ausatmen." Ihr Flüstern. Sie hatte Angst, dass selbst der Klang ihrer Stimme ihn zu sehr anstrengen könnte. Es gab kurze Momente, in denen Anna glaubte, dass er eine Reaktion zeigte. Ein Ständer, an dem mehrere Infusionen hingen, stand neben seinem Bett, Schläuche führten in seine kräftigen Arme.

Es schmerzte Anna ihren Mann so zu sehen. An seinem rechten Zeigefinger klemmte ein Fingerclip, der den Sauerstoffgehalt im Blut überprüfte. Er leuchtete immer wieder rot auf. Die bedrohlichen Werte wurden auf einem der Monitore angezeigt. Anna versuchte sie zu ignorieren. Sie achtete auch nicht auf die anderen zahlreichen medizintechnischen Geräte, die Max' Körperfunktionen überwachten. Es gab zu viele beunruhigende Signale.

Neben dem Bett war eine Alarmtaste angebracht, die sie im Notfall drücken konnte. Die Welt außerhalb dieses Krankenzimmers existierte für Anna nicht mehr. Sie rechnete dauernd damit, sein leeres Bett vorzufinden. Dass Max den schweren Verletzungen erlag. Ihre Muskulatur war verspannt, zu lange hatte sie in den vergangen zwei Tagen auf einem Besucherstuhl in einer angespannten Haltung gesessen. Still sitzen, damit sich nichts veränderte und Max weiteratmete. Daran klammerte Anna sich tagsüber. Für die Nacht hatte man ihr ein zweites Bett ins Zimmer geschoben, sodass sie sich ein wenig ausruhen konnte.

Die Zeit war in den vergangenen Nächten Max größter Feind gewesen. Aber je länger er durchhielt, desto größer war die Chance, dass das Hirnödem sich zurückbildete. Nur dann hatte er eine Chance, wieder vollständig zu genesen.

Ihr Blick glitt über Max' markantes Gesicht. Anna konnte es noch immer nicht fassen, was geschehen war. Ihn so im Krankenbett liegen zu sehen stimmte sie unendlich traurig. Aber da war noch etwas in ihr: brachiale Wut, Hass.

Dafür wird Baan bezahlen. Und nicht nur dafür.

Sie wusste, dass sie selbst noch unter Schock stand, aber ein Schock war ein Luxus, den sie sich nicht leisten konnte. Noch nicht.

Sie berührte vorsichtig Max' Gesicht.

Ich werde es ihm heimzahlen, Max.

Daran hielt Anna sich fest. Erst danach würde sie sich um Katharina kümmern.

Katharina … Wo ist das kleine Mädchen von einst geblieben?

Die Tränen schossen ihr in die Augen, als sie Max' Stimme in ihrem Kopf wahrnahm: *Töte ihn.*

„Das werde ich, Max. Ich verspreche es."

Kapitel 47

Donnerstag, 27. Dezember 2016 - Baan

Baan hatte den Keller aufgeräumt und ihn für einen Dauergast vorbereitet. Danach beobachtete er Katharina, die in der Küche eine Mahlzeit vorbereitete. Wie ein Jäger, der den Finger am Abzug hatte, folgte er jeder ihrer Bewegungen.

Er nahm eine strategische Position in der Küche ein und lehnte sich gegen die Wand. So hatte er beides im Blick, seine Schwester und den Küchentisch.

Er war ein wenig angetrunken. Dieses Mal waren es mehr als drei Flaschen Bier gewesen und die Küche war vom Alkoholdunst durchsetzt.

Wenn Katharina noch länger in seinem Haus blieb, würde er wieder anfangen zu toben. Es hatte vorhin schon einen heftigen Streit wegen Anna gegeben, bei dem sie ausgerastet war. Katharina war keine Corelli, keine Lilith, kein Nachtdämon. Alles Schwachsinn.

„Du bist das Objekt von Max Gavaldos Erziehung." Er hatte sich gehenlassen, war unbeherrscht gewesen, hatte geschrien, sie geschlagen.

„Blöde Kuh", lallte er.

Er wurde immer wütender, eine Wut, die ihm einen verbitterten Ausdruck verlieh. Wut machte hässlich. Aber Baan hasste es, weil Katharina mit ihm nur über Anna diskutieren wollte. Er ärgerte sich zutiefst über die Tatsache, dass sie ihn nicht in Ruhe ließ. Sie leierte ständig ihre Parolen runter wie eine alte Schallplatte: „Wieso liebst du mich nicht mehr?" Ihr Mund klappte dabei kurios auf.

Wieso liebst du mich nicht mehr? Ach Gottchen.

Weil du nicht wie deine Mutter bist!

Weil du keine Corelli bist, trotz des Muttermals.

„Wenn du weiter meine Zeit so ausleierst, bringe ich dich

um, Lilith", antwortete Baan stattdessen.

Katharina lachte. „Das wirst du schön bleiben lassen. Ich sollte Mom mal erklären, was du hier für einen Affentanz aufführst."

„Halt die Klappe!"

„Klappe, Klappe, Klappe", zischte sie.

Obwohl Musik aus dem Radio ertönte, sang Katharina nicht wie sonst leise mit. Jede Bewegung, jede Geste, jede ihrer Reaktionen behielt er im Auge. Sie hatte die Lippen zu einem schmalen Strich verzogen, der sie unerbittlich und um Jahre älter aussehen ließ.

Sie war Lilith, ein Dämon der Nacht. Dämonen wurden bekämpft.

Er hatte sie mit dem Spiel der Macht überfordert.

Was hatte Raimundo gesagt? Erst Schokolade, dann der Tod. Er liebte es, seine Schwester zu demütigen.

Katharina sah in seine Richtung und fletschte die Zähne.

Ihre Blicke trafen sich.

Unschöne Gedanken wirbelten durch seinen Verstand.

Ihm war seltsam zumute.

Der Tod liegt auf der Lauer, Lilith, um dich in die Arme zu schließen.

Die Erkenntnis erreichte träge sein Gehirn.

Kalt und erbarmungslos erwartet er seine Gäste.

Katharina hatte Stärke und Unabhängigkeit vorgetäuscht. Aber sie war ein Niemand, ein Ding, dem er Liebe vorgegaukelt hatte, bis er erfahren hatte, dass sie Blutsverwandte waren.

Der Gedanke traf ihn mit der Wucht einer Abrissbirne. Er hätte niemals mit ihr schlafen dürfen. Er stand auf, ging zur Küchenanrichte und öffnete eine Schublade. Die Pistole lag schwer in seiner Hand, nahm sie fest und klar in den Blick.

„Komm!", sagte er mit finsterer Stimme. Ein wenig schrill, fand er. Verzweifelt. Wütend. Eben er: Baan.

Plötzlich erlosch das Feuer der brachialen Wut in ihm und wich beißendem Spott und Härte. Katharina zuckte zusammen, als er ihren Arm packte und sie hinter sich herzog. Nur noch wenige Schritte zum Keller.

Er schob Katharina in den Raum, in die völlige Dunkelheit, umklammerte ihren Arm fest.

Sie rief seinen Namen, er schwieg.

Nach einigen Minuten gewöhnten sich seine Augen allmählich an die Dunkelheit. Ein Hauch Mondlicht drang durch das Kellergitter und er konnte jetzt die verschiedenen Abstufungen der Schwärze unterscheiden. Zuerst spürte Baan es, dann hatte er es deutlich vor Augen: Lilith, ein eiskalter Engel, ein Dämon der Nacht. Das Böse.

Da – eine andere Empfindung: Angst.

„Du hast Angst vor mir, nicht wahr, Baan?", fragte sie. Den tiefen Klang in ihrer Stimme, der ihre diabolische Dunkelheit widerspiegelte, hatte er noch nie vernommen, nicht einmal in Ekstase.

Er war zu keinem klaren Gedanken mehr fähig.

Der Klang des Wortes Angst ließ ihn schaudern. Plötzlich glaubte er, dass nicht Katharina, sondern er auf dem schmalen Grat zwischen Leben und Tod stand. Das durfte nicht sein. In ihm war eine brennende, verzehrende Sehnsucht nach Anna und einem Leben mit ihr. Nicht mit Katharina. Das hatte der Jivaro ihm vor drei Monaten in der Höhle prophezeit.

Seine Augen weiteten sich. Plötzlich wurde ihm klar, dass es nie Katharina gewesen war, die er in seinen Visionen gesehen hatte. Die Vision hatte ihm eine junge Frau aus der Vergangenheit gezeigt, nicht eine aus der Gegenwart: die junge Anna Gavaldo.

„Wir sind in der Hölle angekommen, Baan", flüsterte Katharina.

„Du vielleicht, ich nicht!"

Mit letzter Kraft spuckte er Katharina ins Gesicht. Dann hielt er die Pistole an ihre Schläfe. Ein Schuss fiel.

Katharina fiel zu Boden.

Er trat sie ein letztes Mal mit den Füßen.

Langsam färbte sich der Betonboden dunkelrot.

Kapitel 48

Mathilda – Donnerstag, 27. Dezember 2016

Schritte. Vertraute Schritte. Mathilda van Cleef hörte sein Atmen und hielt ihre Augen geschlossen. Sie wusste, wer gleich hinter ihr stehen würde. Als Benedikt die Küche betrat, durchzuckte Mathilda ein Glücksgefühl.

Sie lächelte den Mann in ihrem Leben an. Benedikt trug ein dunkles Jackett, dazu ein weißes Hemd ohne Krawatte. Sein Haar war ein wenig zerzaust, er sah müde und abgespannt aus.

„Hey", sagte er, ein einziges Wort, durchtränkt von Wärme und Trauer, unterlegt mit einem ernsten Lächeln.

Sie konnte sehen, dass er genauso erfreut war, sie zu sehen, wie sie es über seinen Kuss war. Doch in seinen Augen lag ein Ausdruck, den Mathilda nicht einordnen konnte. Er wirkte beinahe geistesabwesend.

„Gibt es Neuigkeiten in Sachen Selma Wagenknecht, *Schnüffler?*"

Er grinste und umarmte sie noch einmal, seufzte. „Vorsicht, du zänkisches Eheweib." Dann wurde er wieder ernst und sagte: „Ja."

„Was hast du denn über den Mord in Erfahrung bringen können?"

Schweigen.

Er bedachte sie mit einem nachdenklichen Blick, der nicht gerade dazu beitrug, Mathildas plötzliche Nervosität zu lindern.

„Ich weiß nicht genau, wie ich es dir sagen soll, Matti", antwortete er leise. „Ich glaube, dass Katharina Gavaldo darin verwickelt ist."

„Was behauptest du denn da?" Mathilda tippte mit dem Finger an seine Stirn. „Das glaube ich nicht. Unsere Katharina? Niemals."

Benedikt zuckte hilflos die Schultern „Sie hat ihre Lehrerin richtig gehasst, Matti. Das haben die Befragungen der Schulklasse ergeben. Katharina und die Wagenknecht sollen sich ständig gestritten und angefeindet haben."

Er atmete tief durch und sah seiner Frau in die Augen.

„Wieso?", fragte Mathilda.

Er blickte erstaunt auf, schüttelte den Kopf, schwieg.

Stille.

„Los! Erst Andeutungen machen und dann schweigen. Geht gar nicht, Benedikt van Cleef!"

Benedikt atmete tief durch. „Die Schüler behaupten, dass Katharina ihr ein Messer an die Kehle gehalten hat, weil die Wagenknecht sie ständig ungerecht benotet hat!"

„Scheiße …", sagte Mathilda leise. Sie hob ihre dominante Augenbraue. „Da ist noch mehr, nicht wahr, Benedikt?"

„Sie haben sich gehasst. Die Wagenknecht hat Katharina sehr böse Briefe geschrieben. Wir haben einen gefunden, den sie nicht abgeschickt hatte. Ich werde das Mädchen verhören müssen."

Mathilda wollte das alles nicht hören, aber ihr war bewusst, dass Benedikt die Wahrheit gesagt hatte, und mit der schlichten Wahrheit seiner Worte kam der Dolch, der ihr Herz durchbohrte. *Annas Tochter.*

Sie zitterte am ganzen Leib, das Pochen in ihrem Körper wollte nicht aufhören. „Hat die Familie nicht schon genug durchmachen müssen? Erzähl weiter!"

„Katharina ist Corellis leibliche Tochter."

Mathildas Magen zog sich zusammen.

„Manches entspringt der Dunkelheit, das unter einer finsteren Sonne heranwächst, gehegt und gepflegt von einem Gärtner mit einem Rechen aus Knochen." Benedikt starrte auf seine Hände. Seine Augen brannten.

Mathildas Blick schweifte durch die Küche an Benedikt vorbei. Ihre Wangen standen in Flammen.

„Komm lass uns einen Spaziergang machen, Benedikt! Ich brauche frische Luft."

Kapitel 49

Anna, Donnerstag, 27. Dezember 2016

Anna gab sich einen Ruck und stieg aus dem Taxi aus.

„Warten Sie bitte. Es geht gleich weiter."

„In Ordnung", antwortete der Taxifahrer.

Mit schnellen Schritten ging sie zur Haustür, wurde geblendet vom Licht, das per Bewegungsmelder ausgelöst wurde, nahm die Stufen und drückte die Klingel.

Sie versuchte, sich für die Begegnung mit Benedikt van Cleef zu wappnen. Wichtig war nur, dass er ihr glaubte. Dass er ihr half.

Sie atmete tief durch, dann öffnete sich die schwere Holztür.

Vor ihr stand ein großer Junge mit einem roten Lockenkopf und sah sie fragend an: Cox, der Ältere der Van-Cleef-Zwillinge.

„Hey Anna. Meine Eltern sind nicht da", sagte er.

Sie war kurz sprachlos. *Ich hätte anrufen sollen.* Was war sie für eine Idiotin. Warum hatte sie die Möglichkeit nicht in Betracht gezogen?

„Entschuldige Cox, dass ich störe. Wann kommen sie denn wieder?"

„Keine Ahnung." Er verschränkte die Arme vor der Brust, lehnte sich lässig gegen den Türrahmen. Sein rotbraunes Haar fiel ihm in lockeren Wellen in die Stirn. Er warf einen Blick zu dem wartenden Taxi, dann wandte er seine Aufmerksamkeit wieder ihr zu.

„Mama müsste längst zurück sein", antwortete er. „Bei Dad weiß man das nie."

Ihr blieb keine andere Wahl, als Cox um einen Gefallen zu

bitten.

„Hör zu, könntest du versuchen, Mathilda oder Benedikt auf dem Handy für mich zu erreichen?"

„Ihre Handys liegen in der Küche. "

„Okay. Dann ... könntest du deinem Vater etwas ausrichten, wenn er zurückkommt? Ich brauche dringend seine Hilfe."

Cox runzelte die Brauen, schien sich unsicher zu sein, ob er sie hereinbitten sollte, entschied sich aber dagegen.

„Sag ihm einfach, dass ich hier war. Sag ihm, dass ich zu Corelli fahre. Kannst du dir das merken? Corelli."

Cox entgegnete nichts.

„So schnell wie möglich. Okay? Es ist wirklich wichtig!"

Cox wich unmerklich vor ihr zurück. „Wenn es so wichtig ist, warum wählst du dann nicht einfach den Notruf, Anna?", fragte er.

„Es ist kompliziert. Bitte! Sag Benedikt, dass er so schnell wie möglich zu dieser Adresse kommen soll", sagte Anna und nahm kurzerhand Cox Arm und drücke ihm den Zettel in die Hand, auf den sie Baans Adresse gekritzelt hatte. Dann drehte sie sich um, lief zum Taxi und stieg ein

Sie nannte dem Fahrer die Adresse und versuchte sich zu wappnen. Sie wusste, wie gefährlich es war, allein zu Baan zu gehen, aber sie konnte nicht anders. Baans Gesicht tauchte vor ihrem inneren Auge auf, ein Schwall Adrenalin schwappte durch ihren Körper, vermischte sich mit ihrer Wut. Dann ging ein Ruck durchs Taxi und sie hielten an.

„Wir sind da", sagte er.

Er drehte sich in seinem Sitz um und sah sie an.

„Gut", erwiderte Anna.

Zu ihrer Erleichterung brannte Licht. Er war zuhause. Wieso wohnte Baan in einem Haus, in dem in jeder Ecke das Grauen lauerte? Er hatte vermutlich keine Ahnung, was für ein Monster Jakob gewesen war. Fast konnte sie ihn riechen. Ein Gemisch aus Schweiß und Aftershave.

Sie ließ ihren Blick zur Kellertreppe vor dem Haus schweifen, dachte daran, dass er sie dort hinuntergetragen haben musste, in der Dunkelheit, vor unendlich langer Zeit. Und erinnerte sich an die Verbindung, die sie gehabt hatten: so unsichtbar und absurd, so schmerzvoll wie ein Messerstich oder ein Albtraum.

Sie verließ den schützenden Kokon des Taxis, das sofort losfuhr und in der Dunkelheit verschwand. Dann ging sie langsam und ruhig den Kiesweg entlang, ohne Zittern, ohne Herzrasen. Die Stufen zur Haustür hinauf. Drinnen ging das Licht an und noch bevor sie klingeln konnte, öffnete Baan Corelli ihr die Tür.

Diese dunklen, glühenden Augen.

„Willkommen zuhause, Anna", sagt er leise und ließ sie herein.

„Wo ist Katharina?"

Er stand vor ihr, nur eine Armlänge entfernt und schloss die Haustür hinter ihnen. Sperrte die Welt aus wie es einst sein Vater getan hatte.

„Wir sollten nicht hier im Flur reden", sagte er.

Der Gedanke, dass Baan Katharina etwas angetan haben konnte, schickte eine Woge von Übelkeit durch ihren Körper. Wahrscheinlich war diese stumme Drohung hohl, aber jetzt bekam sie das Ganze nicht mehr aus ihrem Kopf. Trotz der vielen SMS, die sie von Katharina erhalten hatte.

Es geht mir gut, Mom.

Ich brauche ein bisschen Abstand, Mom.

Ich fahre in unsere Wochenendhütte, Mom. Muss nachdenken. Morgen besuche ich Papa, Mom.

Die Polizei suchte jetzt mit Hochdruck nach Katharina, nachdem sie sie in der Hütte nicht angetroffen hatten.

Anna sah Jakobs Sohn an, sah das Lächeln. Da war es. Das Monster aus ihren Träumen, die Bestie aus der Vergangenheit.

Kapitel 50

Das Monster setzte sich in Bewegung. Sie folgte ihm in das Haus, in dem sie vor Jahren eine Gefangene gewesen war, in dem sie einst gequält, misshandelt und vergewaltigt worden war. Es kam ihr verändert vor: Es war zu weiß …

Sie verabscheute Weiß. Weiß war die Lieblingsfarbe der Psychopathen, sie war die Farbe des Todes. Steril und ohne jegliche Wärme. Stand sie nicht auch für hygienisch sauberen Sex?

Anna fragte sich, was Baan wohl gerade dachte, während er voranging und sie in seinem Rücken spürte. Warum strahlte er diese Ruhe aus? Er wusste, warum sie gekommen war und noch keine Polizei verständigt hatte. Seine Gedanken müssten sich doch überschlagen.

Sie gingen den Flur entlang ins Wohnzimmer.

Eine Holzstatue – Mutter mit Kind – aus rotem Paõ do Brasil, stand neben einer Designerlampe aus Metall. Es gab einen Fernseher, ein Bücherregal ohne Bücher, zwei Ledersessel und einen Glastisch.

„Bitte", sagte Baan und riss Anna aus ihren Gedanken. Er deutete auf einen Sessel. „Setzen Sie sich, Anna."

Anna? Wie kannst du es wagen, mich beim Vornamen zu nennen.

„Sie sollten wissen, dass es Menschen gibt, denen bekannt ist, dass ich hier bin", begann sie. Es war ihr einziger Trumpf. „Wenn ich mich nicht melde, wird man herkommen und nach mir suchen."

Baans kalte Augen verengten sich. Er nickte bedächtig.

Sie nahm Platz. Baan setzte sich ihr gegenüber. Sie trennte

lediglich der kleine, gläserne Couchtisch.

„Möchten Sie etwas trinken?", fragte Baan.

„Nein. Danke." Sie würde sich nicht ablenken lassen. „Sie sind gar nicht überrascht, mich zu sehen", sagte sie ruhig.

„Nicht wirklich."

„Wo ist meine Tochter?"

Er schüttelte eine Zigarette aus der Packung, die auf dem Couchtisch lag, zündete sie sich an. „Möchten Sie auch eine, Anna?"

„Nein! Wo ist Katharina?"

Sie hatte das Gefühl, dass Baan sich mit der Antwort Zeit lassen wollte. Aber für Anna war die Zeit für Spielchen vorbei.

Plötzlich hob er den Blick. Sie sahen einander in die Augen, wie damals Jakob und sie.

Er schnaubte – wie sein Vater.

Verzog das Gesicht – wie sein Vater.

Legte den Kopf in den Nacken und ließ ihn kreisen – wie sein Vater.

„Ich werde dir sagen, wo Katharina ist, nachdem wir beide in Rio de Janeiro gelandet sind und brasilianischen Boden betreten haben."

Er zündete sich eine neue Zigarette an. Seine Finger zitterten.

Anna versuchte, das Gesagte zu verdauen. Nur einige Sekunden.

Es klang falsch, brutal. Es war eine Lüge.

Er hat dein Mädchen getötet, meldet sich ihre innere Stimme.

„Du hast sie getötet, nicht wahr?"

„Sie hat mich wütend gemacht …", gestand er schließlich. Er schwieg einen Augenblick, sammelte sich.

Ein heißer Schmerz durchfuhr Anna.

Kapitel 51

Anna

Sie hatte ihre Tochter finden wollen, um sie vor Jakobs Sohn zu beschützen. Doch nun, wo sie vor Baan stand und alles gesagt war, wollte sie nur noch eines. Sie wollte leben. Nicht wie ihre Tochter in einem Keller sterben. Sie wollte ein Leben mit Max, mit dem Baby in ihrem Bauch.

„Was erwartest du von mir?", flüsterte sie.

„Ich möchte, dass du etwas für mich kochst."

Sie zitterte am ganzen Körper, sah den Wahn in seinen Augen. „Ich soll etwas für dich kochen?"

„Ja! Ich habe bereits alles für ein gemeinsames Essen mit dir vorbereitet. Stelle die Töpfe auf den Herd!", befahl er.

Anna sah sich um. Es gab keinen Weg hinaus. Den zur Haustür würde Baan ihr mit zwei knappen Schritten abschneiden. Der zur Küchentür schied auch aus, denn die Tür führte in den Garten. Trotzdem riss sie die Tür auf und trat hinaus. Kühler Wind streifte ihr Gesicht. Plötzlich blieb sie stehen.

Ich werde niemals Frieden finden, solange dieses Monster weiterlebt.

Baan musste sterben. Jetzt. Sofort. Es gab keinen anderen Ausweg.

Da hörte sie ein Geräusch hinter sich, spürte Baans Präsenz in ihrem Rücken. Sie drehte sich um und sah in sein Gesicht. Traute ihren Augen nicht. Baan weinte.

„Mein Vater hat dich geliebt, wusstest du das, Anna?", jammerte er. „Man hat ihn wegen seiner Liebe getötet und ich blieb dafür mein ganzes Leben allein."

Anna starrte ihn fassungslos an. Alles in ihr schrie. „Dein

Vater war ein Psychopath der übelsten Sorte, Baan. Er hat mich brutal geschändet. Wollte mich töten. Er war krank! Und er hat mich nicht geliebt. Er hat alles zerstört, was mir wichtig war, wie du."

Baan schüttelte den Kopf. „Nein! Er hat dich geliebt. Ich musste Max und Katharina töten!" Wahn und Qual waren in seinen Augen. *Er weiß nicht, dass Max überlebt hat.*

„Ich möchte dich für mich. Habe ein Recht darauf. Einen Anspruch auf ein wenig Glück!", schrie er.

„Du hast auf nichts einen Anspruch, schon gar nicht auf mich!"

Sie blickte in Baans kalte Augen.

„Oh doch!", zischte er und packte ihren Arm, schleifte sie in die Küche.

Sie erstarrte, als sie das Messer in seiner Hand sah. War wie hypnotisiert. Sie machte einen letzten Versuch. „Ich koche für dich, wenn du das möchtest. Und beim Essen erzählst du mir alles, Baan", sagte sie matt.

Er nickte.

Sie begriff, dass er in ihr alles sah: Mutter, Schwester, Geliebte, Freund. Leben und Sterben, Liebe und Tod.

Max, Katharina,

„Ich hatte keine andere Wahl", sagte Baan plötzlich. Der Schweiß stand ihm auf der Stirn. Seine Oberlippe zuckte.

„Erzählt mir von deiner Mutter!"

„Sei still, Anna."

Katharina ...

Seine Augen machten ihr Angst. „Dann erzähl mir von deinem Vater."

„Halte den Mund!"

„Erzähl mir von Katharina!"

Er packte ihren Arm. „Es reicht! Los!", brüllte er und zog sie in den Keller. In die Vergangenheit. Zeigte ihr das Grauen.

Beim Anblick von Katharina ließ Baan ihren Arm los.

Anna fiel. Hockte auf allen vieren wie ein verwundetes Tier, verwirrt, vor Schmerz gekrümmt, vor Tränen fast blind. Schüttelte den Kopf, versuchte den Anblick zu vertreiben.

Dann kam die Wut.

Wo ist er?

Sie blickte sich um.

Sie versuchte, sich aufzurichten. Nichts.

Baan stand einfach da, nur ein Schatten wie der Schatten ihrer Vergangenheit.

Vertreibe sie, Anna. Für immer!

Baan hob in einer einzigen fließenden Bewegung die Hand.

Ein Messer an ihrer Kehle.

Dann fiel etwas zu Boden.

Kapitel 52

Mathilda - Donnerstag, 27. Dezember 2016

Mathilda brauchte fast eine Stunde für die Fahrt. Es war klirrend kalt. Die Straßen waren stellenweise vereist oder mit einem Schneeteppich bedeckt.

Sie rechnete mit einem witterungsbedingten Verkehrsstau und fuhr zu der Adresse, die ihr Sohn Cox ihr in die Hände gedrückt hatte. Ihr Junge sollte Benedikt anrufen.

Benedikt hatte sie zuhause abgesetzt und war nach dem Spaziergang ins Polizeipräsidium gefahren. Erst später hatte Cox ihr von Annas Besuch erzählt.

Viertel nach zehn abends lenkte sie den Wagen in die Stichstraße und parkte vor der Auffahrt des alten Hauses.

Die Fassade ihrer üblichen Gelassenheit bröckelte gewaltig. *Hoffentlich komme ich nicht zu spät.*

Annas Zettel hatte sie erschüttert. *Komm zu dieser Adresse. Ich habe Angst um Katharina. Bringe deine Waffe mit. Für alle Fälle.*

Sie stieg aus und nahm widerwillig ihre Waffe aus dem Handschuhfach, stieg aus. Langsam ging sie auf das Haus zu. Die Haustür stand einen Spaltbreit offen. *Seltsam.*

„Anna!", rief sie. „Wo bist du? Anna?"

Die gespenstische Stille im Haus ängstigte Mathilda. Etwas stimmte hier nicht. Das Erste, was sie roch, war ein ihr vertrauter Geruch. Der süßlich schwere, klebrige Geruch von Eisen, der an allem haften blieb, der Geruch von Blut. Ihr Herz hämmerte. Sie ging in die Küche. Hier hatte ein Kampf stattgefunden. Eindeutig. Auf dem Boden waren Blutspuren.

Mathilda entsicherte ihre Waffe, horchte in die Stille. Das eigenartige Surren kam aus dem Keller.

Sie ging die Treppe herunter, schauderte. Das Surren kam näher. Ihr Atem beschleunigte sich, ihre Panik löste ein unkontrolliertes Flattern in ihrer Kehle aus, als würden sich Hände um ihren Hals legen.

Sie öffnete eine Tür zum Kellerraum.

„Nein!"

Ein stummer Schrei. Ihr Schrei. Sie hielt den Atem an. Eine bodenlose Leere erfasste sie. Blut! Überall Blut! Eine große Blutlache umgab Katharinas Körper.

Sie geriet in Panik, würgte und rang nach Luft. Sah sich um.

Anna! Sie ging auf eine zweite Tür zu, öffnete sie.

In dieser Sekunde blieb die Welt stehen, wurde gespenstisch still.

Sie starrte in Annas Augen und in große dunkle Krater, tränenlos: die Augen eines Wahnsinnigen, der Anna ein Messer in den Mund gesteckt hatte.

Es waren die längsten Sekunden in Mathildas Leben – und die kürzesten. Die Zeit blieb stehen, zugleich zerrann sie ihr zwischen den Fingern. Zeit hatte eine andere Bedeutung. Zeit bedeutete nichts mehr.

Anna schloss sie Augen, öffnete sie und starrte sie an, sah ihre Waffe. Mathilda verstand.

Ein Schuss fiel. Drei weitere Schüsse in einem Zeitraum von wenigen Minuten. Stille. Dann kamen die Tränen, heiß begleiteten sie Mathildas Schluchzen.

Es war Anna, die schließlich aufstand, ihre Freundin in den Arm nahm, sie sanft schaukelte.

Kapitel 53

Benedikt van Cleef trat vor dem Haus auf die Bremse. Vier Streifenwagen. Ein Notfallfahrzeug. Leichenfahrzeuge. Polizisten, Männer und Frauen in weißen Anzügen. Nachbarn. Erste Journalisten tauchten auf. Blitzlichtgewitter.

Er stieg aus. Seit Mathildas Anruf fühlte er sich benommen und schwindlig. Er hielt sich am Zaun fest, konnte nicht sprechen, sich nicht bewegen. Der Notarztwagen fuhr los, an ihm vorbei, mit Blaulicht und Sirene, obwohl er leer war. Aus einem vorbeifahrenden Auto drangen wummernde Bässe. Seine Beine brachten ihn zur Absperrung. Seine Kollegin Sigrid Stollerts kam auf ihn zu.

Er sah sie fragend an.

„Ihre Frau und Anna Gavaldo sind im Polizeifahrzeug, Benedikt", sagte sie sachlich.

Er umfasste ihre Schultern. „Was genau ist passiert, Sigrid?"

Warum frage ich?

„Katharina Gavaldo und Baan Corelli sind tot, Benedikt. Aber ..." Sigrid fuhr sich fahrig durchs Haar. „Irgendetwas ist hier oberfaul."

Der Blick, mit dem Sigrid ihn ansah, war voller Entsetzen, aber auch voller Misstrauen. Die Emotionen darin drohten Benedikt zu verbrennen. Er war inzwischen ganz in Taubheit gehüllt.

Sigrid führte ihn zum Einsatzwagen.

Im Fahrzeug richtete Anna Gavaldo ihre großen, emotionslosen Augen auf ihn. *Tote Augen*, dachte er für einen Moment.

Dann sah er zu Mathilda. Er leckte sich die Lippen, die trocken waren wie Staub. Er konnte nicht aufhören, seine Frau anzustarren. Alle Geräusche waren gedämpft. In seinem Kopf herrschte eine eigenartige, fremde Stille, nur durchbrochen vom Hämmern seines Herzens. Es schlug schnell und hart.

„Matti ...", flüsterte er, setzte sich neben Mathilda. Er hatte alles mit einem einzigen Blick kommuniziert: Sorge, Fassungslosigkeit, Liebe.

Schweiß rann über Mathildas Stirn. Sie zitterte am ganzen Leib. Er nahm sie in den Arm, hielt sie fest umschlungen. Sie stöhnte leise.

„Matti ... O mein Gott. Ich bin verrückt gewesen vor Angst."

Mathilda hob ihr tränenüberströmtes Gesicht. Irgendetwas in ihrem Blick verlangte nach einer Antwort.

„Ich liebe dich, Benedikt", flüsterte sie.

Sigrid Stollerts kam auf den Wagen. „Frau van Cleef?"

Benedikt blickte erstaunt zu seiner Kollegin.

„Ich verhafte Sie wegen Mordes an Baan Corelli. Sie haben das Recht zu schweigen. Sie haben ..."

Benedikt sah Trauer und Schmerz und Wut, eine alles verzehrende, glühende Wut, in Mathildas Augen.

„Nein, Sigrid. Wir bringen meine Frau zuerst nach Hause um einige Sachen zu packen. Danach bringe *ich* meine Frau und Frau Gavaldo ins Präsidium."

„Das ist gegen die Vorschriften, lieber Kollege."

„Halten Sie die Klappe, Sigrid!"

Kapitel 54

Mathilda

Mathilda duschte und wusch sich den kalten Schweiß vom Körper.

Danach saß sie am Küchentisch vor dem Fenster und schaute hinaus in den Garten. Es war kalt, aber das Fenster stand offen, sodass die klirrende Kälte einziehen konnte. Gierig atmete sie die kalte Dezemberluft ein und wünschte, sie könnte in ein Flugzeug steigen und in ein fernes Land fliegen. Eine Zuflucht suchen, dort, wo niemand sie kannte.

Anders als in Starnberg, wo jeder sie kannte. Journalisten belagerten das Haus. *Die Ehefrau des Leiters der Kripo eine Mörderin.* Der Fall Baan Corelli würde sich zu einer Sensation auswachsen. Da war sich Mathilda sicher. Endlose Spekulationen über die grausigen Fakten machten bereits in den Nachrichten die Runde.

Mathilda und Anna mussten aussagen. Ein Polizeifahrzeug stand bereits vor der Haustür, als wollte die Polizei sicherstellen, dass Benedikt nicht mit ihr und Anna durchbrannte. Aber sie konnte diese energische Polizistin verstehen. Niemand wusste genau wie eine Beschuldigte in einer Stresssituation reagierte. Benedikt hatte sie bereits mit Fragen bombardiert, um die Wahrheit herauszufinden.

Sie hatte geschwiegen, wie Anna.

Polizeipräsidium München, Verhörraum 21

28. Dezember 2016

Der Vernehmungsraum 21 war klein. Ungemütlich. Ein Tisch, zwei Stühle, kaum Licht, graue Wände. Eine Umgebung ohne Wärme und Sicherheit. Kein vertrauenerweckender Raum, sondern ein Raum, der nur einem einzigen Zweck diente: der Wahrheit.

Auf dem Tisch lagen Fotos von glücklichen, lächelnden Gesichtern neben den Fotos vom Tatort. Benedikt van Cleef fing an, das Aufzeichnungsgerät startklar zu machen und schloss das Mikrofon an. Er betrachtete die Beschuldigte. Ihr Gesicht wies Spuren der Anspannung auf – verständlich im Licht der vergangenen Wochen und Monate. Hätte er etwas Ähnliches erlebt, würde er auch angespannt aussehen.

„Ich muss unser Gespräch auf Band aufzeichnen. Sind Sie damit einverstanden?"

„Ja. Ich vertraue Ihnen."

Ich vertraue Ihnen. Das hatte bisher noch niemand in diesem Raum zu ihm gesagt. Ihm war unwohl, aber er musste diese Vernehmung selbst durchführen, sonst konnte er für nichts garantieren. Claire konnte sehr unangenehm werden und das wollte er vermeiden. *Dieser gottverdammte Psychopath.*

Er schaltete den Recorder ein. „Haben Sie etwas verändert, nachdem sie den Schrumpfkopf an der Eiche vorgefunden hatten?"

„Nein. Ich habe es nicht ..." Die Beschuldigte sprach nicht weiter.

Van Cleef sah, dass sie nach Worten suchte.

„Ich konnte nicht glauben, was ich sehe", fuhr sie fort. „Es war abscheulich. Ich habe gedacht, dass es sich um einen üblen Streich handelte. Ein Zufall konnte es wohl kaum sein."

„Zufall?", wiederholte van Cleef. „Was sollte das denn für ein Zufall sein?"

„Ein Tier hat etwas gerissen – es hat sich einfach so ergeben, dass es …" Sie wedelte mit einer unbestimmten Handbewegung und bemühte sich, souverän zu klingen, aber sie sah aus, als müsse sie sich jeden Augenblick übergeben. „Dass es am Ende so aussieht."

„Hm …"

„Dann dachte ich an einen Racheakt. Aber es gibt nur wenige Menschen, die die Gavaldo-Geschichte kennen", flüsterte sie.

„Was können Sie mir über Baans Verhalten in dieser Nacht sagen?".

„Baan hatte an dem Abend die besten Manieren, die man sich vorstellen konnte. Er war höflich und dankbar für alles, was ich für ihn tat."

Sie lügt! Warum lügt sie? Verdammt!

„Was haben Sie denn für ihn getan?", erkundigte er sich.

„Sehr wenig. Ich habe für ihn gekocht, weil er mich darum gebeten hat. Hätte ich es nicht getan, dann …" Verzweiflung lag in ihren Augen, als sie fortfuhr. „Ich mag gar nicht daran denken. Ich wollte einfach, dass er sich sicher fühlte. Ich musste doch Zeit gewinnen, dass nicht noch mehr passiert."

„Das hört sich nach einer Henkersmahlzeit an!", brummte Claire.

Van Cleef runzelte die Stirn und schüttelte den Kopf. „Claire bitte!" Dann wandte er sich wieder an die Beschuldigte. „Gut. Lassen wir das mal so stehen. Hat er von seinem Zuhause erzählt?"

„Kaum. Ich erinnere mich, dass er die Fazenda in Brasilien erwähnte. Was er mit dem Verwalter Raimundo als Kind unternommen hatte. Ich hatte immer das Gefühl, dass er Heimweh nach Brasilien verspürte und lieber dort geblieben wäre, aber natürlich sagte er das nicht. Er hat geredet und geredet und geredet. Er war wahns …" Sie ließ den Satz unvollendet. Ihr Blick wanderte von links, als würde sie ihrer Erinnerung nachjagen. Weiter kam sie nicht.

„Dieser Mann wollte Sie und Frau Gavaldo töten und Sie wollen uns weismachen", fauchte Claire die Beschuldigte an, „dass vorher ein nettes Plauderstündchen stattgefunden hat. Das ist völlig abgefahren!"

Es war lange still. Benedikt van Cleef sah seine Kollegin warnend an. Ihm schwirrte der Kopf. Er musste die Befragung schnellstens hinter sich bringen. „Sprechen Sie bitte weiter."

Die Beschuldigte rutschte auf dem Sitz hin und her. „Er hat über seinen Vater gesprochen. Andauernd. Er vermisste ihn immer noch, obwohl er ihn kaum gekannt hatte. Über seine Mutter verlor er kein Wort. Ich habe sie im Gespräch erwähnt, aber er wich dem Thema aus und redete über etwas anderes."

Van Cleef spürte, wie das Hemd an seinem Körper klebte und wusste, dass Claire es auch sah, obwohl sie sich sorgfältig Notizen machte. Es war ohne Bedeutung für ihn. *Soll sie doch.* „Kommen wir zu Katharina", fuhr er fort. „Was sagte er über sie?"

„Dass er sie anfangs gemocht hatte, aber dann plötzlich nicht mehr. Sie sei eine Gavaldo und keine Corelli. Deshalb musste sie sterben. Max Gavaldo erwähnte er mit keinem Wort. Er wusste da wohl noch nicht, dass Max überlebt hatte."

Claire hob wütend den Arm. „Das ist alles? Er hat dieses sechzehnjährige Mädchen getötet und das soll alles sein, was er dazu zu sagen hatte? Für wie dumm halten Sie uns eigentlich?"

„Es tut mir leid. Ich kann mich nicht mehr an jedes Wort erinnern. Er hat mich, hat uns bedroht."

Van Cleef presste die Lippen zu einem geraden Strich zusammen. „Wie stand er zu Anna Gavaldo?"

„Er war nach Deutschland gekommen, um sich an ihr zu rächen. Er wollte das zu Ende bringen, was sein Vater nicht geschafft hatte. Aber dann geschah das Unfassbare – er verliebte sich in sie wie einst sein Vater ... eh ... dieser Jakob."

„Das hat er gesagt?", fragte Claire.

Die Beschuldigte nickte. „Und dass er sie für sich allein haben wollte. Dass er schreckliche Angst hatte, sie auch noch zu verlieren."

Seufzen.

„Und dann hatte er plötzlich Tränen in den Augen", fuhr sie fort. „Es war das einzige Mal, dass ich ihn habe weinen sehen. Er war kalt. Ja, kalt. Das ist das Wort, das mir als Erstes einfällt. Er strahlte große Kraft aus, aber keine Wärme. Es musste so kommen ..." Die Beschuldigte hielt inne. Tränen traten ihr in die Augen. Sie spürte wohl, dass das Netz sich um sie zusammenziehen könnte. Aber das würde er verhindern. *Verdammt, Claire.* „Möchten Sie eine Pause machen?"

„Nein. Es ist nur ... Es ist nicht leicht für mich."

„Das verstehe ich. Bitte lassen Sie sich Zeit."

Sie schwieg und wieder hatte sie Tränen in den Augen.

„Möchten Sie aufhören?", fragte van Cleef erneut.

„Nein. Ich möchte darüber reden. Es tut nur weh. Wäre das Schicksal barmherziger zu ihm gewesen, wäre nichts von all dem passiert."

„Glauben Sie das wirklich?", fragte Benedikt van Cleef

Claire Schirow setzte sich. „Schluss mit dem Theater! Der Blitz schlägt auch nicht zweimal in denselben Baum ein, ganz gleich was Sie uns hier vormachen wollen. Wir haben ja nicht nur eine Leiche, sondern drei. Also ... "

Van Cleef überlief es kalt bei Claires Bemerkung.

Die Beschuldigte sah plötzlich beunruhigt aus.

„Glauben Sie es?", wiederholte van Cleef seine Frage.

„Ich möchte es gern glauben ..."

Polizeipräsidium München, Verhörraum 21

28. Dezember 2016

„Ich möchte es gern glauben …"
Mathilda van Cleef seufzte. „Es war Notwehr. Baan war gerade dabei, Frau Gavaldo die Zunge herauszuschneiden, als ich den Keller betrat. Anna sollte still sein, ihm nicht mehr widersprechen."
Die Beschuldigte sah ihren Ehemann an, der nickte.
Ich werde dir niemals sagen, was geschehen ist, Benedikt.
„Wieso vier Schüsse?", fragte Claire Schirow, die sich im Verhörraum an die Wand lehnte.
Mathilda blickte sich hilfesuchend nach Benedikt um.
„Aus Panik?", fragte ihr Mann.
Er legt mir die Worte in den Mund, will mich schützen.
„Ja, ich habe Anna Gavaldo das Leben gerettet, ich musste schießen."
Nur dass mein erster Schuss nur Baans Bein getroffen hat, und er nur kurz abgelenkt war.
„Und ja. Es war Notwehr!" Sie schloss die Augen.
Dann ein zweiter Schuss, in den Bauch.
„Ich habe dich seit unserer ersten Begegnung beschützen wollen", habe ich zu Anna gesagt. Sie nahm mir mit zitternder Hand die Pistole aus der Hand.
Baan drehte sich um, streckte Anna hilfesuchend die Hand entgegen, ich konnte sehen, wie erschrocken er war. Sehr erschrocken.
Anna ging langsam auf ihn zu, wie eine Tigerin, die sich in der nächsten Sekunde auf ihre Beute stürzt. Ich konnte seine Angst fast riechen, hörte die Geringschätzung in Annas Stimme. „Ich werde es nicht zulassen, dass der da …" Sie zeigt auf

Baan, „... uns vernichtet."

Anna hat den dritten Schuss abgefeuert, direkt in sein Herz, und den vierten und letzten Schuss, direkt in seinen Kopf.

„Was geschah danach?", hakte Claire Schirow nach.

Mathilda antwortete nicht. Alles hatte sich in ihr Gehirn eingebrannt.

Wir haben uns in der Küche an einen Tisch gesetzt und überlegt, was wir sagen. Ich hatte die Idee, Benedikt, mich wegen Notwehr zu stellen. Aber getötet haben wir beide das Monster.

„Ich habe Sie angerufen."

Mathilda spürte, dass Claire Schirow ihr kein Wort glaubte. „Haben Sie etwas am Tatort verändert?"

„Ja", antwortete Mathilda. „Ich habe ein Bettlaken aus dem Schlafzimmer geholt und Katharina damit zugedeckt."

„Und dann?"

„Dann bin ich mit Frau Gavaldo in die Küche gegangen und wir haben auf das Eintreffen der Polizei gewartet. Ich wollte niemanden umbringen. Das müssen Sie mir glauben."

Plötzlich musste Mathilda weinen. Es dauerte lange, bis Benedikt sie in den Arm nahm und sie tröstete.

„Alles wird gut, Matti."

Claire Schirow nahm die Fotos vom Tisch und legte sie in Akte. „Das Verhör ist beendet. Sie können gehen."

Der kalte Blick der Polizistin sagte Mathilda jedoch, dass Claire Schirow von ihrer Schuld überzeugt war.

In Gedanken sprach Mathilda mit Anna, die im Nebenraum saß.

Am Ende mussten sie mich gehen lassen, Anna – wie du es vorausgesagt hast.

Benedikt

Zuhause sprach Mathilda kein Wort. Sie wich seinem Blick aus und er ertrug es nicht. Er war zu lange Polizist um zu wissen, dass Mathilda ihm etwas verschwiegen hatte. Traurig fuhr er sich durchs Haar.

„Wir sprechen morgen über alles", sagte er. „In Ordnung?"

„Ich möchte nie wieder darüber sprechen, was in dieser Nacht geschehen ist, Benedikt." Mathildas Stimme klang seltsam monoton.

Er nickte. „Komm mal her."

Sie schüttelte ihre roten Locken. Tränen standen in ihren Augen.

„Es ist mein Job, Mathilda", sagte er und umarmte sie. „Es tut mir so leid, dass du das durchmachen musstest. Aber hätte ich mich anders verhalten, wäre das Ganze ausgeufert. Meine Kollegin Claire ist wie eine Krake, die sich im Nacken festkrallt. Womöglich hätte man mich auch wegen Befangenheit vom Fall abgezogen. Erst der grausame Mord an Katharinas Lehrerin, Selma Wagenknecht und dann ... Die Spuren führten immer zu Katharina. Ich habe sie zurückgehalten, mich deshalb womöglich schuldig gemacht. Ich frage mich, ob ich Katharinas Tod hätte verhindern können, wäre ich gewissenhafter vorgegangen. Aber ich wollte es nicht glauben, nein, es nicht wahrhaben, dass Katharina sich so entwickeln könnte. "

Mathilda wurde ruhiger, keine Tränen in den Augen. „Und ich habe einen Menschen getötet und werde ein ganzes Leben mit dieser Schuld leben müssen", antwortete sie. „Wir beide haben aber so gehandelt, weil wir einen Menschen beschützen wollten. Du Katharina und ich Anna. Und damit ist alles gesagt, Benedikt." Sie ging die Treppe hinauf, machte sich fertig für die Nacht und schlüpfte ins Bett.

Nachdem Mathilda weggedämmert war, sah er ihr noch eine Weile beim Schlafen zu. Dann ging er in die Küche, nahm eine Flasche Bier aus dem Kühlschrank und setzte sich damit ans Fenster. Durch die Scheiben eröffnete sich ihm der Blick auf den nächtlichen Garten.

Er atmete tief ein. Seine Brust schmerzte ein wenig. Als Polizist hatte er versagt. Aber er glaubte an die Liebe. Sie war wichtiger als sein Job. Seine Gefühle für Mathilda waren beständig und er würde niemals an dem Wert von wahrer Liebe zweifeln, oder sie aufs Spiel setzen. Er gab auch noch etwas anderes, das stark war: die Zeit. Die Welt drehte sich trotz aller Widrigkeiten weiter. Er hatte eine wundervolle Frau, großartige Kinder und echte Freunde. Darauf kam es an.

Im Dunkeln hing er seinen Gedanken bis zum Morgengrauen nach und erkannte, wie verwundbar er war.

Plötzlich hörte er ein Geräusch. Er wandte den Blick vom Garten ab, kehrte ihm den Rücken zu. Und blickte in Mathildas Gesicht. Sie sahen einander still an. Dann lächelte sie und er dachte, dass Liebe keine Entschuldigung brauchte.

Kapitel 55

Die letzten Tage würde Anna nicht so bald vergessen. Sie waren schlimm gewesen. Am Donnerstag nach der Freigabe von Katharinas Leiche gab es Gelegenheit, sich in der Aussegnungshalle von ihr zu verabschieden. Sie und Max hatten Katharina noch einmal gesehen.

Katharina – erstarrt, steif geworden, ganz und gar nicht wie ihr Mädchen selbst.

Zusammen hatten sie den Sarg geschlossen.

Es waren unerwartet viele Leute gekommen, um Abschied zu nehmen. Sie standen schweigend neben dem Sarg, manche schüttelten den Kopf, andere schienen tief in Gedanken versunken. Es herrschte eine friedliche Atmosphäre, was Anna überraschte. Sie hatte sich ganz auf abfällige Blicke und Bemerkungen eingestellt. Womit sie gar nicht gerechnet hatte, war Trost, aber genau den gab es. Es fiel kein Wort über Sünde und Schuld, und auch Baan wurde kein einziges Mal erwähnt.

Auf dem Heimweg hatte sie sich fast geschämt für alles, was sie an den vorangegangenen Tagen über die Leute gedacht hatte.

Dann traf das, was sie beide am Tag der Einäscherung einstecken mussten, sie umso härter. Wie sich zeigte, waren sie und Max – außer dem Pfarrer und Herrn Käfer vom Beerdigungsunternehmen, die einzigen Anwesenden in der Kirche und auch danach im Krematorium. Es kam kein Mensch, wirklich niemand. Nicht eine von Katharinas Freundinnen, niemand aus ihrer Klasse. Alle glänzten durch Abwesenheit.

Sie saßen neben dem weißen Sarg mit dem Kranz aus weißen Blumen obendrauf. Alle dicht nebeneinander in der ersten Reihe. Als ob größte Eintracht herrschte. Als ob man die Ablehnung hätte übersehen können.

Sie versuchte sich zu beherrschen und konnte wenigstens das Schluchzen unterdrücken. Doch die Tränen liefen Anna weiter über die Wangen. Aber dann geschah etwas. Ihr Bauch schien sich leicht zu bewegen. Es rumorte ganz behutsam von innen. Nicht wie es rumorte, wenn man sehr viel Wasser auf einmal trank oder Zwiebeln gegessen hatte. Das hier war anders. Es war ein ganz spezielles Gefühl.

Anna hielt den Atem an.

Dann spürte sie es wieder. In ihr bewegte sich etwas. Sie schnappte aufgeregt nach Luft. Sie vergaß einen Moment lang, wo sie war und was es mit ihr machte. Es gab in diesem Moment nur sie und das Baby, das sich zum ersten Mal bemerkbar gemacht hatte. Das Glücksgefühl konnte ihr niemand nehmen.

Die Haltung des Pfarrers strahlte Abscheu aus. Widerwillen. Mangel an Respekt. Er wusste von Baan, von dem Mord an Selma Wagenknecht, und dass Katharina eine gewisse Mitschuld daran trug. Mit bitterem Gesichtsausdruck starrte er den Sarg an. Den weißen Sarg. Das war aus seiner Sicht der Gipfel der Schande. Ein weißer Sarg. Das schickte sich nicht, sagten seine Augen.

In diesem Moment betraten Benedikt und Mathilda den Raum.

Annas Welt wurde ein wenig heller. „Der Schnee, der Verkehr", murmelte Mathilda.

Anna dachte, dass zum Tod von Katharina nicht Schwarz oder Dunkelbraun gehörten. Nein. Für Katharina gab es keine Farbe der Demut. Weiß war eine Farbe des Lichts, der Freiheit.

Ihr Mädchen war jetzt frei.

Keine Spielchen mehr mit mir.

Keine hellwachen Augen, die sie überallhin verfolgten. Kein Blick, der ihren Körper streifte und an ihrem Bauch hängenblieb. Keine Blicke voller Abscheu, voller Widerwillen, voller

Wut.

Keine Angst vor deiner physischen Wut.

Keine tödliche Verachtung in deinen Augen.

Nie mehr in dein Gesicht sehen.

Nie mehr reagieren auf deine Stimmung, auf dein Faseln, auf deine Ungeduld, auf dein Sträuben, auf alles, was du tust.

Nur noch Liebe für mein Mädchen.

Sie durfte nur um Katharina weinen.

Kapitel 56

Zehn Monate später

Anna und Max Gavaldo. Mathilda und Benedikt van Cleef. Zwei befreundete Paare, die an einem Hang oberhalb des Starnberger Sees eine kleine Pause einlegten. Auf der anderen Seite des Sees hatte die Oktobersonne die Baumkronen in warmes Licht getaucht, als wären sie Teil eines einzigartigen Sommergemäldes.

Benedikt strich sanft über das Köpfchen des Babys in seinem Arm. „Die Kleine hat rotes Haar wie meine Frau. Mathilda und du, ihr seid aus demselben Holz geschnitzt, Leni."

Er legte Anna das Baby wieder in den Arm. „Und du hast ein ebenso großes Herz wie Mathilda", fuhr er fort, „aber null Toleranz für die Sünder."

Anna stutzte. *Was sagt er da? Null Toleranz für Sünder. Ahnt er vielleicht etwas?*

„Das kommt ganz auf die Sünde an", widersprach Mathilda und zwinkerte Benedikt zu. „Du hast eine richtig gute Figur bei der Taufe gemacht, Schnüffler." Sie klopfte auf seine kleine Wölbung. „Diät gehalten?"

„Ich kann nicht erkennen, dass sein Gourmethügel an Umfang abgenommen hat", meldete sich Max.

Mathilda warf einen bewundernden Blick auf das Baby. „Leni ist das hübscheste Baby, das ich je gesehen habe. Und ihre roten Haare ..."

„Das musste so kommen ...", erwiderte Anna.

Mathilda warf ihr einen verschwörerischen Blick zu. „Das finde ich auch. Wunderbar."

„Besteht da so ein Geheimcode zwischen euch? In der Gavaldo-Familie gab es mehrere rothaarige Schotten, Mathilda." Plötzlich blitzte etwas in Benedikts Augen auf.

Anna sah es, Mathilda auch.

Er weiß es, dachte Anna. *Er weiß, dass wir beide es waren, dass es uns für immer verbindet.*

Anna neigte den Kopf, lauschte ihrer inneren Stimme, blieb stehen. Sie schloss die Augen und wiegte Leni sanft in ihren Armen. Ihre Augen bewegten sich unter den Lidern. Ihre Halsschlagader trat dick hervor. Ihr Herz raste.

„Anna?"

Sie öffnete die Augen. Benedikt legte seine Hand auf ihren Arm. Sie konnte seine Wärme spüren.

„Alles ist gut, Anna", flüsterte er. „Alles. Verstehst du?"

Sie nickte und wusste, dass er ihr mit seinen Worten auf eine wunderbare Art und Weise die Freiheit geschenkt hatte.

„Alles. Verstehst du?", wiederholte er leise. Vertrauen und Geborgenheit lagen in Benedikts Stimme.

Alles ist gut, Anna.

Sie hatte etwas Gutes getan.

Keine dunkle Wolke mehr.

Nie mehr Jakobs Krater hinter der dunklen Brille.

Nie mehr dunkle Räume.

Nie mehr tausend Schatten.

Nie mehr Jakobs Worte: *„Ich bin dein Prinz und schön wie die Liebe."*

Keine Tränen, keine Schmach.

Das Misstrauen und die Ängste verflüchtigten sich mit Benedikts Worten.

Sie sah Mathilda an. Auch sie hatte verstanden und ihr strahlendes Lächeln nicht verloren. Sie hatten keine Angst mehr vor dem, was die Zukunft bringen würde.

Sie waren frei. Endlich frei.

Mehr über die Autorin

Die Autorin studierte Wirtschaftswissenschaften an der Universität Maastricht. Ihr Spezialgebiet: Suspense-Thriller, Psychothriller und Romane. Bei ihrer akribischen Recherche lässt sie sich von Forensikern, Psychologen, Gentechnologen, Pathologen und Medizinern beraten.

Sie schreibt außerdem Biografien, Kurzgeschichten, Dreh- und Kinderbücher. Über ihr bevorzugtes Genre, die Spannung, sagt die Autorin: „Psychopathen faszinieren mich. Sie leben außerhalb der Norm und meinen über dem Gesetz zu stehen. Meine Feder kann genauso furchtbar und gnadenlos böse sein."

Ihre Thriller erreichten alle die Top-Ten-Bestsellerlisten vieler Ebook-Plattformen. Die Autorin ist Mitglied der Mörderischen Schwestern e.V. und außerdem als Kulturredakteurin für FRAUENPANORAMA tätig. In ihrer Freizeit spielt sie Tenor-Saxophon und malt Öl auf Leinen.

Auszeichnungen und Nominierung:
2016: Stefko, From Sarah with love: Halbfinale der Int. Writemovies Contest, Los Angeles.
2015: Sibirien – Die aus dem Eis erwachen Finale der Int. Writemovies Contest, Los Angeles.

Weitere Romane der Autorin:
Thriller / Psychothriller: Eiskalte Umarmung, Eiskalter Schlaf, Tödliche Perfektion, Eiskalter Plan, Eiskalte Verschwörung, Zeilengötter, der seinen Weg nach Hollywood fand. Wo ist Jay?
Weitere Romane folgen ...
Roman: Die verlorenen Zeilen der Liebe
Anthologie: Winterküsse, Nix zu verlieren

Kurzgeschichte: Sibirien – Die aus dem Eis erwachen

Mehr über die Autorin:
Website: www.astrid-korten.com
Facebook: www.facebook.com/Astrid Korten

WEITERE BÜCHER DER AUTORIN

WO IST JAY?

„Der Nachtfalter symbolisiert die verborgene Seite des Menschen. In der Nähe von Licht wird er selbstzerstörerisch und die dunkle Seite einer Persönlichkeit kommt zum Spielen heraus.“

Eine junge Frau wird im Aachener Stadtgarten erschlagen aufgefunden und erliegt Tage später im Krankenhaus ihren Verletzungen. Nicht weit davon entfernt wohnt die Tierärztin Mia Becker mit ihrem Mann Leon und den Kindern Esther und Benny. Nach einem Girlfriends-Wochenende verschwindet Mias beste Freundin, die charmante, gutaussehende Jay de Winter, spurlos. Mia ist davon überzeugt, dass Jay ihre Familie nicht freiwillig verlassen hat, zumal die Tote Jay verblüffend ähnlich sieht.

Wo ist Jay? Außer Mia fragt sich das niemand. Die Freunde benehmen sich seltsam und scheinen etwas zu verbergen. Auf der Suche nach Jay beginnt für Mia ein Alptraum. Sie wird in ein Netz aus Lügen und Intrigen verstrickt und muss sich fragen: Wer ist Freund, wer Feind? Nichts ist, wie es scheint ...

„Wo ist Jay?“ ist ein spannender Psychothriller, der einen alten Mordfall aufgreift und seine Hintergründe seziert. Liebe, Lust, Neid und Hass führen zu einem fulminanten Ende, das Sie so schnell nicht vergessen werden.

ZEILENGÖTTER

Bis dass der Tod uns scheidet

Sie sind Poeten.
Sie lieben das Böse zwischen den Zeilen.

Malin Remy ist eine gefeierte Autorin. Neun Jahre nach der Trennung von ihrem Ex-Mann, dem Schriftsteller Adrian Bartósz und auf dem Gipfel ihres Erfolgs, kommt für Malin der Tag der Abrechnung. Getrieben von dem Wunsch, die Schatten der Vergangenheit abzuwerfen, liest Malin in Paris aus ihrem soeben erschienenen autobiografischen Roman „Ehe".

Adrian, der schon immer mit Neid und Missgunst auf das literarische Können seiner Frau reagiert hat, ist unter den Zuhörern. Die Lesung hat verheerende Folgen …

Ein atemberaubender Psychothriller, über die Poesie des Bösen, den Wahn und verborgene Leidenschaften.

WINTERMORDE

WUT * HASS * RACHE *

Was wir taten, war unvorstellbar.

Verlegerin Alma, erdrückt von Beruf, Familie und dem Desinteresse ihres Mannes, sucht nach radikaler Veränderung. Sie will ihren Mann loswerden. Alma sucht nach Gleichgesinnten und findet sie in einem Chatroom. Vier Frauen, ein gemeinsamer Nenner: Wut. Doch dann geschieht ein heimtückischer Mord, der wie ein Albtraum auf Almas Brust lastet. Als sie begreift, dass sie die Hauptfigur in einem perfiden Rachespiel ist, ist es zu spät.

Ein packender Psychothriller, in dem nichts so ist, wie es scheint, und der den Leser fassungslos zurücklässt.

Erste Buchkritiken:
Als hätte Gillian Flynn (Gone Girl) die Desperate Housewives ersonnen, so liest sich der neue Thriller von Astrid Korten, der mit dem verzweifelten Entschluss einer betrogenen Ehefrau beginnt und in einen packenden Strudel aus Tod und Täuschung mündet.

Wolfgang Brandner, Kulturreferent
Wenn man denkt, dass es gar nicht mehr böser geht, setzt Astrid Korten noch einen drauf! Chapeau! Wer Psychothriller mit Tiefgang, Wendungen und Überraschungen mag, wird "Wintermorde" lieben! Ein gut durchdachter und hervorragend erzählter Psychothriller!
Alexandra Hoffmann

Das Böse in Dir

"In der Geborgenheit des Dunkels sind der Fantasie keine Grenzen gesetzt. Unsere Seelen kommen zum Spielen heraus."

Anna ist in psychotherapeutischer Behandlung bei Jörg Kreiler seit sie von einem brutalen Psychopathen missbraucht wurde. Zwar konnte der ermittelnde Beamte ihr das Leben retten, doch auch Jahre später kann die junge Frau sich nur schemenhaft an das Grauen erinnern. Schlimmer noch: Sie beginnt, zunehmend die Kontrolle über sich zu verlieren. Kann eine Hypnose ihr helfen? Und was hat es mit Teddybär Jasper auf sich? Eine Tür wird geöffnet und sie führt direkt in den Abgrund ...

Zur gleichen Zeit ermittelt Hauptkommissar Benedikt van Cleef in einem anderen Fall. Die Spuren führen weit in die Vergangenheit zurück – und zu einem bestialischen Verbrechen, das noch immer nicht gesühnt wurde ...

Ein atemberaubender Thriller über Machtmissbrauch und das grauenvolle Spiel mit einer verletzten Seele ...

Für ihre Notizen